Liebe in Sicht

KG MacGregor

Liebe in Sicht

Roman

Aus dem amerikanischen Englisch
von Andrea Krug

Krug & Schadenberg

Für Jo Atkinson – danke.

1

Ein Blick – und Kelly Ridenour war verliebt.

Mit einer Länge von 330 Metern und dreizehn Decks hoch war die *Emerald Duchess* das größte Schiff der Flotte von Emerald Cruise Line. Sie hob sich leuchtend von der funkelnden Fassade des Biscayne Bay ab, des dritthöchsten Wolkenkratzers von Miami. Aus ihren hohen Schornsteinen stiegen silberne Rauchsäulen auf und verflüchtigten sich im strahlend blauen Himmel.

Yvonne Mooney machte einen Schnappschuss aus dem Taxi, als es den Scheitelpunkt der Brücke erreichte, die zum Kreuzfahrtterminal führte. »Da ist es – unser Zuhause für die nächsten zwölf Tage – fern von daheim.«

Mit dem Finger in der Luft zählte Kelly die Reihen der Fenster ab bis zu Deck 9, einem der Decks, die über Balkone verfügten. Ihre Kabine war irgendwo achtern, in der fünften Reihe von oben. »Am Ende der Reise musst du mich vielleicht mit Gewalt von Bord schaffen. Rochester im Januar ist grauenhaft.«

»Deshalb war es das perfekte Weihnachtsgeschenk, das Steph und ich uns gegenseitig gemacht haben.«

»Und ich mir«, erwiderte Kelly.

Yvonne verrenkte sich, um das Schiff im Sucher zu behalten, und schoss ein weiteres Foto, als das Taxi zum Ablegeterminal einbog. »Jetzt müssen wir Steph bloß noch für ein paar Stunden von ihrem Blackberry loseisen, und dann machen wir tatsächlich Urlaub.«

Kelly lachte leise. »Vielleicht hättest du sie kidnappen und zwingen sollen, mit uns vorab zum Tauchen herzukommen.« Das letzte Mal, als sie sich mit Yvonne und ihrer Partnerin getroffen hatte, waren sie zum Abendessen in einem irischen Pub verabredet gewesen. Steph, eine Immobilienmaklerin, hatte den Großteil des Abends damit zugebracht, eine Rechtstitelversicherung zu formulieren, um einen Vertragsabschluss in die Wege zu leiten.

»Das wäre vermutlich keine gute Idee gewesen. Steph hat mit allem, was mit Wasser zu tun hat, nicht viel im Sinn. Ich wette, sie wird ihre Nase die ganzen nächsten zwölf Tage in ein Buch stecken.«

Kelly wunderte sich wieder einmal, wie Yvonne und Steph es schon achtzehn Jahre miteinander aushielten, obwohl sie so wenig gemeinsam hatten. Sie sahen sogar vollkommen gegensätzlich aus – Yvonne war groß und sportlich mit kurzem Stachelhaar, Steph klein und zierlich mit langen prachtvollen Locken, die ein Eigenleben zu führen schienen.

»Zumindest werden wir es eine Zeitlang warm haben«, fügte Yvonne hinzu. »Steph erinnert mich jeden Winter daran, dass es in Memphis, wo sie aufgewachsen ist, kaum je geschneit hat.«

»Schon erstaunlich, dass du sie dazu bewegen konntest, nach Rochester zu ziehen.«

»Das ist noch gar nichts. Natalie ist sogar von Mississippi fortgezogen, um in unserer Nähe zu sein. Sie hat Pascagoula aber auch keine Träne nachgeweint.«

Natalie Chatham, die Kelly noch nicht kannte, war Stephs und Yvonnes alte Freundin aus College-Zeiten. Sie hatte sich in letzter Minute entschlossen, mitzukommen, und Kellys Angebot, sich eine Kabine zu teilen, angenommen. »Ich bin gespannt darauf, sie kennenzulernen.«

»Glaub bloß nicht, dass du sie ins Wasser kriegst. Sie ist noch mehr Prinzessin als Steph.«

»Ich erzähle es deiner Freundin, dass du sie Prinzessin genannt hast.«

»Das stört sie nicht. Beide würden das als Kompliment betrachten. Und was Zimperlichkeit angeht, kann keine von ihnen Didi und Pamela das Wasser reichen. Die beiden sind wirklich unschlagbar.«

Kelly kicherte vor sich hin, während das Taxi sich in die Schlange an der Gepäckabgabe einreihte. Zufälligerweise mochte sie zimperliche Frauen. Sie wollte bloß keine von ihnen sein. »Um wie viel Uhr kommen die anderen?«

»Ihr Flieger soll um Viertel nach zwei landen, aber wer weiß, ob sie pünktlich sind. Steph hat angerufen, als du heute Morgen in der Dusche warst und meinte, in Rochester hätte es über Nacht fünfzehn Zentimeter Schnee gegeben.«

»Na, bist du nicht froh, dass wir früher gefahren sind?« In den vergangenen drei Tagen waren sie Hochseefischen gewesen und hatten an einem Tauchkurs im Korallenriff des John Peenekamp State Park in Key Largo teilgenommen, bei dem Yvonne ihren Tauchschein gemacht hatte. Kelly war bereits hochqualifiziert – sie hatte dreizehn Jahre zuvor ihren PADI Divemaster-Schein erworben, als sie der Navy angehörte und in Key West stationiert gewesen war. »Zumindest wir beide werden an Bord sein, wenn die *Emerald Duchess* ablegt.«

Yvonne verstaute ihre Kamera in ihrer Tasche. »Wir sollen ja erst um fünf ablegen, aber dieser Sturm hat den ganzen Nordosten ziemlich gebeutelt. Es würde mich nicht überraschen, wenn wir auf die Nachzügler warten.«

»Mir würde es nichts ausmachen, die ganze Zeit im Hafen zu verbringen. Das Schiff ist echt der Hammer.«

»Aber solange wir im Hafen liegen, bleiben die Casinos geschlossen. Glücksspiel ist nur in internationalen Gewässern erlaubt.«

Kelly blieb vor Überraschung der Mund offenstehen. »Willst du damit sagen, du hockst lieber bei einer Reihe von Spielautomaten in einem düsteren verrauchten Raum, als auf einem sonnigen Deck zuzusehen, wie die Frauen im Bikini vorüberflanieren?«

Yvonne legte den Kopf schräg. »Also wenn du es so formulierst …«

Das Taxi kam an der Gepäckannahme zum Stehen, wo die Gepäckträger des Schiffes sich eilig anschickten, ihr Reisegepäck aus dem Kofferraum zu holen. Yvonne hatte ihre beiden Taschen bereits mit den farbcodierten Gepäckanhängern der Kreuzfahrtgesellschaft versehen, so dass sie gleich zu ihrer Kabine geschafft werden konnten.

Kelly schnappte sich ihren Seesack, der nicht mit einem Gepäckanhänger versehen war. »Den kann ich selbst nehmen.«

»Du solltest ihn den Gepäckträgern überlassen«, sagte Yvonne und wies auf die vielen Grüppchen von Passagieren, die sich auf dem Weg zum Ablegeterminal befanden. »Vielleicht müssen wir eine Stunde oder noch länger anstehen.«

»Der ist nicht schwer. Ich habe nicht viel dabei.«

»Wie kannst du mit nur einem einzigen Seesack auf eine zwölftägige Kreuzfahrt gehen? Ach, warte. Ich weiß. Du hattest beim Packen keine Steph Sizemore an deiner Seite, die dafür gesorgt hätte, dass du dich dreimal täglich komplett umziehen kannst.«

»Ganz genau«, erwiderte Kelly. »Bei der Navy habe ich gelernt, mit leichtem Gepäck unterwegs zu sein und meine Sachen kurz durchzuwaschen.«

Yvonne beäugte Kellys Seesack und den Rucksack, den sie sich über die Schulter geschlungen hatte. »Hast du auch irgendwas an Abendgarderobe dabei?«

»Dies und jenes. Ich verspreche dir, euch nicht zu blamieren.«

»Oh, mich kannst du so schnell nicht blamieren. Aber in Anbetracht der Größe deines Seesacks werde ich schwer beeindruckt sein, wenn ich dich in mehr als drei verschiedenen Outfits sehe.«

Am Eingang des Terminals zeigten sie ihre Ausweispapiere und ihre Boarding-Pässe vor und folgten den anderen Passagieren zu den Fahrstühlen zum Check-in. Wie Yvonne vorausgesagt hatte, zog sich eine lange breite Schlange von mehreren Hundert Passagieren durch das Terminal, zumeist Paare – müde Männer in Khakihosen und Poloshirts, beladen mit Schultertaschen, und Frauen in ihrem ersten farbenfrohen Urlaubsoutfit. Es war kein Wunder, dass sie auch Kinder im Schlepptau hatten, schließlich waren Ferien.

Eine vergnügte Frau in einem farbenprächtigen Rock mit Bluse begrüßte sie. »Es ist nicht so schlimm, wie's aussieht. Wir haben über dreißig Check-in Agents. In dreißig Minuten werden Sie an Bord sein und einen Rum Runner Cocktail genießen.«

Kelly stellte ihren Seesack ab und schob ihn mit dem Fuß weiter. »Sag mir noch mal, wer all die Leute sind. Wir sind zu sechst, richtig?«

»Richtig. Das sind du und ich, Steph, Natalie ... Steph und Natalie sind seit dem College beste Freundinnen – Seelenverwandte sozusagen.«

»Bist du nie eifersüchtig?«

»Quatsch. Mit Natalie macht Steph all die Sachen, die mich in den Wahnsinn treiben würden. Du kennst doch diese Frauen, die shoppen bis zum Umfallen?«

Kelly nickte.

»Siehst du. Ich kann nur shoppen, bis ich am liebsten jemanden killen würde. Aber die beiden schaffen das tagelang, ohne Luft zu holen. Und sie tauschen Rezepte aus und verschlingen all diese Interior Design Magazine.«

»Mir gefallen diese Magazine auch.« Kelly zuckte die Achseln, als Yvonne sie ungläubig ansah. »Als ich für meinen Dad gearbeitet habe, haben wir viele Modernisierungen durchgeführt. Ich sehe mir gern an, was andere für Ideen haben.«

»Dann habt ihr ja jede Menge Gesprächsstoff – du und Natalie. Sie hat sich letztes Jahr ein Haus gekauft, das einiges an Arbeit erfordert.«

»Sie sollte sich besser in Acht nehmen. Wenn ich erst mal anfange, habe ich eine Idee nach der anderen.« Plötzlich ging es ein gutes Stück voran; sie bogen um die nächste Windung und rückten weitere zehn Meter vor. »Also du und ich, Steph und Natalie. Wer sind die anderen beiden?«

»Didi Caviness und Pamela Soundso. Ich hab ihren Nachnamen vergessen. Didi und Natalie sind Besitzerinnen der – in den Augen der meisten Menschen – besten Modeboutique in Rochester. Natürlich bin ich keine Expertin, was das angeht. Ich gebe nur wieder, was Steph sagt.«

»Und Pamela ist ihre Freundin?«

»Ja, ihre Neue. Sie sind seit ungefähr sechs Monaten zusammen. Davor waren Didi und Natalie sechs Jahre zusammen, aber sie haben sich vor zwei Jahren getrennt.«

»Ich gehe mal davon aus, dass sie immer noch befreundet sind und nicht nur Geschäftspartnerinnen, sonst würden sie nicht zusammen auf Kreuzfahrt gehen.«

»Seit ihrer Trennung haben sie sich besser verstanden denn je – bis Pamela ins Spiel kam. Natalie hatte gehofft, dass sie und Didi wieder zusammenkommen, aber ich bin nicht sicher, ob sie sich das wünscht, weil sie Didi immer noch liebt. Ich glaube, es hat mehr damit zu tun, dass Pamela in Manhattan lebt und will, dass sie die Boutique dorthin verlegen. Didi ist Feuer und Flamme, aber Natalie nicht.«

Kelly stöhnte. »Dyke Drama. Wollen wir hoffen, dass sich die nächsten zwölf Tage alle von ihrer besten Seite zeigen.«

»Bisher sind sie sich noch nicht an die Gurgel gegangen.«

»Das ist vermutlich ein gutes Zeichen.«

Yvonne lachte, während sie wieder ein Stück vorwärtsrückten. »Es ist ein ziemlich gutes Zeichen, wenn du mich fragst. Ich hätte Didi wahrscheinlich längst gekillt, wenn sie nicht Natalies Freundin wäre.«

»Ist sie so schlimm?«

»Nein, eigentlich nicht. Meistens ist sie echt nett und unkompliziert. Aber sie ist der totale Fashion Victim. Ich wette, sie hat doppelt so viele Klamotten dabei wie alle anderen, und sie wird immer tadellos zurechtgemacht sein – ob sie beim Galadinner erscheint oder an der Poolbar sitzt. Sie sieht grundsätzlich umwerfend aus, und das weiß sie. Ihr Problem ist, dass sie ihre kritischen Anmerkungen in Sachen Mode nicht lassen kann, und das nervt manchmal.«

»Manchmal?« Kelly sah an ihrem Outfit hinunter – ein weißes Baumwollhemd mit hochgekrempelten Ärmeln, olivgrüne knielange lässig-weite Shorts und Birkenstocks. »Dann wird sie mit mir ihren Spaß haben. Ich hätte eine meiner alten Navy-Uniformen anziehen sollen. Zumindest passen meine Shorts zu meinem Hemd.«

Yvonne lachte und musterte sie von Kopf bis Fuß. »Ich finde, du siehst ganz passabel aus. Schließlich ist das hier eine Kreuzfahrt und keine Modenschau. Trag nur keine silberne Uhr mit goldenen Ohrringen wie Steph letztens, als wir zusammen aus waren. Didi hat sich gar nicht mehr eingekriegt.«

Kelly zupfte an ihren Ohrläppchen, die nicht gepierct waren. »Die Gefahr besteht nicht. Glaubst du, sie möchte mein Tattoo sehen?«

»Du hast ein Tattoo?«

Kelly zog ihren Kragen beiseite und beugte sich vor, um Yvonne ein kleines schwarz-gelbes Motiv oben auf ihrem Schulterblatt zu zeigen.

»Oh, Mann! Das musst du Steph zeigen. Ich will schon seit Jahren eines haben, aber sie ist dagegen.«

»Das ist eine SeaBee, Abzeichen der Bautruppen der Navy. Eines Abends in Key West hat sich unsere ganze Einheit volllaufen lassen, und am nächsten Morgen sind wir allesamt dekoriert aufgewacht. Zum Glück hatte ich noch Verstand genug, mir eine kleine Variante auszusuchen.«

Schließlich standen sie vorn in der Schlange und mussten sich kurz trennen, um an zwei verschiedenen Schaltern einzuchecken. Kelly ging zum Schalter ganz links und sah sich einer jungen Frau asiatischer Herkunft gegenüber, deren dunkle Uniform saß wie angegossen.

»Herzlich willkommen auf der *Emerald Duchess* …«

Kelly registrierte das vertraute Zögern, als die Angestellte – Kim aus Taiwan, wie ihr Namensschild verriet – darauf wartete, dass sie ihren Namen nannte.

»Hallo, ich bin Kelly Ridenour … Kelly Ann Ridenour.« Ihre schlichte Kleidung, ihr kurzes Haar und ihr Verzicht auf Make-up und Schmuck ließ Fremde oft rätseln, welchem Geschlecht sie angehörte, zumal ihre Stimme tiefer war als die der meisten anderen Frauen.

»Ist das Ihre erste Kreuzfahrt, Ms Ridenour?«

»Die erste mit Emerald. Ich habe schon einige kürzere gemacht, als ich in Key West stationiert war. Ich freue mich schon auf die östlichen Karibik-Inseln.« Sie reichte der Frau ihre Reiseunterlagen und wartete, bis Kim den Check-in abgeschlossen hatte.

»Das ist unsere beliebteste Route. Und wir haben extra für Sie perfektes Wetter beantragt.«

»Großartig!« Und großartig war auch Kims Lächeln, in dessen Genuss Kelly nun kam. »Ich wette, Ihnen macht es Spaß, Menschen auf ihre Traumreise zu schicken.«

»Insbesondere weil ich mit von der Partie sein werde.« Kim reichte Kelly ihre Visitenkarte. »Wenn Sie an Bord irgendeinen Wunsch haben, zögern Sie nicht, mich als Ihre Gästebetreuerin zu kontaktieren.«

»Mache ich«, antwortete Kelly und fragte sich, ob »irgendein Wunsch« einschloss, mit Kim zu Abend zu essen. Sie ging in Richtung Gangway und wartete auf Yvonne. »Der Mann, bei dem du eingecheckt hast – hat er dir seine Visitenkarte gegeben?«

Yvonne steckte ihre Reiseunterlagen ein und schlang sich die Kameratasche um die Schulter. »Ja, und er hat sogar gesagt, ich könnte mich an Bord an ihn wenden, wenn ich irgendeinen Wunsch hätte.«

»Mist! Ich hatte gehofft, die Frau am Check-in flirtet mit mir.« Als sie das eindrucksvolle Atrium des Schiffes betraten, in dem noch ein mächtiger Weihnachtsbaum aufragte, holte Kelly tief und befriedigt Luft. Kim hin oder her – dies würde der beste Urlaub ihres Lebens werden.

Yvonne fasste sie beim Ellenbogen und wies auf die Galerie zwei Decks über ihnen. »Ich werde mein Zeug in die Kabine bringen und checken, ob ihr Flieger schon gelandet ist. Dann können wir uns da oben treffen und zusehen, wie sie an Bord kommen.«

Kelly grinste. »Ich werde da sein, mit einem Rum Runner in jeder Hand.«

Natalie drückte ihr Gesicht gegen das Flugzeugfenster, um die Küstenlinie Südfloridas direkt unter ihnen zu verfolgen. Sie hoffte, dass ihre kurzfristige Entscheidung, diese Kreuzfahrt mitzumachen, sich nicht als kolossaler Fehler erweisen würde. Als Steph und Yvonne das erste Mal davon gesprochen hatten, eine zwölftägige Kreuzfahrt durch die östliche Karibik zu machen, klang das nach einer tollen Idee, aber je länger sie darüber nachdachte, desto größere Sorgen machte sie sich, ob sie es mit Didi und Pamela, dem frischverliebten Paar, so lange aushalten würde. Am Ende hatte sie beschlossen, sich zusammenzureißen und die Reise mitzumachen, weil sie lieber in Gesellschaft von Freundinnen in der Karibik unglücklich war als allein zu Hause bei Eis und Schnee.

Nicht dass sie Pamela Roche nicht gemocht hätte. Die junge New Yorker Designerin war sich bewusst, dass sie es mit einer Ex-Geliebten und einer nicht ganz einfachen Situation zu tun hatte, als sie anfing, sich mit Didi zu treffen, und bei ihren regelmäßigen Besuchen im Laden war sie Natalie gegenüber stets reizend gewesen. Das änderte jedoch nichts an der Tatsache, dass Natalie noch immer Gefühle für Didi hegte – Gefühle, auf denen jedes Mal herumgetrampelt wurde, wenn sie mit ansehen musste, wie die beiden miteinander turtelten, wie sie es in diesem Moment vorne in der Ersten Klasse taten.

»Woran denkst du?«, fragte Steph und hakte sich bei Natalie unter. Großzügig wie immer hatte sie ihren Gangplatz für den Platz in der Mitte eingetauscht, so dass sie und Natalie nebeneinandersitzen konnten.

Natalie seufzte. »Ich frage mich, ob das wirklich eine gute Idee ist.«

»Natürlich ist das eine gute Idee. Nur eine Idiotin würde

Schnee in Rochester dem sonnigen Strand von Barbados vorziehen.« Sie drückte ermutigend Natalies Arm. »Yvonne und ich fanden es toll, als du gesagt hast, dass du mitkommst. Du und ich werden jeden Laden in der ganzen Karibik durchstöbern, und wer weiß – vielleicht begegnet dir deine Traumfrau auf dieser Kreuzfahrt.«

»Du meinst eine Frau, die reich ist und absolut hinreißend und mir zu Füßen liegen möchte?«

Und als wäre es nicht genug, Didi und Pamela als verliebtes Pärchen zu ertragen, lag Didi ihr auch noch ständig in den Ohren, Natalie solle ihr ihren Anteil an der Boutique verkaufen, damit Didi nach New York übersiedeln könnte. Natalie hatte immer gewusst, dass Didi davon träumte, in Manhattan als Modepäpstin groß herauszukommen, und als ihre Lebensgefährtin hätte Natalie sie darin vielleicht am Ende unterstützt, aber sie war nicht bereit, einfach so zuzusehen, wie Didi sich endgültig aus ihrem Leben verabschiedete. Acht Jahre zuvor, als sie und Didi ein Paar wurden, hatte sie ihre gesamten Ersparnisse in Didis Traumprojekt gesteckt, von ihrem Arbeitseinsatz ganz zu schweigen. Und nun, wo das Unternehmen erfolgreich war, wollte sie ihren Triumph mit Didi genießen und dafür sorgen, dass ihrer beider Zukunft finanziell abgesichert war.

»Bitte sag, dass Kelly nicht erst achtundzwanzig ist«, sagte sie in Anspielung auf Pamela und den Altersunterschied von vierzehn Jahren, der zwischen ihr und Didi bestand.

»Sie sieht eher so aus, als wäre sie in unserem Alter. Sie arbeitet schon seit ein paar Jahren für die Stadtverwaltung, und davor hat sie in Buffalo gelebt.«

»Wie habt ihr sie kennengelernt?«

»Kelly hatte eine Knieverletzung und ist zur Physiotherapie zu Yvonne in die Klinik gekommen. Sie haben sich auf

Anhieb gut verstanden und sich bald auch privat getroffen.« Steph sah auf die Büchertasche zu ihren Füßen. »Falls du anfangen solltest, dich zu langweilen, kann ich dir ein paar von meinen Lesbenromanen leihen. Eine heiße Liebesschmonzette ist nicht zu toppen.«

»Bloß nicht!«, wandte Natalie ein und wies mit dem Kopf auf die Erste Klasse. »Die beiden reichen mir vollauf!«

Steph erhob sich halb, um zu Didi und Pamela hinüberzusehen. »Wie kommt es eigentlich, dass die beiden Erster Klasse fliegen? Ich dachte, wir hätten alle zusammen gebucht?«

»Didi hat noch mal angerufen und mit ihren Vielfliegermeilen ein Upgrade herausgehandelt«, antwortete Natalie. »Sie meinte, sie hätte keine Lust, ihren Urlaub zu ruinieren, indem sie Holzklasse fliegt. Ich hoffe, dass wir dieses Divengehabe nicht die ganze Zeit über ertragen müssen. Das habe ich schon tagtäglich auf der Arbeit.« Sie hoffte sogar, dass sie den Turteltauben so viel wie möglich aus dem Weg gehen konnte, obwohl sie nichts dagegen hätte, hin und wieder mit Didi allein zu sein. Wer weiß – vielleicht würde es ihr sogar gelingen, sie zur Einsicht zu bringen.

Steph beugte sich über sie, um einen Blick aus dem Fenster zu werfen, als das Flugzeug die Küstenlinie überquerte und durch eine der wogenden weißen Wolken stieß, die den Himmel über Miami tupften. »Sind wir schon da?«

»Gleich.« Sie klopfte Steph liebevoll auf den Rücken.

Steph und Yvonne waren ihre liebsten Freundinnen; sie hatten ihr praktisch das Leben gerettet, indem sie sie zwölf Jahre zuvor ermutigten, von Pascagoula nach Rochester überzusiedeln. Mississippi sei kein Ort für Lesben, hatten sie gesagt, und das wussten sie alle aus ihrer College-Zeit an der Ole Miss, der Universität von Mississippi. Dem Himmel sei Dank für Yvonnes Softball-Stipendium und ihre anschließende Rückkehr ins heimatliche Rochester, wohin Steph und Natalie ihr gefolgt waren und ein neues Leben begonnen hatten. Abgesehen davon, dass die Leute sie tagtäglich wegen ihres Südstaaten-Dialekts anpflaumten, fühlte Natalie sich in Upstate New York vollkommen zu Hause.

Als das Flugzeug gelandet war, sah Natalie auf die Uhr und stellte fest, dass sie zwar vierzig Minuten Verspätung hatten, dass aber immer noch genug Zeit blieb, das Schiff zu erreichen. Nicht schlecht in Anbetracht ihrer Zweifel am Morgen, ob es ihnen wegen des Schneefalls überhaupt gelingen würde, in Rochester loszufliegen.

Didi und Pamela warteten schon in der Lounge, als sie über die Fluggastbrücke ausstiegen. Beide hatten sich mächtig in Schale geworfen – sie trugen elegante Hosen aus feinem Wollstoff, schicke Pullover und erlesenen Schmuck und – für Natalies Geschmack – eine Spur zu viel Make-up. Pamelas Outfit war auf eine mädchenhafte Figur zugeschnitten – tiefe Taille und enganliegendes Oberteil –, was den Altersunterschied zwischen ihr und Didi noch zu betonen schien. Oder vielleicht war Natalie auch nur erbittert, dass ihre Ex mit einer so viel jüngeren Frau liiert war.

»Wir hatten absolut köstliche Shrimps in Hummersauce«, rief Didi ihnen entgegen. »Habt ihr da hinten auch was Gutes zu essen bekommen?«

»Sehr witzig. Wir haben uns einen Granola-Riegel geteilt und ihn mit einer Flasche Wasser runtergespült.« Steph streckte die Hand aus und zerstrubbelte Didis perfekte Frisur. »Wo wir gerade beim Thema sind: Die nächsten zwölf Tage esse ich, wozu ich Lust habe, und ich will keine blöden Bemerkungen darüber hören. Ich habe einen ganzen Monat lang Salat gegessen, damit ich jetzt richtig schwelgen kann.«

»Ich finde, du siehst großartig aus«, sagte Natalie, und ihr fiel wieder ein, wie Didi sich früher immer bei ihr beklagte, wenn sie anderen Komplimente gemacht hatte. Steph war es nicht leichtgefallen, sich über Thanksgiving und Weihnachten die ganzen zusätzlichen Kalorien zu versagen, damit sie die reichhaltige Küche an Bord ohne Schuldgefühle genießen konnte, und dafür verdiente sie ein großes Lob. »Du hast wirklich noch nie besser ausgesehen.«

Sie gingen inmitten der anderen Fluggäste zur Gepäckausgabe und waren kaum angelangt, als das Karussell sich auch schon zu drehen begann. Gepäckstücke, die Kreuzfahrtpassagieren gehörten, waren bereits mit entsprechenden Anhängern versehen, so dass man sie direkt zu den Kabinen bringen würde. Sie mussten sie nur vom Band nehmen und auf den Gepäckwagen neben dem Angestellten der Kreuzfahrtgesellschaft stellen.

Natalie erspähte ihre braune Hartmann-Tweedtasche und schob sich näher an das Gepäckkarussell. Sie streckte gerade die Hand nach dem Griff aus, als Didis Hand plötzlich aus dem Nichts auftauchte und sie ihr vor der Nase wegschnappte. »Das ist meine, Nat. Ich habe mir schon gedacht, dass du deine auch dabeihast, und deshalb habe ich eine Schleife um den Griff gebunden.«

Verdrossen trat Natalie einen Schritt zurück. Koffer und Taschen aus derselben Gepäcklinie zu haben schien damals, drei Jahre zuvor, als sie noch ein Paar waren, eine gute Idee zu sein. Jetzt war es nur noch eine bittere Erinnerung an eine Beziehung, die in die Brüche gegangen war.

»Hier ist deine, Natalie«, rief Pamela munter. »Ich nehme sie für dich herunter.« Sie wuchtete die Tasche vom Band und stellte sie neben Didis.

»Danke.« Es war unmöglich, Pamela nicht zu mögen,

aber ebenso unmöglich, sich darüber zu freuen, dass Didi eine so nette Frau als neue Geliebte hatte. »Ich habe noch eine von der Sorte – falls du sie siehst ...«

»Didi auch. Und sie hat auch ihren großen Kleidersack dabei.«

Na klar, was sonst. Ohne ihren halben Kleiderschrank ging Didi nirgendwohin. Natalie beschloss, vom Band zurückzutreten und es Pamela zu überlassen, sich die Taschen zu schnappen. Sie biss sich auf die Zunge, um Didi nicht zu beglückwünschen, dass sie jemanden gefunden hatte, die ihr in den goldenen Jahren beistehen würde. »Wir haben es verdient, es uns die nächsten zwölf Tage gutgehen zu lassen, Didi. Wir haben kaum Urlaub gemacht im letzten Jahr.«

»Es war ein gutes Jahr«, sagte Didi. »An der Eighth Avenue hätte es allerdings noch besser sein können.«

Natalie seufzte. »Lassen wir das Thema, okay? Lass uns einfach nicht davon sprechen, solange wir im Urlaub sind.«

»Unter einer Bedingung«, erwiderte Didi und sah ihr in die Augen. »Du versprichst mir, dass wir ernsthaft darüber reden, wenn wir wieder zu Hause sind. Und ich meine damit nicht, dass ich dir wieder meinen Vorschlag unterbreite und du wieder einfach nein sagst. Ich meine damit, dass wir uns ernsthaft zusammensetzen und besprechen, unter welchen Umständen du ja sagst. Ich bin bereit, dir für deine Hälfte der Boutique ein großzügiges Angebot zu machen, aber das kann ich nur, wenn du mir auch zuhörst.«

Was Natalie anging, so würde ein wirklich großzügiges Angebot einschließen, dass Didi Pamela den Laufpass gab und zu ihr zurückkehrte. Welche Differenzen sie auch gehabt hatten, sie konnten einen Neuanfang machen und für alles eine Lösung finden. Sobald ihre Beziehung wieder im Lot war, würde Natalie sogar in Erwägung ziehen, das Geschäft nach New York zu verlegen. »Wir werden darüber sprechen.«

»Versprochen?«

»Versprochen«, sagte sie schroff und fühlte sich wegen ihres Tons sofort schuldig. »Ich verspreche, dass wir uns zusammensetzen, wenn wir wieder in Rochester sind. Aber während dieser Reise wollen wir uns mit unseren Freundinnen amüsieren.« Sie bückte sich und griff nach ihrer Tasche.

»Das ist meine.«

»Ist es nicht. Deine hat die –« Sie nahm das Schild genauer in Augenschein und verglich die Kabinennummer. »Verdammt!«, fluchte sie innerlich. Nicht genug, dass sie zusammen auf Kreuzfahrt gingen. Didi und Pamela hatten auch noch die Kabine direkt neben ihrer.

2

Kelly nickte anerkennend, als sie die Kabine betrat, die mit Einbaumodulen in rotbraunem Kirschholz zweckmäßig ausgestattet war. Zu ihrer Rechten befand sich ein kleines Bad mit Toilettennische und Duschkabine. Auf den Doppelbetten, die durch einen Nachttisch getrennt waren, lagen freundlich aquamarinblaue Überdecken, die zu den Vorhängen der Tür passten, die zum Balkon hinausführte. Eine kleine Couch und ein Tischchen standen an der Wand zwischen den Betten und der Glasschiebetür. An der gegenüberliegenden Wand befanden sich ein Schminktisch, eine Kommode und ein Schreibtisch, über dem ein kleiner Fernseher hing.

Die Kabine war kaum geräumig zu nennen, bot aber mehr Raum, als die Navy vier Besatzungsmitgliedern an ihrem

Stützpunkt in Key West zugestanden hatte. Kelly zog den Reißverschluss ihres Seesacks auf, nahm ihren Toilettenbeutel heraus und stellte ihn auf das Regal neben dem Waschbecken. Sie lächelte, hielt ihre Hand unter den Wasserhahn und glättete den Haarwirbel über ihrer Stirn.

Dann räumte sie methodisch ihre Kleidung ein, sortierte Unterwäsche und Pyjamas hierhin, Strand- und Sportsachen dorthin. Anschließend zog sie drei frischgestärkte weiße Hemden hervor, die fein säuberlich in einem Wäschesack eingerollt waren, um sie vor Knitterfalten zu schützen. Die letzten Dinge – Khaki-Chinos, legere Denimjeans, zwei Stoffhosen, einen Abendanzug und eine schwarze Seidenweste – waren ebenso sorgsam verstaut gewesen und vollkommen knitterfrei.

Sie hängte einiges in den Schrank, legte den Rest in die große unterste Kommodenschublade und ließ die oberen drei frei. Sie dachte sich, dass Natalie, ihre Kabinengenossin, den zusätzlichen Platz sicher zu schätzen wüsste – und die Bequemlichkeit, sich auf engstem Raum nicht bücken zu müssen. Natalie sollte sich auch aussuchen, welches Bett sie gern haben wollte.

Ihre letzte Tat – auf die sie sich am meisten gefreut hatte – bestand darin, ihre Uhr abzunehmen und sie auf die Frisierkommode zu legen. Während der nächsten zwölf Tage würde Zeit keine Rolle für sie spielen.

Sie vergewisserte sich, dass sie ihre Schlüsselkarte einstecken hatte – die sie auch brauchte, um an Bord zu bezahlen und nach einem Landgang wieder an Bord zu gehen – und stieg die zwei Treppen hinunter zur Galerie des Internetcafés, die sich um das große Atrium zog. Yvonne stand schon an der Reling und beobachtete die Neuankömmlinge, wie sie an Bord kamen.

»Ist ihre Maschine gut gelandet?«

»Ja, ich habe gerade mit Steph gesprochen. Sie sind vor ungefähr einer Stunde gelandet und stiegen gerade am Ablegeterminal aus dem Bus. Sie müssten jeden Moment auftauchen.«

Kelly beugte sich vor, als zwei Frauen an Bord kamen. »Na, das ist ja das schrägste Paar, das ich je gesehen habe.« Die eine hatte knallrotes Haar und schäumte geradezu über vor Aufregung und Ehrfurcht. Die andere, gesetzt und mit braunem Haar, war beträchtlich jünger und zurückhaltender. Sie war schwer beladen mit Handgepäck, einschließlich einer riesigen Fototasche, aus der ein vertrautes Buch herauslugte. »Habe ich das Buch nicht letztens auf deinem Küchentresen liegen sehen?«

Yvonne kniff die Augen zusammen. »Ich glaube, Steph hat das. Eine dieser Anthologien lesbischer Erotik.«

»Dann können wir wohl davon ausgehen, dass die beiden zur Familie gehören.«

»Sehe ich auch so. Ein echt schräges Pärchen.«

Kelly fiel die Kinnlade herunter, als eine wohlgeformte Frau mit langen blonden Haaren an Bord kam. »Bitte sag, dass das Natalie ist.«

Yvonne schnaubte. »Nicht ganz.«

Eine zweite Frau, elegant, Mitte vierzig, schätzte Kelly, deren kurzes Haar blonde Highlights aufwies und modisch gestylt war, tauchte aus dem Durchgang auf und trat neben sie.

»Die Jüngere ist Pamela, und die andere, die aussieht, als warte sie auf jemanden, der sie die Stufen zum Thron hinaufträgt, ist Didi.«

»Ich muss schon sagen, ein eindrucksvolles Paar«, erwiderte Kelly, als die beiden Frauen in einen Fahrstuhl traten und aus ihrem Blickfeld verschwanden.

»Wenn du Pamela angräbst, bringt Didi dich um.«

Kelly lachte. »Ich betrachte mich als gewarnt.«

»Da kommt deine Kabinengenossin.« Yvonne winkte und versuchte die Aufmerksamkeit der beiden Frauen, die eben das Atrium betraten, auf sich zu lenken, aber vergeblich.

Kellys Blick ging erst zu Steph, dann zu einer großen Frau mit kurzem schwarzem Haar. »Natalie sieht aus wie eine Läuferin.«

»Das ist nicht Natalie«, sagte Yvonne, als ein Mann erschien und die große Frau beim Arm ergriff. »Natalie ist die in dem beigen Pullover.«

Kelly blickte ein Stück weiter zu einer schlanken Frau mit üppigem rotbraunem Haar, das ihr bis auf die Schultern fiel und ihr Gesicht einrahmte. Aus der Entfernung von zwei Stockwerken sah Natalie recht attraktiv aus, stach aber nicht so ins Auge wie Pamela oder Didi. Sie wäre noch hübscher gewesen, wenn sie nicht so grimmig dreingeschaut hätte. »Sieht sie immer so glücklich aus?«

»Um die Wahrheit zu sagen: Sie ist in letzter Zeit ziemlich knatschig wegen Didi. Ich hoffe bloß, dass es durch diese Reise nicht noch schlimmer wird.«

»Warum macht sie die Kreuzfahrt dann überhaupt mit?«

Yvonne zuckte die Achseln. »Sie und Didi arbeiten ja immer noch tagtäglich zusammen, deshalb glaubt sie vermutlich, sie kriegt das mit dem gemeinsamen Urlaub schon hin. Außerdem sind sie und Steph beste Freundinnen. Ich wundere mich, dass du nicht mich als Kabinengenossin bekommen hast.«

Ihren hängenden Schultern nach zu schließen, war Natalie nicht nur knatschig, sondern auch noch müde. Außerdem sah sie aus wie jemand, die alle Freundinnen brauchte, die sie bekommen konnte, und das war etwas, das Kelly gut verstand. Wenn sie dazu beitragen konnte, dass Natalies Stimmung sich aufhellte und sie selbst womöglich eine neue Freundin gewann, dann würde diese Reise umso erinnernswerter sein.

»Ich gehe mal nach unten und sehe in unserer Kabine nach Steph. Warum gehst du nicht auf einen Drink aufs Pooldeck, und wir bringen Natalie mit, damit ihr euch kennenlernt?«

»Okay, aber lass dich von deiner Freundin nicht so sehr ablenken, dass du mich vergisst.«

Natalie runzelte die Stirn, als sie an Didis und Pamelas Kabine vorbeikam. Mehr als tausend Kabinen auf diesem Dampfer, und sie musste die Kabine gleich nebenan haben.

Ihre Stimmung, die seit dem Aufstehen morgens um vier bei fünfzehn Zentimeter Schnee im Keller gewesen war, hob sich, als sie die Kabine betrat. Die Innenausstattung bot einen gelungenen Balanceakt zwischen Zweckmäßigkeit und Komfort und erzeugte ein heiteres Ambiente. Natalie durchquerte den Raum, öffnete die Glasschiebetür und trat auf den Balkon hinaus, der ihr einen großzügigen Blick auf die hochaufragenden Hotels von Miami Beach erlaubte.

»Großartig, nicht?« Links von ihr standen Didi und Pamela an der Reling.

Nostalgie überkam sie, während sie stumm nickte. Obwohl sie Didi und Pamela schon oft zusammen gesehen hatte, war sie eifersüchtiger denn je, denn für die beiden war die Reise eine romantische Auszeit, während sie selbst überzählig war. Steph hatte zwar versprochen, ihr Gesellschaft zu leisten, weil Yvonne das Casino besuchen und mit ihrem Kumpel tauchen gehen wollte, aber mit der besten Freundin abzuhängen war etwas anderes als mit einer Geliebten den Mond über karibischen Gewässern zu betrachten.

Sie schüttelte den Gedanken ab und kehrte in die Kabine zurück. Ihr Blick fiel auf die Uhr, die auf der Frisierkommode lag. Das hieß wohl, dass ihre Kabinengenossin schon hiergewesen war.

Sie öffnete den Schrank und musterte den dunklen Anzug, die weißen Hemden, die schwarzen Anzugschuhe und die Sneaker. Keine Röcke, keine Kleider. Keine Pumps. Keine leuchtendbunten Hawaiihemden. »Na super. Eine Leichenbestatterin als Kabinengenossin.«

Natalie konnte dem Drang nicht widerstehen. Sie zog die Schubladen auf, bis sie auch die übrigen Dinge ihrer Mitbewohnerin gefunden hatte: Cargo-Shorts, noch mehr Hemden, Tank Tops in verschiedenen Farben und einige Boxer-Shorts, wie sie ein Teenager tragen mochte. Nicht sehr abwechslungsreich, überhaupt kein Flair.

Im Bad fand sie etwas, das aussah wie der Rasierbeutel eines Mannes. Schuldbewusst angesichts ihrer Schnüffelei schaute sie dennoch hinein. Darin befanden sich ein Rasierer, Sonnencreme, Babyshampoo und alles für die Zahnpflege. Nicht das geringste Make-up. Keine Gesichtscreme. Keine Feuchtigkeitscreme. Wie konnte eine Frau ohne Feuchtigkeitscreme überleben?

Als es an der Tür klopfte, ließ sie das Necessaire erschrocken fallen. Schnell hob sie es auf und stellte es auf die Ablage zurück.

Es war Steph. »Gefällt dir deine Kabine?«

»Prima. Wo seid ihr?«

»Wir sind eine Etage tiefer. Und wir haben keinen Balkon, nur ein großes Fenster.«

»Ihr könnt jederzeit kommen und unseren benutzen, wenn es euch nichts ausmacht, dass Pamela und Diva gleich nebenan wohnen.«

»Du meinst Didi.«

»Sag ich doch.«

Steph lachte. »Vielleicht funkt es ja zwischen dir und deiner Kabinengenossin – dann könnt ihr die beiden die ganze Nacht mit eurem Gestöhne wachhalten.«

Natalie schauderte und öffnete die Schranktür, um Steph die schlichte Kleidung zu zeigen. »Ich glaube kaum. Irgendwas sagt mir, dass sie nicht mein Typ ist.«

»So würde Yvonnes Kleiderschrank auch aussehen, wenn ich ihr nicht die Sachen kaufen würde, in denen ich sie sehen möchte.« Sie schloss die Schranktür und öffnete die Kabinentür. »Lass uns nach oben gehen und die anderen begrüßen. Yvonne schlug vor, dass wir uns alle auf dem Pooldeck zu einem Drink treffen. Zeit, die Party in Gang zu bringen.«

»Du hast vollkommen recht«, erwiderte Natalie mit wachsender Entschlossenheit. Sie schickte sich an zu gehen, wandte sich dann aber noch einmal um, nahm ihre Uhr ab und legte sie neben die andere auf die Frisierkommode.

Steph war völlig außer Atem, als sie über die mit Teppich ausgelegten Stufen auf Deck 11 anlangten. »Ich fasse es nicht – ich habe null Kondition.«

»Du könntest den Urlaub nutzen, um wieder in dein Fitnessprogramm einzusteigen.«

»Warum sollte ich? Wenn ich nicht esse, will ich im Liegestuhl liegen und lesen. Und künftig nehme ich vielleicht einfach den Fahrstuhl.«

»Albernes Huhn. Es waren doch nur zwei Treppen.«

»Yvonne steht da drüben an der Reling.«

Natalie erblickte das vertraute Gesicht, konnte die Frau dahinter allerdings nicht richtig ausmachen. Sie sah nur lange Beine in olivgrünen Cargo-Shorts und Sandalen.

Yvonne winkte und stieß die Frau neben sich mit dem Ellbogen an.

Die Frau richtete sich auf und lächelte in ihre Richtung. Beim Anblick ihrer Erscheinung wäre Natalie fast stocksteif stehengeblieben. Sie war groß und schlank, ihr dunkelbraunes Haar war nirgendwo auf dem Kopf länger als zwei Zentimeter, und unter ihrem weißen Hemd trug sie nichts als ein schwarzes Tank Top.

»Bist du sicher, dass das eine Frau ist?«, fragte Natalie Steph, möglichst ohne ihre Lippen zu bewegen und heftete sich ein Lächeln ins Gesicht.

»Sei nett.« Steph legte Yvonne den Arm um die Taille und wandte sich um, um die anderen einander vorzustellen.

Natalie wartete nicht darauf. »Du musst Kelly sein.«

»Schuldig«, antwortete diese und bot ihr die Hand an. Ihre kristallklaren blauen Augen blickten fest in Natalies. »Und du musst Natalie sein. Ich freue mich, dass du mit von der Partie bist.«

»Ja … ja, danke«, stammelte Natalie. »Danke, dass du angeboten hast, deine Kabine mit mir zu teilen.«

»Sie ist ja nicht groß, aber ich glaube, wir haben Platz genug. Außerdem kann ich mir nicht vorstellen, dass wir uns viel dort aufhalten werden, wo es an Bord so viel zu unternehmen gibt.«

Natalie plante auf der Stelle all die Dinge, die sie unternehmen würde, um sich beschäftigt zu halten. Die Vorstellung, Zeit mit Didi und Pamela zu verbringen, erschien ihr gar nicht mehr so abwegig. »Und so viele Häfen … Ich wette, wir werden kaum etwas voneinander sehen.«

»Außer dass wir jeden Abend wie die Kühe zum Stall zum Dinner streben.«

Ein entzückendes Bild, dachte Natalie.

Ein Kellner blieb stehen, um ihnen eisgekühlte Getränke in Erinnerungsgläsern anzubieten.

»Diese Runde geht auf mich«, sagte Kelly gutgelaunt. »Ich empfehle den Rum Runner. Das ist der rote.«

Natalie pflückte sich ein Glas vom Tablett. »Auf eine gute Zeit.«

»Und neue Freundinnen«, erwiderte Kelly.

Kelly stopfte sich das Hemd in die Hose und zog den Reißverschluss ihrer Chinos hoch, die ihr locker auf den Hüften saßen. Die Hosen stammten aus der Zeit, als eine Knieverletzung sie zu einer Joggingpause gezwungen hatte. Innerhalb von zwölf Wochen hatte sie acht Pfund zugenommen, diese aber rasch wieder verloren, als sie ihr Trainingsprogramm wieder aufnahm. Sie gab es auf, ihren Haarwirbel glätten zu wollen und trat auf den Balkon, um auf Natalie zu warten, die sich im Bad zum Dinner ankleidete. Wie sie das in dem winzigen Raum schaffte, war Kelly ein Rätsel, aber sie wusste es zu schätzen, dass nicht alle Menschen jede Schamhaftigkeit abgelegt hatten, wie es bei ihr nach vier Jahren Navy der Fall war.

Natalie war eine interessante Frau und aus der Nähe betrachtet noch viel attraktiver, als es von der Galerie über dem Atrium aus den Anschein gehabt hatte. Ihr Haar war glänzend und geschmeidig, und das Rotbraun brachte ihre wunderschönen grünen Augen gut zur Geltung. Gewöhnlich stand Kelly nicht auf Make-up, aber Natalie trug genau die richtige Menge – sie betonte ihre natürlichen Vorzüge, übermalte sie aber nicht. Sie besaß eine straffe Figur, doch bei näherem Hinsehen waren wohlgeformte Hüften und hohe kurvenreiche Brüste auszumachen. Nicht dass Kelly darauf geachtet hätte.

Irgendwie hatten sie anscheinend keinen guten Start gehabt. Seit ihrer ersten Begegnung am Pool hatte Natalie sich eng an Steph gehalten, als hätten die beiden nicht schon den ganzen Tag miteinander verbracht. Selbst während der obligatorischen Sicherheitseinweisung hatte sie lieber mit ihrer Ex geplaudert, als die Gelegenheit zu nutzen, Kelly näher kennenzulernen. Es war schwer, nicht auf die Idee zu kommen, dass sie irgendwas an Kelly abstoßend fand ... Und das musste ihre äußere Erscheinung sein, denn etwas anderes gab es nicht.

Das war eine weitverbreitete Reaktion, die Kelly schon vor Jahren akzeptiert hatte – als Konsequenz ihrer Entscheidung, sich in Bezug auf ihr Aussehen nicht der Norm zu beugen, sondern ihrem Wohlbefinden Vorrang einzuräumen. Schon als Kind hatte sie sich den Bemühungen ihrer Familie widersetzt, sie wie andere Mädchen anzuziehen, und sich sogar selbst das Haar kurzgeschnitten. Dafür war sie bestraft worden, was sie aber hingenommen hatte, um ihr Selbstbild zu wahren. Doch Reaktionen wie Kims beim Check-in oder Natalies ließen sie nicht unberührt.

Natalie trat in adretten Leinenhosen und einem ärmellosen Top aus dem Bad. Sie schlang sich einen langärmeligen Strickpulli um die Schultern und schlüpfte in ein Paar Sandalen. Ihre Füße waren wie ihre Hände – lang und zartgliedrig, mit leuchtendrotem Nagellack. »Bist du fertig?«

»Ja. Du siehst sehr hübsch aus.«

Ihre Augen begegneten sich kurz. Dann sah sich Natalie nach ihrer Handtasche um. »Danke. Ich habe Sachen eingepackt, die ich gut miteinander kombinieren kann, damit ich nicht zweimal dasselbe Outfit tragen muss.«

»Ich bin sicher, wir alle werden unsere Sachen zweimal tragen«, erwiderte Kelly. Sie würde alle vier Tage waschen oder nackt herumlaufen müssen. »Und selbst wenn ich jedesmal etwas anderes anziehe, wird es vermutlich doch so ähnlich aussehen wie das, was ich am Tag zuvor anhatte.«

»Ich glaube, Didi und Pamela haben genug dabei, um sich fünfmal am Tag umzuziehen, ohne irgendwas zweimal zu tragen. Ich habe keine Ahnung, wo sie das alles unterbringen.«

»Ich habe Pamela auf dem Balkon gesehen. Mir war nicht klar, dass sie gleich nebenan sind.«

Natalie schnaubte. »Das ist einer dieser kosmischen Späße, die Gott sich gern mit Natalie Chatham erlaubt.«

»Falls es dich tröstet – ich schnarche nicht, ich brauche nicht viel Platz, ich lasse meine Sachen nicht herumliegen und ich nehme das Bad nicht stundenlang in Beschlag. Im Grunde bin ich wie ein Cockerspaniel, nur dass meine Ohren beim Trinken nicht nass werden.« Sie wusste das kleine Lächeln, das sie erntete, zu schätzen.

»Ich werde versuchen, all das auch nicht zu tun ... Nur wenig Platz beanspruche ich nicht gerade. Ich habe sämtliche leeren Schubladen in Beschlag genommen und jeden freien Kleiderbügel, und meine Sachen sind im ganzen Bad verteilt.«

»Kein Problem.« Kelly hielt Natalie die Tür auf und folgte ihr den engen Korridor entlang zu der Treppe mittschiffs, die zum Hauptspeisesaal auf Deck 5 hinunterführte.

Als sie den Speisesaal betraten, kamen sie an dem Paar vorbei, das Kelly vorher schon aufgefallen war. Sie nickte der jüngeren Frau zu und sah, dass deren rothaarige Begleiterin Natalie anstrahlte, die jedoch weiterging, ohne es zu bemerken.

Die anderen saßen bereits an einem runden Tisch am Fenster.

»Tut mir leid, dass wir uns verspätet haben«, sagte Natalie und griff nach dem Stuhl neben Steph.

Kelly warf einen flüchtigen Blick zum Fenster hinaus. Der Sonnenuntergang hatte den Himmel in Flammen gesetzt. Natalies Aussicht würde von den Vorhängen halb verdeckt sein. »Setz dich hierher, Natalie. Hier hast du einen besseren Ausblick.«

Natalie lächelte schüchtern und wechselte zu dem angebotenen Platz.

»Schöne Hose«, bemerkte Didi, die Kellys Chinos musterte. »Länge zweiunddreißig?«

»Einunddreißig Regular«, erwiderte diese amüsiert. Didis Herablassung angesichts der Männerhosen entging ihr keineswegs. »Fang keine Modediskussion mit mir an. Alles, was ich darüber weiß, habe ich in der Navy gelernt.«

»Ach, wie interessant«, antwortete Pamela. »Warst du auf einem Schiff wie diesem hier?«

»Ich habe nicht viel Zeit auf See verbracht, und nie auf einer Lady wie ... ich meine, einem Schiff wie diesem. Ich war die meiste Zeit am Marinestützpunkt in Key West stationiert.«

»Was genau hast du da eigentlich gemacht?« Steph und Yvonne stießen sich gegenseitig in die Rippen, weil sie dieselbe Frage gestellt hatten.

»Ich war bei den SeaBeas, das sind die Bautruppen der Navy. Die meiste Zeit haben wir Gebäude auf dem Stützpunkt errichtet. Und zwischendurch war ich für sechs Monate in Dubai und habe an einer Flugpiste mitgebaut.«

Natalie sah sie neugierig an. »Das muss enttäuschend gewesen sein – zur Navy zu gehen und dann die ganze Zeit Sachen zu bauen, die mit dem Meer nicht das Geringste zu tun haben.«

Kelly schüttelte ihre Serviette auf und legte sie sich auf den Schoß. Dann beugte sie sich vor und sah von einer zur anderen, während sie sich an den ganzen Tisch wandte. Nur Didi schien kein Interesse an ihrer Antwort zu haben. »Keineswegs. Ich hatte gerade meinen Abschluss als Bauingenieurin gemacht, von daher passte das gut. Vielleicht hätte ich bei der Navy Karriere gemacht, wenn mein Vater nicht krank geworden wäre. So aber bin ich heimgekehrt und habe ihn bei der Leitung seiner Firma unterstützt – er war Generalunternehmer –, aber er ist vor einigen Jahren gestorben, und dann habe ich meinen Anteil an der Firma meinem Bruder verkauft und bin nach Rochester gezogen.«

»Na, wenn das keine gute Idee ist«, sagte Didi. »Den eigenen Firmenanteil an einen Partner zu verkaufen.«

Natalie drohte ihr von der anderen Seite des Tisches aus mit dem Finger. »Du hattest versprochen, das Thema ruhen zu lassen.«

Didi hob die Hände. »Entschuldige.«

Kelly erinnerte sich daran, dass Yvonne ihr erzählt hatte, Didi wolle Natalies Anteil an der gemeinsamen Firma übernehmen, und sie bereute, das Thema angeschnitten zu haben. »Dieses Wetter bringt die Erinnerung an die Zeit in Key West zurück. Im Sommer war es echt heiß, aber den Schnee im Januar habe ich kein Stück vermisst.«

Didi stöhnte und erzählte, wie problematisch es am Morgen auf dem Flughafen in Rochester gewesen war. Während sie sprach, registrierte Kelly amüsiert, dass sie und Pamela sich nicht nur für die Sailaway-Party umgezogen hatten, sondern auch noch einmal zum Abendessen.

Während des Dinners plauderten die sechs Frauen angeregt über ihre Pläne – nicht nur was das Schiff anging, sondern auch die verschiedenen Häfen. Kelly war froh zu hören, dass Yvonne zu allem aufgelegt war, was mit Wasser zu tun hatte. Steph sagte, sie würde überlegen, vom Strand aus zu schnorcheln, aber nicht von einem Boot aus. Didi, Pamela und Natalie wollten sich gar nicht ins Wasser begeben – sie wollten nur am Strand liegen und sich sonnen.

»Möchtest du meine Crème brûlée probieren?«, fragte Kelly Natalie, die ihre Schokoladentorte nur gekostet hatte. »Du scheinst mit deinem Nachtisch nicht glücklich zu sein, und mir ist das viel zu viel.«

»Bist du sicher?«

Kelly schob ihr den Teller hin. »Nur zu.«

Natalies Gesicht hellte sich auf, als sie kostete. »Das ist viel besser als das, was ich bestellt habe.«

»Iss es auf.« Kelly schenkte ihr noch eine Tasse koffeinfreien Kaffee ein und sah zu, wie Natalie Sahne und Süßstoff hinzugab. Ihr machte es Freude, Natalie Freude zu bereiten. »Hat irgendjemand Pläne für heute Abend? Ich glaube, um acht tritt eine Zauberkünstlerin auf.«

»Ich schau mal im Casino vorbei«, meinte Yvonne. »Ich weiß ja nicht, wie munter ihr alle überhaupt noch seid.«

»Steph und ich gehen in die Ladenpassage und schauen uns Badeanzüge an«, sagte Natalie.

Didi schob ihren Stuhl zurück und wartete, bis Pamela aufstand und ihre Hand nahm. »Wir ziehen uns zu einer Privatparty in unsere Kabine zurück.«

Kelly sah aus dem Augenwinkel, wie Natalie die Lippen zusammenpresste. »Als eure nächste Nachbarin kann ich nur hoffen, dass ihr es ernst meint, was den privaten Part angeht.«

Didis empörte Miene war unbezahlbar, aber Natalies zufriedenes Grinsen toppte alles.

3

Natalie schob vorsichtig eine Hand unter der Bettdecke hervor, um sich die Nase zu kratzen, und war irritiert von dem ungewohnten Liegegefühl. Sie drehte sich auf den Rücken und versuchte sich in der fremden Umgebung zu orientieren – sie lag in einem der beiden Betten in einer Kabine an Bord der *Emerald Duchess*. Entweder hatte sich der leichte Seegang gelegt, der sie am Abend zuvor in den Schlaf gewiegt hatte, oder sie hatte sich bereits an das stete Schwanken gewöhnt.

Sie setzte sich auf und blinzelte, um sich in der Dunkelheit zurechtzufinden. Das einzige Licht drang an den Rändern der Verdunklungsgardine ein. Ihre Kabinengenossin war fort. Das überraschte Natalie, denn es war schon nach Mitternacht gewesen, als Kelly auf Zehenspitzen hereingeschlichen war, und die Digitaluhr zeigte jetzt zehn nach sieben an. Wenn das Kellys Vorstellung, sich eine Kabine zu teilen, entsprach, dann war Natalie sehr damit einverstanden.

Ehrlich gesagt, über Kelly konnte sie sich nicht beklagen. Doch ihre geheime Wunschphantasie, sich auf ein kleines Abenteuer mit ihrer Kabinengenossin einzulassen, nur um Didi eines auszuwischen, war hundertprozentig geplatzt, da sie diese Art Frau nicht im Geringsten anziehend fand. Das wusste Didi auch, und somit würde sie Natalie sofort durchschauen. Aber dennoch schien Kelly sehr nett zu sein, und ihr ungewöhnliches Leben würde interessanten Gesprächsstoff bieten, falls sie sich zusammen in der Kabine aufhielten.

Natalie schwang die Füße aus dem Bett und tappte vorsichtig um die Sitzecke herum, um einen Blick nach draußen zu werfen. Die Sonne stand bereits hoch, der Himmel war blau und klar, und die See verhältnismäßig ruhig. Natalie konnte nicht widerstehen – sie öffnete die Schiebetür einen Spaltbreit und atmete die warme, feuchte Luft ein. Es war das pure Glück.

Im Schrank hingen zwei Bademäntel bereit, und sie wickelte sich in einen davon ein, bevor sie auf den Balkon hinaustrat. Ein Karibik-Trip mitten im Winter war eine hervorragende Idee – eine Idee, die sie in ihren offiziellen Jahresterminplan eintragen würde, gleich neben die Inventur zum Jahresende, die Steuertermine und die Frühjahr/Sommer Fashion Week in New York. Nicht dass sie sich das jedes Jahr würde leisten können – aber es war schön, davon zu träumen. Wenn Didi je zur Vernunft kam und begriff, welch komfortables Leben sie in Rochester haben könnten, dann konnten sie sich Reisen wie diese regelmäßig gönnen.

Das Geschäft nach New York zu verlegen konnte sie beide ruinieren. Die Modewelt der Eighth Avenue war knallhart. Ein Laden, der nicht von Anbeginn seine Nische fand, konnte in sechs Monaten pleite sein, und dann wäre all ihr Kapital weg. Natürlich glaubte Didi schon längst nicht mehr, dass Natalie den Umzug nach Manhattan mitmachen würde. Seit zwei Jahren, zwei Monaten und ... neun Tagen, um genau zu sein. An dem Abend hatten sie sich getrennt.

Anfangs hatte Natalie geglaubt, ihre Trennung könnte sich letzten Endes doch als Segen erweisen – als die Auszeit, die ihre Beziehung brauchte. Plötzlich kamen sie bei der Arbeit besser miteinander aus – es gab kein Gezanke mehr um jede Kleinigkeit. Die Kehrseite jedoch war, wie sie schnell begriff, dass sie sich schon bald von ihrem eigenen Unternehmen entfremdet fühlte, weil die glamouröse Modeseite des Geschäfts Didis Bereich war, während sie selbst für die betriebswirtschaftliche Seite zuständig war. Ohne die frühere Begeisterung, mit der sie jede neue Lieferung auspackte, und Didis extravagante Präsentation wurden die Kisten mit topmodischen Trapez- oder Shirtkleidern nur mehr Waren, die entweder gut gingen oder nach einem festen Zeitplan, der ihnen einen steten Zugang frischer Waren ermöglichte, reduziert wurden. Was den Glamourfaktor ihres Arbeitsbereiches anging, hätte Natalie genauso gut einen Laden für Klempnerbedarf führen können.

Trotz ihrer nachlassenden Begeisterung für die Modebranche konnte Natalie die Vorstellung jedoch nicht ertragen, sich von diesem Leben zu verabschieden und im Alter von siebenunddreißig Jahren zurück auf Los zu gehen. Erst als Pamela sechs Monate zuvor auf der Bildfläche erschienen war, hatte sie begriffen, dass die Vorstellung, eine neue Geliebte zu finden, ebenso beängstigend war, wie die Vorstellung, sich eine neue berufliche Perspektive zu schaffen. Am liebsten hätte sie das Leben zurückgehabt, wie es zwei Jahre zuvor gewesen war ... oder fünf oder sechs ... wann immer sie und Didi noch zusammen glücklich gewesen waren.

Sie ließ sich im Liegestuhl nieder und drapierte den Bademantel so, dass die Morgensonne auf ihre Beine schien. Doch so sehr sie auch versuchte, sich zu entspannen, es war unmöglich, das Debakel zu vergessen, das aus ihrem Leben geworden war, insbesondere mit der noch frischen Erinnerung daran, wie Didi und Pamela es letzte Nacht unter großem Geseufze und Gestöhn getrieben hatten. Für das viele Geld hätte Natalie sich eine bessere Lärmdämmung gewünscht.

Die Schiebetür öffnete sich, und Kellys rotes Gesicht erschien. »Gut geschlafen?«

»Muss wohl. Ich erinnere mich an nichts.«

Kellys Abwesenheit am frühen Morgen erklärte sich von selbst, als sie in Joggingshorts, Tank Top und Turnschuhen auf den Balkon trat und zwei Tassen Kaffee in den Händen balancierte, während sie die Tür zuschob. »Du nimmst Kaffeesahne und dieses blaue Zeug, richtig?«

»Du hast mir Kaffee mitgebracht! Wie reizend!«

»Kein Ding. Ich brauche nach dem Laufen immer eine Dosis Koffein, und ich habe mitbekommen, dass du beim Dessert gestern Abend Kaffee getrunken hast.«

»Ich liebe Kaffee – ganz besonders als Allererstes am Morgen.« Genießerisch trank sie den ersten Schluck. »Ich bin Sport ja zu jeder Tageszeit eher abgeneigt, aber dass du am ersten Urlaubstag in aller Frühe aufgestanden und Laufen gegangen bist ...!« Es war kaum möglich, die gut definierten Muskeln von Kellys Beinen und Schultern nicht zu bewundern. Natalie hätte wetten mögen, dass sich unter dem Tank Top ein Sixpack verbarg. Es war kein besonders weiblicher Körper, aber er war auch nicht unattraktiv.

»Mir macht das Spaß. Ich laufe jeden Morgen drei, vier Meilen, am Wochenende manchmal auch mehr. Gewichte stemmen finde ich auch nicht schlecht, aber Laufbänder kann ich nicht leiden. Zum Glück haben sie einen Jogging-Parcours auf dem Promenadendeck. Nach fünfzehn Runden habe ich vergessen zu zählen.«

Natalie schüttelte ungläubig den Kopf. »Warum überrascht mich das nicht? Hier an Bord gibt's wirklich alles. Steph und ich haben gestern Abend sogar ein Filmtheater entdeckt.«

»Prima. Vielleicht gucken wir uns die Tage mal einen Film an.« Kelly legte den Kopf in den Nacken und trank den letzten Schluck Kaffee. »Soll ich dir noch eine Tasse Kaffee holen, bevor ich duschen gehe?«

»Nein, danke. Aber Kaffee gebracht zu bekommen war prima.«

»Was hast du heute vor?« Der Reiseplan sah vor, dass sie den ganzen Tag auf See waren – mit Ziel San Juan.

»Ich habe Didi und Pamela zugesagt, mit ihnen ins Spa zu gehen. Zum – ich kann es selbst kaum glauben – Wachsen der Bikinizone. Ich habe Steph das Versprechen abgerungen mitzugehen. Wenn sie nicht auftaucht, bin ich auch verschwunden.«

Kelly lachte. »Ja, ich verstehe, dass man dafür moralische Unterstützung braucht. Übrigens, diese sogenannte Privatparty von Didi und Pamela – das war der Grund, warum ich gegangen und so lange weggeblieben bin.«

»Ich habe die beiden gehört, als ich reinkam. Das ganze verdammte Schiff hat sie vermutlich gehört. Es klang, als hätte man einen Hund und eine Katze zusammengebunden«, erwiderte sie und konnte kaum verhehlen, wie peinlich berührt sie war.

»Wenn du mich fragst – ich glaube, dass war alles nur Show.«

»Wie kommst du darauf?«

»Ich weiß nicht. Es klang einfach gekünstelt – als wäre es viel lauter, als es eigentlich hätte sein müssen.«

Natalie spürte, wie ihr das Gesicht brannte bei der Vorstellung, dass Didi das Ganze nur inszeniert hatte, um sie zu demütigen. Wenn das der Fall war, dann war das ein Zeichen dafür, dass der Wind rauer wurde. Didi hatte sich schon einiges geleistet – sie war überkritisch gewesen, herablassend, anstrengend, aber nicht absichtlich gemein.

Auf der Suche nach einem freien Liegestuhl schlenderte Kelly im schattigen Bereich des Pooldecks umher. Anders als den meisten Gästen war ihr nicht daran gelegen, braun zu werden. Während ihrer Zeit in Key West hatte sie Hunderte von

Frauen gesehen, die weit älter aussahen als sie waren, weil sie sich zu sehr der Sonne ausgesetzt hatten. Außerdem – wenn sie sich in Cargo-Shorts und Tank Top sonnte, würde es doof aussehen, wenn sie anschließend etwas anderes trug.

Eine Frau in ihrer Nähe sammelte ihre Sachen zusammen und ging, und Kelly schnappte sich ihren Liegestuhl. Sie freute sich, als sie feststellte, wer neben ihr saß: die junge Frau, die sie zusammen mit der Rothaarigen gesehen hatte. »Hallo, ich habe dich gestern Abend beim Dinner gesehen.« Sie streckte die Hand aus. »Kelly Ridenour.«

»Tach, Mensch. Jo Atkinson.«

»Ah, Australierin.« Kelly wusste die Begrüßungsfloskel richtig zuzuordnen. »Woher kommst du?«

»Brisbane. Kennst du das?«

»Nein, aber es steht auf meinem Wunschzettel. Du hast ja einen langen Weg hinter dir.«

Jo nickte und legte ihr Buch beiseite. »Ich bin mit meiner großen Schwester unterwegs. Sie wollte noch mal richtig einen draufmachen, bevor sie fünfzig wird.«

Schwestern – das erklärte den vertraulichen Umgang der beiden miteinander, dachte Kelly. »Wie ich sehe, liest du das gleiche Buch wie eine der Frauen aus meiner Gruppe. Sie verschlingt diese Bücher geradezu, und ich glaube, sogar ihre Partnerin schnappt sich manchmal eines davon.« Das war Kellys Art, die lesbischen Karten auf den Tisch zu legen.

Jo grinste wissend. »Ich habe einen ganzen Koffer voll mit. Ich bin ein Liebesroman-Junkie.«

»Und wo ist deine Freundin?«

»In meinem Fall gibt's keine Freundin. Die kriegt meine Schwester Julie immer alle ab.«

»Deine Schwester ist auch lesbisch?«

»So ist es. Scheint doch genetisch zu sein.«

Mit ihrer Sonnenbrille auf der Nase sah Kelly zu, wie Natalie an Deck kam und ihr Handtuch auf einem Liegestuhl am Pool ausbreitete. Sie war so in die Betrachtung versunken, wie Natalie sich aus ihrem Pareo wickelte, unter dem ein blauer Bikini zum Vorschein kam, dass sie nicht mitbekam, was Jo gesagt hatte. »Wie bitte?«

»Ich sagte, die hübschen Mädel kriegen immer die hübschen Mädel ab.« Jo griff nach ihrem Glas mit dem spiralförmigen Strohhalm und trank einen Schluck Frozen Lemonade. »Sieh selbst.«

Während Kelly sich Jo zugewandt hatte, war die rothaarige Schwester erschienen und hatte den Liegestuhl neben Natalie in Beschlag genommen.

»Fremde kennt Julie nicht. Sie könnte Unterricht im Flirten geben.«

»Sie hat demnach auch keine Freundin?«

»Sie hat Dutzende.«

»Dutzende?« Kelly fand den Gedanken alarmierend, dass Natalie einer australischen Nymphomanin zum Opfer fallen könnte, die es einzig auf ein sexuelles Abenteuer abgesehen hatte, und sie verspürte den wilden Drang, zu ihr zu eilen und ihr eine Warnung zuzuflüstern. Dann schaltete sich ihr gesunder Menschenverstand wieder ein, und sie schüttelte den Kopf angesichts ihrer Überreaktion. Wenn Natalie sich an Bord mit einer attraktiven Frau anfreunden wollte, war das ihr gutes Recht. »Wie kommt's, dass du keine Freundin hast? Julie lässt doch sicher die eine oder andere übrig?«

Jo zuckte die Achseln. »Es gibt da eine, die mir gefällt, aber ich weiß nicht, wie sie mich findet. Tja … Ich glaube, sie mag mich schon, aber vielleicht nicht so. Sie hält mich wahrscheinlich bloß für eine gute Freundin.« Die mangelnde Zuversicht stand Jo ins Gesicht geschrieben.

»Vielleicht fragt sie sich aber auch, warum du dich nicht mit ihr verabredest.«

»Weil ich ein Schisshase bin.« Sie hob ihr Buch hoch. »Ich lebe in dieser Welt.«

Plötzlich tauchte Julie bei ihnen auf, schnappte sich den Drink ihrer Schwester und nahm einen großen Schluck. »Gottverdammt heiß hier draußen.«

Jo stellte sie einander vor. »Soll ich dich darauf hinweisen, dass deine zehn Minuten in der Sonne neun Minuten zu lang waren?«

»Ich weiß, aber sie war so süß.« Julie sah Kelly an und wies mit dem Kopf zu Natalie hinüber. »Findest du nicht, dass sie süß ist?«

»Ich finde, sie ist ...« Sie wandte sich zu Natalie um und sah, wie Steph sich auf die Liege neben ihr fallen ließ. »Ich finde, sie ist sehr süß.«

»So lässt sich's aushalten, oder?«, meinte Steph und unterschrieb den Beleg für ihre Bloody Mary. Ihr Badeanzug war ein Einteiler mit einem grün-gelben Blumenmuster. »Yvonne war im Internetcafé und hat gelesen, dass in Rochester letzte Nacht noch mal fünfzehn Zentimeter Schnee gefallen sind.«

Natalie nahm ihren Orangensaft und stieß mit Steph an. »Als ich heute Morgen auf dem Balkon saß, dachte ich, dass ich das jeden Winter machen möchte.«

»Können wir doch! Du verkaufst an Didi, und wir gehen alle zusammen auf Kreuzfahrt, bis dir das Geld ausgeht.«

»Sehr witzig.«

»Im Ernst, Nat. Ich weiß nicht, warum du mit dem Kapitel nicht endlich abschließt. Die Arbeit in der Boutique macht dir doch gar keinen Spaß mehr. Überlass sie Didi und mach was anderes.«

»Zum Beispiel? Ich habe mich aus einem tollen Job verabschiedet und alles, was ich hatte, in den Laden gesteckt.«

»Aber es war immer Didis Laden, vor allem seit er angefangen hat, Gewinn zu machen. Davor hat sie deine Investition gebraucht. Jetzt, wo sich das bezahlt macht und ihr euch den Gewinn teilt, hat sie beides – den Profit und das Prestige.«

»Und ich bin nichts. Willst du das sagen? Nachdem ich mich acht Jahre lang abgerackert habe?«

»Du bist nicht nichts. Ich denke, du hast allen bewiesen, dass du weißt, wie man ein Unternehmen zum Erfolg führt. Aber jetzt bist du unglücklich in dem Laden, warum also bleiben? Du könntest vermutlich zu Kodak zurückkehren, wenn du wolltest, oder dein eigenes Unternehmen aufziehen.«

»Ich könnte wieder glücklich werden mit meiner Arbeit. Mir gefällt nämlich, was ich tue. Mir gefällt nur nicht, wie die Sache mit Didi läuft ... und mit Pamela.«

Steph lehnte sich zurück und zog ihre leuchtendgelbe Sonnenblende tiefer in die Stirn. »Ich sage es dir nur ungern, aber der Zug ist abgefahren. Außerdem ging es dir total gut mit der Trennung, bis Pamela aufgetaucht ist. Ein ganz normaler Fall von Eifersucht. Das geht vorbei.«

Das hatte Natalie sich selbst auch schon tausendmal gesagt. Wenn sie ehrlich war, musste sie zugeben, dass der Umzug in ihr Eigenheim in Corn Hill – ein renovierungsbedürftiger Altbau, den Steph für sie gefunden hatte – ein willkommener Neustart gewesen war nach der tristen Langeweile, die ihr Leben mit Didi zum Schluss bedeutet hatte. Anfangs hatte sie die Hoffnung gehegt, jemand Neues kennenzulernen, eine Frau, die nicht jede ihrer Entscheidungen kritisierte, wie Didi es praktisch vom Augenblick ihres Kennenlernens an getan hatte. Doch nach einigen Monaten hatte sie gemerkt, dass sie einsam war und sich nach der vertrauten Zweisamkeit, wenn nicht gar Intimität zurücksehnte. Sie hatten nach der Arbeit wieder mehr Zeit miteinander verbracht, waren zusammen essen und einkaufen gegangen, und Natalie hatte angefangen, mit dem Gedanken zu spielen, sie beide könnten wieder zusammenkommen. Dann war plötzlich Pamela aufgetaucht, und Natalies Zwiespältigkeit hatte sich in besagte Eifersucht verwandelt.

»Wie ist deine Kabinengenossin?«

Die Frage unterbrach Natalie in ihren Gedanken, und sie blickte automatisch dort hinüber, wo sie Kelly mit der jungen Australierin hatte plaudern sehen, der Schwester der attraktiven Rothaarigen, die zu ihr gekommen war und sich vorgestellt hatte. »Sie ist ... ganz in Ordnung. Sie hat mir heute Morgen Kaffee gebracht.«

»Ach, wirklich?« Steph richtete sich auf und betrachtete sie interessiert.

Natalie winkte Kelly zu, als diese zu ihnen hinüber sah. »Keine große Sache. Offenbar läuft sie morgens als Erstes ein paar Runden auf dem Promenadendeck, und als sie sich einen Kaffee geholt hat, hat sie mir eben einen mitgebracht.« Natalie erzählte nicht, dass Kelly Milch und Süßstoff hinzugefügt hatte – genau so, wie sie ihren Kaffee mochte.

»Yvonne mag sie sehr. Und ich auch. Sie hat irgendwas an sich, das ich nicht genau benennen kann, aber ich wette, es macht Spaß, mit ihr zusammenzusein.«

»Was meinst du damit – sie hat irgendwas an sich?«

»Ich weiß nicht. Sie ist irgendwie so ungekünstelt – nach dem Motto: Was du siehst, ist genau das, was du kriegst. Sie täuscht nichts vor, versucht nicht, es allen recht zu machen. Es hat mir gefallen, wie sie Didis Kommentar zu ihrer Hose pariert hat – als ob es ihr völlig egal wäre, was Didi denkt.«

»Aber mal im Ernst – was für eine Frau trägt Männerhosen?«

»Sag du's mir. Trägt sie Boxershorts oder Herrenslips?«

Natalie merkte, dass sie leicht errötete. »Keine Ahnung. Und ich habe nicht vor, es herauszufinden.«

Steph zuckte die Achseln. »Ich finde, sie ist irgendwie sexy … auf eine raue, animalische Art.«

»Seit wann das denn? Sie sieht praktisch aus wie ein Mann. Und sie unternimmt nicht den geringsten Versuch, den Leuten einen anderen Eindruck zu vermitteln. Sie könnte zumindest Ohrringe tragen oder so, damit man nicht zweimal hingucken muss, um herauszufinden, was sie ist. Ich hatte schon halb erwartet, Aftershave in ihrem Kulturbeutel zu finden.«

»Du hast in ihrem Kulturbeutel herumgeschnüffelt?«

Natalie wurde knallrot. Ihre Angewohnheit, genau das zu sagen, was sie dachte, war schon immer ein Nachteil gewesen. »Ich konnte nicht anders. Ich musste einfach wissen, wie eine Frau es schafft, ihre ganze Kosmetik in einem kleinen Necessaire unterzubringen.«

»Ich vermute, das macht einen Teil ihres Reizes aus. Yvonne ist auch so. Ich habe zehn Jahre gebraucht, um sie davon zu überzeugen, dass es in Ordnung ist, wenn eine Physiotherapeutin gelegentlich Nagellack trägt.«

»Aber Yvonne hält niemand für einen Mann. Sie hat einen modischen Haarschnitt und sie hat keine Scheu, ihre Augen ein bisschen zu betonen. Und sie kauft ihre Sachen nicht in der Herrenabteilung.«

Steph schüttelte missbilligend den Kopf. »Wie du redest … Du klingst wie Didi.«

»Quatsch!«

»Doch, tust du! Was bedeutet es schon, wie jemand aussieht, wenn sie glücklich damit ist? Ich wäre gern glücklich mit diesem Rettungsring um meine Taille. Das Leben wäre um vieles leichter, wenn ich ihn einfach akzeptieren und meine Kleider eine Nummer größer kaufen würde.«

»Still! Sie kommt.«

Kelly trat zu ihnen und nahm Natalie die Sonne aus dem Gesicht. Sie schob ihre Sonnenbrille hoch und lächelte. »Das Wetter ist kaum auszuhalten, stimmt's?«

Steph und Natalie lachten und nickten.

»Passt auf, dass ihr euch keinen Sonnenbrand holt. Bei der steten Brise merkt man gar nicht, wie die Sonne brennt.«

»Wir bleiben nicht mehr lange«, gab Steph zurück. »Hat Yvonne dir erzählt, dass wir uns zum Mittagessen am Terrassenbuffet treffen wollen?«

Kelly nickte. »Ich werde da sein.« Sie sah Natalie an und lächelte noch einmal, bevor sie ihre Brille wieder aufsetzte und davonschlenderte.

Steph kicherte frohlockend. »Hast du den Blick gesehen? Sie hat mit dir geflirtet!«

»Blödsinn!« Natalie hatte auch den Eindruck gehabt, wenn auch nur für ein, zwei Sekunden.

»Hat sie wohl!«

»Tja, dann hat sie Pech. Sie ist nicht mein Typ.«

4

Kelly schlenderte über das Deck und suchte nach vertrauten Gesichtern. Schließlich entdeckte sie Steph und Yvonne, die bereits an einem großen Tisch knapp im Schatten saßen und aßen. Sie gestand es sich nur ungern ein, aber sie war froh, dass Yvonne Shorts und ein T-Shirt trug. Zumindest war sie nicht die Einzige in der Gruppe, die kein Fashion Victim war. »Wo stecken die anderen?«

»Natalie versucht sich zu entscheiden, was sie essen möchte«, antwortete Yvonne, vor sich einen übervollen Teller mit Hühnchenstreifen, Gemüse und Brot, dazu Dessert.

»Ich habe ihr geraten, es so zu machen wie ich und von allem etwas zu probieren«, fügte Steph hinzu. Ihr Teller war bis zum Rand gefüllt mit einer Vielzahl winziger Kostproben.

Kelly war nicht an üppige Mittagsmahlzeiten gewöhnt und entschied sich für das Salatbuffet, wo Natalie bereits ihre Auswahl traf. Und wieder ertappte sie sich dabei, wie sie Natalie musterte. Sie trug nun Shorts und ein Wickeloberteil über ihrem Badeanzug, was jedoch ihre feminine Figur keineswegs verbarg. Sehr schöne Beine für jemanden, die behauptete, für sportliche Aktivitäten nichts übrig zu haben. Und dann ihre Hände – lang und schmal, mit kurzen lackierten Fingernägeln. Lesbische Hände, eindeutig.

Den ganzen Morgen schon bereute es Kelly, den nächtlichen Lärm, den Didi und Pamela veranstaltet hatten, angesprochen zu haben. Natalie war verärgert über die Sache gewesen, und das war vollkommen verständlich. Niemand wollte zuhören, wie die Ex sich mit einer anderen im Bett vergnügte. Leider schien es keine Möglichkeit zu geben, sich dafür zu entschuldigen, ohne es noch schlimmer zu machen.

Sie trat zu Natalie, als diese sich gerade bedienen wollte. »Das würde ich bleiben lassen, wenn ich du wäre«, sagte Kelly und legte ihr sachte die Hand auf den Arm.

»Das ist Waldorfsalat. Den liebe ich.«

»Ja, schon, aber ...« Sie senkte die Stimme, damit das Servicepersonal sie nicht hörte. »Alles mit Mayonnaise ist ein Risiko, insbesondere bei einem Buffet, das lange der Wärme ausgesetzt ist.«

Natalie verzog enttäuscht das Gesicht.

»Vertrau mir in diesem Fall. Auf einer Kreuzfahrt krank zu werden wünscht man sich nicht gerade.«

»Da hast du recht.« Sie besah sich den Sesam-Nudelsalat auf Kellys Teller. »Wo hast du den her?«

Kelly ging mit ihr um das Buffet herum und wies sie auf einige ungewöhnliche Speisen hin. »Ich gehe nicht oft essen, aber wenn, dann nehme ich gern Dinge, die ich mir zu Hause nie mache.«

»Du kannst also kochen?«

»Gelten Mikrowellengerichte als kochen?«

Natalie sah sie ungläubig an. »Unter keinen Umständen!«

»Dann muss ich es verneinen.« Kelly legte noch einige Scheiben Cantaloupe-Melone und Ananas auf ihren Teller und wandte sich dann dem Tisch zu. »Meine häuslichen Fähigkeiten gehen mehr in Richtung Renovierungsarbeiten.«

»Das kann auch sehr praktisch sein, aber ich verstehe nicht, wie jemand, die jeden Tag läuft, sich nicht besser um ihre Ernährung kümmert.«

Kelly wusste nicht, was sie darauf erwidern sollte. Sie bezweifelte, dass Natalie sich wirklich Sorgen machte, weil ihr Abendessen gewöhnlich aus Pasta mit einer Fertigsauce bestand und dem einen oder anderen Bier dazu, was ihr genug Energie für ihre Joggingrunde am nächsten Morgen lieferte. »Tja, was soll ich sagen? Jede Frau hat ein, zwei Laster, meinst du nicht?«

»Mindestens.«

Sie war enttäuscht, als sie beide ihren Tisch erreichten und Natalie sich ans andere Ende setzte.

Natalie wandte sich an Steph. »Hast du gesehen, dass sie eine Kunstauktion veranstalten? Ich überlege, hinzugehen und mir anzuschauen, was sie zu bieten haben.«

Yvonne nickte heftig. »Die Galerie ist gleich neben dem Casino. Wir haben einige ernsthafte Kunstsammler an Bord. Sie waren heute Morgen schon da und haben Fotos mit ihren iPhones gemacht.«

»Hatten sie Empfang?«, fragte Steph. Es war eindeutig, dass sie an ganz was anderem als Kunst interessiert war.

»Nein, Schätzchen. Hier draußen empfängt niemand ein Signal.«

»Dein Blackberry funktioniert an Bord nicht?«, fragte Natalie.

»Nein«, erwiderte Steph verdrossen.

»Das heißt, dass sie nicht arbeiten kann«, sagte Yvonne und stieß sie in die Rippen. »Ich liebe Kreuzfahrten!«

»Du reißt den Mund ganz schön weit auf. Dabei machst du mich zur Casino-Witwe.«

Yvonne grinste und klimperte unschuldig mit den Wimpern. »Ich habe ein System, mit dem man gegen das Haus gewinnen kann. Also gegen das Schiff. Ich hab mit hundert Mäusen angefangen und fast eine Stunde gespielt. Dann hatte ich dreißig Mäuse gewonnen, also habe ich die hundert wieder in mein Portemonnaie getan und bloß noch mit den dreißig weitergespielt. Jetzt bin ich bei fünfundsechzig.«

»Wenn du so weitermachst, hast du die Reisekosten bald wieder drin«, sagte Natalie.

»Ermutige sie nicht auch noch«, meinte Steph. »Ich habe heute Morgen festgestellt, dass meine sechs Bücher nicht für zwölf Tage reichen, wenn Yvonne praktisch im Casino lebt.«

Kelly kam in den Sinn, was Jo über den Koffer voller Bücher gesagt hatte. »Hey, ich habe heute Morgen mit einer Frau gesprochen, die meinte, sie fährt total auf diese Liebesromane ab, die du auch immer verschlingst. Vielleicht leiht sie dir ein paar.«

»War das die Frau, mit der du am Pool geredet hast?«

»Ja. Jo heißt sie. Sie kommt aus Australien. Und die Rothaarige, mit der sie zusammen ist, ist ihre Schwester Julie.«

»Die habe ich auch gesehen. Heißer Feger. Sie hat Natalie angegraben«, sagte Steph.

Natalie verschluckte sich fast an ihrem Drink. »Hat sie nicht. Sie ist nur rübergekommen und hat hallo gesagt.«

»Ich liebe ihre Aussprache. Fandest du sie nicht attraktiv?«

Kelly wartete höchst gespannt auf Natalies Antwort. Julie schien auf alle Fälle interessiert gewesen zu sein, hatte aber nicht durchblicken lassen, ob das Interesse auf Gegenseitigkeit beruhte.

»Sie war ganz okay, aber ich habe kaum ein Wort verstanden von dem, was sie gesagt hat.«

Yvonne lachte herzlich. »Darauf wette ich. Ist schließlich noch gar nicht so lange her, dass du die New Yorker nicht verstanden hast.«

»Jetzt mach dich nicht auch noch darüber lustig, wie ich rede.« Natalie bewarf Yvonne mit einer Weintraube. »Weißt du, inzwischen rede ich schneller als irgendjemand in Pascagoula, und dort versteht mich kein Mensch mehr.«

Didi und Pamela kamen an den Tisch und setzten sich auf die letzten beiden freien Stühle. Ihre Teller waren mit Waldorfsalat beladen.

Kelly sah kurz zu Natalie hinüber, die ihren Blick mit einem leichten Lächeln erwiderte. »Sieht köstlich aus.«

»Ich hoffe, er schmeckt auch so«, erwiderte Didi. »Es ist nicht leicht, einen guten Waldorfsalat zu bekommen außer ... nun ja, außer im Waldorf-Astoria.«

Natalie verdrehte die Augen, und Kelly zwinkerte ihr zu.

»Habt ihr heute Morgen auch das Geschrei gehört, als Steph und Natalie sich ihre Bikinizone haben wachsen lassen?«, fragte Didi. »Vielleicht dachtet ihr aber auch, das wäre die Schiffssirene.«

Steph schlug die Hände vors Gesicht. »Ich dachte, ich werde ohnmächtig.«

»Du hast dir die Bikinizone enthaaren lassen?« Ivonne sah aufgeregt aus.

»Nur an den Rändern.«

»Pamela und ich haben uns für den French Bikini Wax entschieden, was, wie ihr vielleicht wisst, heißt: fast alles.«

Kelly warf Natalie einen Seitenblick zu. Sie sah alles andere als glücklich aus.

»Und was ist mit dir, Nat?«, fragte Didi neckend. »Wo hast du die Grenze gezogen?«

»Das geht dich nichts an.« Ihrer Stimme war anzuhören, dass der Spaß vorbei war.

»Ach, nun komm schon. Uns kannst du es doch sagen. Wir erzählen es auch nicht weiter. Nun sag schon: Wo hast du die Grenze gezogen?«

»Wer sagt, dass ich eine Grenze gezogen habe?«

»Die sind sehr schön«, sagte Natalie, als sie den Stapel Bilder durchging. »Ich wünschte, ich könnte mir eines davon leisten. Mein Haus könnte ein bisschen Farbe gebrauchen.«

»Dein Haus braucht mehr als das«, wandte Steph ein. »Zum Beispiel eine neue Küche … ein neues Bad … von Schränken ganz zu schweigen. Haben die Leute früher keine Kleider gehabt?«

»Hör dir das an. Du warst doch diejenige, die mich überhaupt erst dazu überredet hat, das Haus zu kaufen. Und jetzt zählst du mir auf, was damit alles nicht in Ordnung ist.« Natalie war nicht wirklich verärgert. Sie hatte genau gewusst, dass das Haus eine Menge Arbeit erfordern würde, und anfangs hatte sie sich auch darauf gefreut, sich ans Werk zu machen. Dann war es auf der Arbeit immer schlimmer geworden und sie hatte das Interesse an dem Projekt verloren. Im Grunde hatte sie das Interesse an fast allem verloren.

Selbst die Idee, über Silvester eine Kreuzfahrt durch die Karibik zu machen, hatte sie anfangs nicht in Begeisterung versetzt. Bis Steph ihr erzählt hatte, dass Didi und Pamela auch mitkämen. Natalie konnte den Gedanken nicht ertragen, dass ihre besten Freundinnen zusammen mit ihrer Ex und deren neuer Geliebter die Inselwelt bereisen würden. Das ging gar nicht. Sich zu trennen und eine neue Beziehung anzufangen war eine Sache, aber Didi würde nicht auch noch ihre besten Freundinnen in Beschlag nehmen.

»Was ist dir über die Leber gelaufen, Nat?«

Nur zwei Menschen nannten sie Nat – Steph und Didi.

Als sie keine Antwort gab, nahm Steph ihre Hand und zog sie in eine ruhige Ecke. »Didi hat dich beim Mittagessen ganz schön gepiesackt, nicht?«

Natalie seufzte und biss frustriert die Zähne zusammen. »Wie kann sie mich bei einer so intimen Sache so in die Enge treiben und Pamela sitzt direkt daneben? Das ist einfach respektlos – uns beiden gegenüber.«

»Du weißt doch, wie sie ist. Didi kennt keine Tabus. Sie ist nicht zimperlich, und sie kapiert nicht, dass andere Leute an manchen Dingen Anstoß nehmen.«

»Wer immer sie programmiert hat, hat den Sensibilitätschip vergessen.«

»Kannst du mir mal verraten, warum es dich immer noch so sehr interessiert, was Didi denkt? Ich kapiere nicht, warum jemand mit einer Frau zusammensein möchte, die jede einzelne Minute in erster Linie an sich denkt, deren erste

Worte sich immer darum drehen, dass die Farbe, die du trägst, deinem Haar nicht schmeichelt, oder dass deine Schuhe vor sechs Monaten schon out waren.«

»So habe ich das nie empfunden. Sie hat mir immer geholfen, mich gut zu fühlen. Wenn ich unter ihrem beifälligen Blick zur Tür hinausgetreten bin, dann wusste ich, dass ich spitzenmäßig aussah. Ich fühlte mich glamourös und mondän. Glaub mir, in Mississippi habe ich mich nie so gefühlt.«

»Außer bei Theresa.«

Die Parallele zwischen Didi und Natalies erster Geliebter war unausweichlich. Theresa Payne war eine Studentin höheren Semesters an der Ole Miss gewesen und hatte Natalie mit ihrer Schönheit und Kultiviertheit im Sturm erobert. »Ich kann es nicht ändern, Steph. Das ist nun mal die Art Frau, die mich fasziniert. Und was Didi angeht, habe ich schon eine Menge investiert.«

»Willst du mir erzählen, du stehst auf Frauen, die dich die ganze Zeit runtermachen?«

»Natürlich nicht. Didi verhält sich allen gegenüber so. Sie meint es nicht böse.«

»Willst du die Wahrheit hören? Wenn du nicht wärst, dann wären Yvonne und ich bestimmt nicht mit Didi befreundet. Wir haben ja kaum das erste Jahr eurer Beziehung überstanden.«

Natalies Beziehung mit Didi war schwierig, aber Liebe war nun mal Liebe, und sie konnte sie nicht einfach abschalten. »Kann ich dich was fragen, Steph? Wirst du Yvonne für den Rest deines Lebens lieben?«

»Was soll die Frage?«

»Beantworte sie einfach.«

»Na schön, die Antwort lautet: ja.«

»Was ist, wenn etwas passiert und ihr nicht mehr zusammensein wollt? Hörst du dann auf, sie zu lieben?«

Steph sah sie verdutzt an. »Ich kann mir nicht vorstellen, sie nicht mehr zu lieben.«

»Siehst du. Manche Menschen liebt man sein Leben lang. Man kann es nicht ändern, und egal, was passiert, deine Gefühle ändern sich nicht.«

»Soll das heißen, dass du nie über Didi hinwegkommen wirst?«

»Ich weiß es nicht, aber ich weiß, dass ich nie aufhören werde, sie zu lieben.« Sie blickte sich um und vergewisserte sich, dass ihnen niemand zuhörte. »Ich finde es schrecklich mitanzusehen, wie sie sich mit Pamela lächerlich macht. Welche Achtundzwanzigjährige will eine Frau, die vierzehn Jahre älter ist? Wie wird Pamela sich in ein paar Jahren fühlen, wenn Didi in die Wechseljahre kommt, während sie selbst ihre Blütezeit erlebt? Ich sage dir, die Sache ist irgendwann vorbei und dann wird Didi todunglücklich sein.«

Steph schüttelte den Kopf. »Um Didi würde ich mir Sorgen machen, wenn sie wirklich total verknallt in Pamela wärc. Aber wir beide wissen es besser. Pamela ist bloß cine Trophäe, und sollte Didi todunglücklich werden, ist sie selbst schuld.«

»Es ist mir egal, wessen Schuld es ist. Ich möchte nicht zusehen, wie sie gedemütigt wird. Wir waren so nah dran« – sie zeigte einen hauchdünnen Spalt zwischen Zeigefinger und Daumen – »wieder zusammenzufinden, als Pamela anfing, dauernd im Laden aufzukreuzen. Und plötzlich fuhr Didi jedes Wochenende nach New York. Woher weiß ich, dass es Pamela nicht bloß darum geht, die Boutique zu übernehmen? Das könnte passieren, wenn ich Didi meinen Anteil verkaufe.«

»Aber es ist nicht deine Aufgabe, Didi vor sich selbst zu retten. Du musst dich um Natalie kümmern, denn sonst tut das niemand.«

Natalie blickte hoch und sah, dass Didi und Pamela die Kunstgalerie betraten und auf sie zukamen. »Wenn man vom Teufel spricht ...«

»Das hast du gesagt.«

»Hallo, die Damen«, sagte Didi und schaute sich um. »Wo ist deine Kabinengenossin, Natalie? Erzähl's mir nicht. Sie ist unten und wartet die Schiffsmotoren.«

»Sehr witzig«, entgegnete Natalie und bereute insgeheim, dass sie Didi vor Steph in Schutz genommen hatte. Sie konnte manchmal so gemein sein. »Ich kann dir versichern, dass Kelly wirklich sehr nett ist.«

»Nett mag sie ja sein, aber sie sieht ziemlich merkwürdig aus.« Didi tat, als würde sie ihren Bizeps vorführen.

»Irgendwie mag ich ihren Look«, sagte Pamela. »Er steht nicht jeder, aber Kelly macht eine wirklich gute Figur. Sie ist ja nicht klobig oder so, nur muskulös.«

»Wenn du meinst«, lenkte Didi ein und zuckte die Achseln.

Natalie war leicht geschockt. Didi wich kaum jemals von ihren Ansichten ab, und schon gar nicht, wenn es um das Aussehen anderer ging.

Pamela fuhr fort: »Vielleicht rede ich mal mit ihr und frage sie, ob sie mir einen Rat geben kann, was ich für meine Oberarme tun könnte.«

»Ich glaube, sie zeigt dir gern ihr Trainingsprogramm«, erwiderte Natalie. »Wie gesagt, sie ist sehr nett.« Sie funkelte Didi an; dann machte sie auf dem Absatz kehrt und ging davon.

Vom Balkon aus betrachtete Kelly eine Insel in der Ferne. Sie hätte sich keinen schöneren Tag wünschen können, keine komfortablere Kabine, keine entspanntere Atmosphäre. Wenn ihr überhaupt etwas auf dieser Kreuzfahrt fehlte, dann war es Gesellschaft. Sie hatte sich ein bisschen mehr Gruppenzugehörigkeit erhofft, aber offenkundig hatten die anderen Frauen bereits ihre bevorzugten Konstellationen. Vor allem Natalie klebte geradezu an ihrer besten Freundin Steph, was wenig Gelegenheit ließ, die einzige andere Single-Frau ihrer Gruppe näher kennenzulernen. Zumindest auf Yvonne konnte sie zählen, aber sie hatte kein Interesse daran, ins Casino zu gehen. Es würde gezielte Bemühungen erfordern, in den Kreis der Freundinnen einzudringen.

Die Schiebetür der Nachbarkabine wurde mit einem lauten Knall aufgeschoben.

»Komm raus an die frische Luft!«, rief Pamela. »Vielleicht hilft das.«

»O Gott!«, murmelte Didi. »Mir ist kotzübel.«

Kelly hörte, wie Didi mit qualvollem Stöhnen wieder hineinging.

»Beeil dich da drin! Ich muss auch kotzen!«, rief Pamela.

Der Waldorfsalat? Kelly trat an die Reling und beugte sich vor. Sie sah, wie Pamela tiefe Atemzüge tat. »Alles in Ordnung mit euch beiden?«

»Nein. Irgendwas Fieses hat aus heiterem Himmel zugeschlagen und uns beide gleichzeitig erwischt.«

»Wie das?«

»Das ganze Paket – Übelkeit, Durchfall ... Didi sagt, sie schwitzt wie eine Hure beim Gottesdienst.«

Seit dem Mittagessen waren fast vier Stunden vergangen, Zeit genug für nicht ganz einwandfreie Mayonnaise, tief in den Verdauungstrakt vorzudringen. »Vermutlich ist es nur eine bakterielle Infektion – vielleicht habt ihr irgendwas Verdorbenes gegessen. Ist sonst noch jemandem übel?«

»Nicht dass ich wüsste.« Pamela presste sich die Hände auf den Leib und verzog das Gesicht. »Beeil dich!« Sie lief hinein, und gleich darauf erschien Didi auf dem Balkon.

»Ich habe gerade zu Pamela gesagt, dass es nach einer Lebensmittelvergiftung klingt. Vielleicht solltet ihr einfach ein, zwei Tage in eurer Kabine bleiben. Das gibt sich schon wieder.«

»Glaub mir, *ich* geb's schon wieder.«

»Soll ich den Schiffsarzt holen? Der kann euch bestimmt irgendwas verordnen.«

»Der Mensch, den ich brauche, sitzt zu Hause im Reisebüro. Ich will mein Geld zurück.« Sie krümmte sich und rief in die Kabine: »Ich bin wieder dran!«

Pamela tauchte erneut auf, ein bisschen grün um die Nase. »Ich glaube, wir brauchen Medikamente.«

Kelly blätterte rasch durch das Schiffsverzeichnis, fand die Nummer der Krankenstation und rief an. »Sie schicken jemanden hoch. Ihr sollt in eurer Kabine bleiben. Ich schätze, sie haben Angst, dass es was Ansteckendes sein könnte.« Es war möglich, dass die beiden sich irgendeinen Erreger eingefangen hatten – Magen-Darm-Infektionen kamen an Bord von Kreuzfahrtschiffen nicht selten vor, weil sich die Leute nicht immer die Hände wuschen –, aber Kelly tippte immer noch auf den Waldorfsalat, vor allem wenn sonst niemand aus ihrer Gruppe krank wurde.

Aus der benachbarten Kabine hörte sie fortwährendes Würgen, gelegentliches Stöhnen und böses Fluchen.

Kurze Zeit später kam Natalie hereingestürmt, ihr Gesicht von Sorge gezeichnet. »Was ist nebenan los? Ich habe gerade die Krankenschwester herauskommen sehen.«

Kelly sprang auf. »Ist mit dir alles in Ordnung?«

»Ja, klar. Warum?«

»Ich glaube, es war der Waldorfsalat. Didi und Pamela fühlen sich beide hundeelend.«

Einem lauten Stöhnen nebenan folgte ein Fluch und dann wieder ein Würgen.

»Aber sie erholen sich doch bald wieder?«

»In ein paar Stunden sind sie sicher wieder auf dem Damm. Aber im Augenblick geht's beiden ziemlich mies.« Sie führte Natalie auf den Balkon und schaute um die Trennwand herum. »Pamela?«

Die jüngere Frau trat auf den Balkon hinaus. »Wir müssen zweiundsiebzig Stunden in der Kabine bleiben. Das sind drei ganze Tage!«

»Ihr werdet San Juan verpassen!«, jammerte Natalie.

»Und St. Thomas und Tortola«, fügte Pamela hinzu. »Aber sie haben uns Gutscheine gegeben, damit wir die nächste Kreuzfahrt zum halben Preis machen können.«

»Was wir nächstes Jahr tun werden, sofern wir das hier überleben«, sagte Didi gequält. Sie war im Türrahmen erschienen.

»Was ist mit euren Mahlzeiten?«

»Sie bringen sie uns her, aber ich habe der Schwester gesagt, dass ich jeden umbringe, der heute Abend mit einem Essenstablett vor der Tür steht.«

Die beiden kamen sich an der Tür ins Gehege, als sie beide gleichzeitig versuchten, ins Bad zu stürmen.

»Die Armen«, sagte Natalie. »Sie werden einen Koller kriegen.«

»Spaß beiseite: Vielleicht sollten wir uns in Acht nehmen, wenn sie auf dem Balkon sind. Wenn sich herausstellt, dass sie was Ansteckendes haben, könnten wir auch krank werden.« Kelly senkte die Stimme. »Aber höchstwahrscheinlich war es wirklich die Mayonnaise.«

»Danke, dass du mich davor bewahrt hast.«

Kelly sah sie schuldbewusst an. »Ich habe ein schlechtes Gewissen, weil ich nichts gesagt habe, als sie mit ihren Tellern ankamen.«

»Mach dir darüber keine Gedanken. Didi hätte sowieso nicht auf dich gehört. Wahrscheinlich hätte sie sich sogar noch einen Nachschlag geholt, nur um es dir zu zeigen.«

»Übrigens – ich habe mir das Tagesprogramm durchgelesen. Heute Abend läuft der neue James Bond im Kino. Er fängt gleich nach dem Essen an. Glaubst du, jemand kommt mit?«

»Klingt gut! Soll ich Steph anrufen?«

»Klar. Es wäre schön, wenn wir mal alle zusammen was unternehmen.« Und sogar noch schöner, weil Didi und Pamela in ihrer Kabine bleiben mussten. Vielleicht würde Natalie sich dann ein bisschen entspannter zeigen.

5

Als sie am zweiten Morgen aufwachte, wusste Natalie sofort, wo sie war. Ihr größter Hinweis war Kelly, die am Fuß ihres Bettes stand, zwei Tassen Kaffee in der Hand, erhitzt und schweißnass vom Joggen.

»Wir sind in San Juan. Ein atemberaubender Anblick da draußen.«

Natalie setzte sich auf und räkelte sich. Sie versuchte, nicht daran zu denken, wie ihr Haar aussah. »Du hast mir wieder Kaffee mitgebracht. Ich muss mir was einfallen lassen, wie ich mich dafür revanchieren kann.«

»Das ist nicht nötig. Es macht mir wirklich nichts aus. Ich habe überlegt, ob ich dich schlafen lassen soll, aber ich vermute, dass der Kapitän jeden Moment durchsagt, dass wir an Land gehen können.«

Natalie schwang die Beine aus dem Bett und griff nach ihrem Bademantel. »Ich weiß gar nicht, was ich heute machen soll. Eigentlich wollte ich mit Didi und Pamela shoppen gehen, aber sie dürfen ja nicht von Bord, und allein habe ich keine Lust dazu.«

»Fährst du gern Fahrrad? Ich habe mich zu einer Radtour angemeldet. Wir legen eine etwa fünfzehn Kilometer lange landschaftlich schöne Strecke zurück und enden schließlich an einem Strand, wo wir ein paar Stunden Zeit haben.« Kelly hatte ihren Kaffee abgestellt und verstaute Obst und Brot in ihrem Rucksack.

»Ich glaube, dazu reicht meine Kondition nicht.«

»Ich glaube doch. In der Broschüre war von einer leichten Tour die Rede.«

Obwohl es verlockend klang, wollte Natalie sich nicht blamieren, indem sie schon nach dem ersten Kilometer schlappmachte. Dann würde Kelly sich genötigt sehen, sich zurückfallen zu lassen und sich ihrem Tempo anzupassen, obwohl jemand in solcher Topform wie sie die Tour ansonsten wohl angeführt hätte. »Ich glaube, ich verzichte lieber ... Es sei denn, sie haben Räder mit diesen kleinen Beiwagen, bei denen die eine die ganze Arbeit macht, während die andere auf ihrem Allerwertesten sitzt wie eine Nacktschnecke.«

Natalie trat mit dem Kaffee in der Hand auf den Balkon und stellte erstaunt fest, dass ein weiteres imposantes Kreuzfahrtschiff neben ihnen festgemacht hatte.

Kelly trat hinter sie. »Die haben angedockt, als ich vorhin laufen war.«

»Das Schiff ist ja riesig!«

»Unseres ist dennoch größer. Das wirst du sehen, wenn wir an Land gehen.« Sie setzte sich in den Liegestuhl und legte die Füße auf die Reling. »Wenn du heute was anderes machen möchtest, kann ich meine Radtour auch absagen. Als ich in Key West stationiert war, habe ich einige dieser Inseln besucht, von daher würde ich nichts versäumen, was ich nicht schon kenne.«

Natalie war versucht, das freundliche Angebot anzunehmen, aber sie bezweifelte ernsthaft, dass Kelly an der Art von Sightseeing und Shopping, wie sie ihr vorschwebte, Gefallen finden würde. »Das kann ich auf keinen Fall zulassen. Ich kann bestimmt mit Steph und Yvonne losziehen. Sie sind es mittlerweile weiß Gott gewöhnt, mich als ihren Schatten dabeizuhaben. Ich hänge ja schon seit zwanzig Jahren mit ihnen herum.«

»Man merkt, dass ihr euch schon lange kennt. Vor allem du und Steph.«

»Wir haben uns alle an der Ole Miss kennengelernt, als ich dort anfing zu studieren. Steph kam aus Memphis und Yvonne aus Rochester – sie hatte ein Softball-Stipendium, weil sie ihren High-School-Coach eingestellt haben.« Noch während sie sprach, wurde ihr klar, dass sie die Woher-wir-uns-kennen-Geschichte schon seit Jahren niemandem mehr erzählt hatte. Sie und Didi hatten ein geselliges Leben geführt, aber Natalie hatte sich außer Steph und Yvonne nie jemandem besonders nahe gefühlt – bestimmt nicht nahe genug, um in allen Einzelheiten zu erzählen, wie schwer es ihr gefallen war, sich später wieder in Mississippi einzuleben und wie sie sich mit ihrer Familie zerstritten hatte, als sie ihre Heimatstadt endgültig verließ.

»Ich hätte dich nicht als Softball-Groupie eingeschätzt.«

»Das war ich auch nicht. Aber ich bin mit Steph zu den Spielen gegangen, weil Yvonne ihre« – sie malte Anführungszeichen in die Luft – »›beste Freundin‹ war. Ich hatte damals nicht den leisesten Schimmer. Sie mussten es mir buchstabieren, ehe ich kapierte, dass sie miteinander schliefen.«

Kelly lachte leise. »Ich glaube, wir sind alle mal so naiv gewesen. Zum Glück habe ich es kapiert, bevor ich zur Navy gegangen bin, sonst hätte ich dagestanden wie ein Kind im Bonbonladen. Die Hälfte der Frauen an meinem Stützpunkt waren lesbisch, aber ich war zumindest schlau genug, mich bedeckt zu halten und nicht erwischt zu werden.«

»Das muss ganz schön heikel gewesen sein.«

»Stimmt. Aber wir hatten unseren kleinen Sub. Alle wussten, wer lesbisch war, und solange du keine angemacht hast, die nicht lesbisch war, wurdest du in Ruhe gelassen.«

Die Stimme des Kapitäns erklang über den Lautsprecher und hieß sie offiziell in Puerto Rico willkommen.

Kelly trank ihren letzten Schluck Kaffee und streckte sich. »Ich schätze, ich sollte unter die Dusche gehen, damit ich anschließend losziehen und wieder in Schweiß geraten kann. Musst du ins Bad?«

»Nein, geh nur.« Als Kelly verschwunden war, überlegte Natalie, ihr Angebot doch anzunehmen und die Radtour mitzumachen. Steph und Yvonne würde es zur Abwechslung vermutlich gefallen, mal einen Tag für sich zu haben. Doch dann stellte sie sich wieder vor, wie sie sich keuchend auf dem Rad abstrampelte und ihre Beine gequält protestierten. Es wäre nicht nur peinlich, sondern würde wahrscheinlich auch keiner von ihnen Spaß machen. Als sie Didi kennenlernte, hatte sie sich von allen sportlichen Freizeitaktivitäten verabschiedet – für Didi lief schon das Zücken ihrer Kreditkarte unter sportiver Betätigung.

Kaum dachte sie an Didi, öffnete sich die Schiebetür auf dem Balkon nebenan. Das tiefe Stöhnen verriet, dass Didi eine scheußliche Nacht hinter sich hatte.

»Hallo, da drüben!«, rief sie.

»Zumindest sagst du nicht guten Morgen. Ich müsste dich umbringen.«

»Ist euch beiden immer noch schlecht?« Sie ging zur Reling und spähte um die Trennwand herum.

»Ich glaube, das Schlimmste ist vorbei. Pamela hat die ganze Karaffe Orangensaft ausgetrunken, als ich unter der Dusche war. Egoistische Ziege.«

Natalie grinste innerlich – Didi war schon wieder ganz die Alte. »Was macht ihr zwei heute?«

»Wir bleiben drinnen und streiten uns ums Klo. Wir haben ja keine andere Wahl.«

»Mit wem sprichst du?« Pamela trat auf den Balkon hinaus.

»Natalie ... Obwohl ich nicht kapiere, wieso sie hier an Bord ist, wo es ihr doch freisteht, an Land zu gehen und durch das wunderschöne San Juan zu flanieren.«

Es war schwer, kein Mitleid für die beiden zu empfinden. Als wäre es nicht genug, sich von einer scheußlichen Brech- und Durchfallattacke zu erholen, gingen sich die beiden mittlerweile vermutlich ganz schön auf die Nerven – immerhin waren sie inzwischen schon achtzehn Stunden auf engstem Raum zusammengepfercht. Und es würde noch schlimmer werden. »Ich denke, ich ziehe allein los. Soll ich euch irgendwas mitbringen?«

»Du meinst, so was wie ein T-Shirt, auf dem steht: ›Meine Freundin war in San Juan, aber ich hatte 'ne Lebensmittelvergiftung‹?«

»Es tut mir echt leid, dass ihr die Insel verpasst. Vielleicht könnt ihr noch mal herkommen, wenn ihr euren Gutschein einlöst.«

»Den kriegen vermutlich nur Leute, von denen sie denken, dass sie sowieso sterben.«

Natalie kicherte. Didi hatte wirklich einen makaberen Sinn für Humor. »Quatsch, du kriegst ja nur fünfzig Prozent Nachlass. Sie schätzen deine Chancen also fifty-fifty ein. Ich halte mal nach was Schönem Ausschau. Möchtest du, dass ich Steph bitte, dir ein paar Bücher zu leihen, die sie schon ausgelesen hat?«

»Sie bringen uns nachher ein paar Filme auf DVD«, antwortete Pamela. »Ich gehe wieder ins Bett.«

»Wo willst du hin, Nat?«

»Ich laufe einfach ein bisschen in der Stadt rum. Kelly hat mich gefragt, ob ich sie auf einer Radtour begleiten will, aber ich glaube nicht, dass ich mit ihr mithalten könnte.«

»Aufs Bike mit Spike?«

»Benimm dich. Kelly ist sehr nett« – sie senkte dramatisch die Stimme –, »auch wenn ich ihr Aussehen befremdlich finde.«

Didi erschauderte sichtlich. »Das kannst du laut sagen. Welche Lesbe, die auch nur einen Funken Selbstrespekt hat, läuft so rum?«

»Ich habe zu Steph gesagt, da könnte man ja gleich mit einem Mann zusammensein«, flüsterte sie zurück, und beide kicherten.

»Hey, weißt du noch, wie wir beide die Magen-Darm-Grippe hatten?«

Natalie nickte grimmig. »Zumindest hatten wir zwei Badezimmer.«

Didi blickte über die Schulter, um sich zu vergewissern, dass Pamela wirklich außer Hörweite war. »Am besten erinnere ich mich daran, wie du treppauf, treppab gerannt bist, um dich um mich zu kümmern, und dabei warst du genauso krank wie ich.«

»Das lag daran, dass es anstrengender war, dein Gejammer anzuhören, als krank zu sein.«

»Ich weiß, aber Pamela ist echt nicht zu gebrauchen. Sie denkt immer bloß an ihr eigenes Elend.«

Didi als pflegeaufwendig zu bezeichnen war untertrieben, aber Natalie hatte das nicht viel ausgemacht. Didi hatte sie in anderer Hinsicht verwöhnt: Sie hatte ihr teuren Schmuck und wunderschöne Kleider gekauft. »Ich würde dir ja beistehen, aber an eurer Tür hängt ein Hinweis, dass ihr ansteckend seid.«

»Ach ja? Hör mal, wenn sie uns auf See bestatten, sorg dafür, dass ich mein moosbeerenfarbenes Halston-Kleid anhabe. Ich würde mich totärgern, wenn ich es nie getragen hätte.«

»Vergiss es. Das Kleid behalte ich für mich. Außerdem werden sie dich wahrscheinlich in dein Bettzeug einwickeln.« Es tat gut, gemeinsam mit Didi zu lachen. Sie hatten inzwischen kaum noch Gelegenheit, allein miteinander zu reden.

»Amüsier dich gut, Natalie. Wenn du später mit mir reden möchtest, klopf einfach an die Wand, dann komme ich raus.«

»Gute Besserung! Es tut mir echt leid, dass du nicht mitkommen kannst.« Sie hatte leichte Schuldgefühle, weil sie Kellys Warnung in Sachen Waldorfsalat nicht weitergegeben hatte, und die verstärkten sich noch, weil sie sich wünschte, nur Pamela wäre krank geworden. Dann hätten sie und Didi den Tag gemeinsam in San Juan verbringen können.

Kelly stieg hinter Natalie die Stufen zu Deck 2 hinab. Dort standen bereits Trauben von Passagieren, die von Bord gehen wollten. Sie war fasziniert von Natalies Hüftschwung und enttäuscht, als sie am Fuße der Treppe anlangten. »Deine letzte Chance, mit auf die Radtour zu kommen.«

»Danke, aber ich glaube, durch die Altstadt von San Juan zu bummeln, entspricht mehr meinem Tempo.«

»Plan genügend Zeit für das Fort ein. Das ist der interessanteste Teil, wenn du mich fragst.« Kelly war nicht sicher, was sie davon halten sollte, dass Natalie ihr Angebot, die Radtour abzusagen und mit ihr bummeln zu gehen, ausgeschlagen hatte, um Stephs und Yvonnes Einladung dann wiederum anzunehmen. Angeblich wollte Natalie nicht, dass Kelly ihretwegen ihre Pläne aufgab, aber Kelly vermutete, dass mehr dahintersteckte. Natalie schien Distanz zu wahren, aus welchem Grund auch immer – vor allem wenn die anderen in der Nähe waren. Wenn sie zusammen in ihrer Kabine waren, war Natalie sehr freundlich, aber offenkundig bevorzugte sie die Gesellschaft ihrer besten Freundinnen. Manche Menschen waren eben so, dachte Kelly. Vielleicht war Natalie schüchtern, oder sie brauchte eine Weile, bevor sie sich neuen Bekanntschaften gegenüber öffnete.

Steph und Yvonne warteten auf der Pier auf sie. »Kommst du mit uns?«, fragte Steph Kelly.

Das hättet ihr mich auch früher fragen können, dachte sie. »Ich mache eine Radtour«, antwortete sie.

»Das hätten wir auch machen sollen«, meinte Yvonne. »Ein bisschen Bewegung wäre nicht schlecht gewesen.«

»Herumlaufen ist auch Bewegung«, erwiderte Natalie. »Außerdem hätten Steph und ich nie mit dir und Kelly mithalten können.«

Am Ende der Pier stand eine Frau und hielt ein Schild mit

der Ankündigung für die Radtour hoch. Wie es aussah, war der kleine Bus fast voll.

»Das ist meine Gruppe«, sagte Kelly. »Amüsiert euch gut!«

Sie freute sich auf die Radtour, konnte aber ihre leichte Enttäuschung darüber, allein unterwegs zu sein, nicht abschütteln. Ein Ziel dieser Kreuzfahrt war schließlich, neue Freundschaften zu schließen, aber es war nicht zu übersehen, dass sie nicht zu den anderen passte – von Yvonne abgesehen. Und obwohl sie es ungern zugab, konnte sie dem vertrauten Gefühl der Trostlosigkeit, das sie von der High-School kannte, wo sie aus der Clique der beliebten Mädchen ausgeschlossen gewesen war, nicht entrinnen. Es war eine Ironie des Schicksals, dass die Navy der einzige Ort gewesen war, an dem sie sich je zugehörig gefühlt hatte, und dort hatte sie die ganze Zeit über nach dem Motto »Don't ask, don't tell« leben und ihr Lesbischsein verschweigen müssen.

»Hey, Kumpel!«

Sie blickte auf. Jo war im Begriff, sich auf den Platz neben ihr zu setzen. Wie Kelly war sie lässig in Shorts, T-Shirt und Turnschuhe gekleidet. »Hey, ganz allein unterwegs?«

»Ja. Radfahren entspricht nicht gerade Julies Vorstellung von Freizeitvergnügen. Durch die Stadt bummeln und shoppen ist mehr ihr Ding.«

»Kommt mir bekannt vor. Meine Kabinengenossin macht genau dasselbe.«

»Das ist die hübsche Frau mit den dunkelbraunen Haaren ... Natalie – richtig?«

»Ja.«

»Nicht deine Freundin?«

»Nein. Ich kenne sie erst seit zwei Tagen. Freundin einer Freundin. Sie hat sich erst in letzter Sekunde zu der Kreuzfahrt entschlossen.«

»Prima. Ich glaube, Julie ist scharf auf sie. Sie hofft, ihr heute in der Stadt zu begegnen.«

Kelly war schlagartig die Laune verdorben. »Hm.« Das hatte sie nicht laut sagen wollen.

»Sie kommt dir doch nicht in die Quere, oder?«

»O nein! Auf keinen Fall. Es ist nur so …« Ja, wie? »Natalies Herz hängt noch an jemand anderem.«

»Das ist für Julie kein Hinderungsgrund. Nach dem Motto: Lieber den Spatz in der Hand …«

»Hm.«

»Was ist los, Kumpel? Du hast mich angeflunkert, stimmt's?«

»Was meinst du damit?«

»Du hast es doch selbst auf sie abgesehen.«

Kelly musste darüber nachdenken. »Vielleicht. Ein bisschen.«

»Warum bist du dann hier und sie woanders?«

»Ich habe sie gefragt, ob sie mitkommen will, aber sie hat nein gesagt. Ich habe das Gefühl, ich bin nicht ihr Typ.«

»Wie ist denn ihr Typ?«

Kelly zog eine Grimasse. »Vermutlich wie Julie.«

Jo nickte. »Wie ich dir gestern gesagt habe. Die hübschen Mädel kriegen immer den Hauptgewinn. Der Rest von uns kriegt den Trostpreis.«

Tief in ihrem Inneren wusste Kelly, dass Jo recht hatte, zumindest was Natalie anging. Endlich legte sie den Finger auf das, was bis dahin ein unbestimmtes Gefühl gewesen war: Sie gehörte nicht zu Natalies Clique, weil sie nicht deren stilvollen femininen Look besaß. Selbst Yvonne, die ebenso sportlich war wie sie, erschien in einer Seidenbluse mit Tuch zum Dinner, mit dezentem Schmuck und Make-up. Ihr jedoch war das nicht möglich. Sie war, wie sie war, nicht mehr und nicht weniger. Ihr gefiel ihr Aussehen, von dem Haarwirbel vielleicht abgesehen.

Der Bus hielt vor einer Hütte, bei der etliche Reihen Fahrräder derselben Marke in der Sonne funkelten, die sich nur in Farbe und Rahmen voneinander unterschieden. Kelly schlang sich ihren Rucksack um und wartete mit etwa zwanzig weiteren Menschen in der Schlange, um sich dann ein blaues Rad auszusuchen. Als sie hinter Jo aufschloss, stellte sie fest, dass die anderen keineswegs durchweg sportliche Typen waren, was sie noch einmal in ihrem Wunsch bestärkte, Natalie hätte sich ihr angeschlossen.

»Einmal im Leben würde ich auch gern den Hauptgewinn kriegen, Jo, verstehst du?«

»Ich auch, Kumpel, aber ich trau mich einfach nicht ran.«

»Erzähl mir von deiner Flamme.«

»Sarah.« Jos Gesicht nahm einen träumerischen Ausdruck an. »Sie arbeitet in der Bäckerei ihrer Mutter. Ich kaufe mir dort praktisch jeden Tag Ingwerkekse.« Sie klopfte sich auf den runden Bauch. »Wie unschwer zu übersehen ist.«

»Ist sie hübsch?«

»Bildhübsch. Langes blondes Haar und blaue Augen, die dich noch aus zehn Meter Entfernung umhauen.«

Genau das dachte Kelly von Natalies grünen Augen. »Und wie ist sie so?«

»Sie hat einen ziemlich schrägen Sinn für Humor. Sie nimmt mich andauernd auf die Schippe … aber nicht gemein oder so. Aus reinem Blödsinn. Und ich liebe ihr Lächeln.«

Sie bogen in einen Weg ein, der aus festgestampfter Erde und Muscheln bestand und von Mangroven gesäumt war. Auf der einen Seite zog sich eine sattgrüne Hügellandschaft entlang, auf der anderen Seite das aquamarinblaue karibische Meer.

»Klingt doch, als könnte sie sich für dich interessieren.«

Prompt wurde Jo rot. »Schön wär's. Aber ich hab zu viel Schiss, es herauszufinden.« Sie hielten an einer Lichtung in den Mangroven, die ihnen einen prachtvollen Blick aufs Meer eröffnete, und Jo machte ein paar Fotos. »Ich habe Angst, dass ich alles vermassele, verstehst du?«

»Du meinst, wenn du sie fragst, ob sie mit dir ausgeht und sie nein sagt, dann könnt ihr nicht mehr befreundet sein?«

»Genau. Das wäre echt peinlich.«

»Steht sie denn auf Frauen?«

»Ich glaube schon ... Vielleicht. Ich habe noch nie erlebt, dass sie mit irgendwelchen Typen so herumgeblödelt hat. Bei denen ist sie immer ganz geschäftsmäßig.«

Sie fuhren weiter, diesmal einzeln hintereinander. Während sie so dahinradelten, dachte Kelly darüber nach, wie es mit ihr und ihrer faszinierenden Kabinengenossin lief. Ihr bisher tiefgehendstes Gespräch hatte an diesem Morgen stattgefunden, als Natalie erzählt hatte, wie sie damals im College aus allen Wolken gefallen war, als sie feststellte, dass ihre besten Freundinnen lesbisch waren, ohne jedoch ins Detail zu gehen. Sie beide brauchten mehr Zeit miteinander – entweder in ihrer Kabine oder beim Sightseeing. Oder vielleicht bei einem Spaziergang auf dem Promenadendeck. Das Problem war, Natalie von ihren Freundinnen loszueisen. Vielleicht konnten sie nach dem Abendessen –

»Wow!« Die Fahrradkolonne kam unvermittelt zum Stehen, und Kelly musste abrupt ausweichen, um nicht auf Jo aufzufahren. Ihr Vorderrad prallte gegen einen fußballgroßen Stein, blockierte und knickte ab, und ehe sie sich's versah, flog Kelly in hohem Bogen durch die Luft. »Verdammte –«

»Alles in Ordnung, Kumpel?« Jo war sofort an ihrer Seite.

Zum Glück war sie in dem hohen Gras gelandet, das die Straße säumte. »Ja, ich glaube schon. Nur einen Hirnschaden.«

»Was ist mit deinem Rad?«

Kelly inspizierte es und stellte erleichtert fest, dass es keinen größeren Schaden genommen hatte. »Fährt noch.«

»Gut! Bloß dass wir gar nicht weiterfahren. Wir sind am Strand.«

Tatsächlich – vor ihnen erstreckte sich eine kristallklare blaue Lagune.

Sie schoben ihre Räder zum Leiter der Tour, der eine kleine Crew beim Verladen der Fahrräder in einen Transporter überwachte, der sie zum Ausgangspunkt zurückbringen würde. Ihr Bus war in einer schattigen Ecke geparkt, wo verschiedene Händlerinnen ihre Waren auf Strohmatten und Decken ausgebreitet hatten.

Kelly öffnete ihren Rucksack und folgte Jo zu einem Getränkestand. »Darf ich dir ein Bier ausgeben?«

»Ich trinke nicht – nur Limonade.«

Kelly legte ihre Hand auf Jos, als diese nach ihrer Brieftasche griff. »Ich lade dich ein. Eine Limonade, ein Medalla«, bestellte sie und lächelte, als sie sich daran erinnerte, wie sie das letzte Mal genüsslich ein puertoricanisches Bier getrunken hatte. Das war noch in der Navy gewesen, mit Sandra, an einem ihrer freien Wochenenden.

Jo ging zu einigen Liegen unter einem Sonnenschirm hinüber. Kelly folgte ihr gleich darauf und reichte Jo ihr kühles Getränk.

»Ich habe noch mal über deine Frage nachgedacht … wie Sarah so ist. Ich habe genau das ausgelassen, was mir am meisten gefällt.«

»Und zwar?«

»Früher habe ich immer eine Sonderbehandlung genossen, wenn ich in den Laden kam. Sie hat mir zum Beispiel was zurückgelegt, wenn es das Letzte war und sie wusste, dass ich es gern aß. Oder wenn es voll war, hat sie meine Bestellung schon fertig gehabt, wenn ich hereinkam.«

»Und was hast du für sie gemacht?«

Sie zuckte die Achseln. »Was immer anstand. Wenn viel los war, bin ich rumgegangen und hab die benutzten Teller und Servietten eingesammelt.«

»Bist du nie gegen Feierabend hingegangen und hast sie nach Hause begleitet?«

»Also das wäre ja fast wie ein Date! Ich hab dir doch gesagt, dass ich dazu viel zu viel Schiss habe.«

»Warum denn? Du begleitest sie doch bloß auf dem Heimweg.« Kelly schüttelte über sich selbst den Kopf. Da gab sie gute Ratschläge, wie man sich an Frauen heranmachte, und dabei hatte sie selbst nicht ein einziges Date gehabt, seit sie zwei Jahre zuvor nach Rochester gezogen war.

»Vielleicht mache ich das eines Tages.« Jo streckte sich in ihrem Liegestuhl aus. »Weck mich, wenn der Bus losfährt. Oder wenn meine Füße in der Sonne sind.«

»Alles klar. Ich gehe mal rüber und schau mir die Souvenirs an.« Kelly nahm ihren Rucksack und kehrte in den Schatten zurück, wo sie auf der Stelle von mehreren buntgekleideten Frauen in Beschlag genommen wurde, die alle gleichzeitig ihren hübschen Nippes anpriesen und Kelly zum Kaufen aufforderten. Kelly brauchte nichts davon, und daheim in Rochester erwartete niemand ein Mitbringsel, aber sie wollte die einheimische Wirtschaft unterstützen.

»Das hier gut für dich«, sagte eine der Frauen und hielt ihr eine schmale Halskette mit einer geschnitzten Meeresschildkröte hin.

Nicht schlecht, dachte Kelly. Ein schlichter Halsschmuck, mit dem sie ihre Strandkleidung aufpeppen konnte. Er mochte sogar zu dem weißen Hemd und dem schwarzen Anzug, den sie für förmliche Anlässe dabei hatte, gut aussehen. »Was kostet sie?«

»Zwanzig Dollar.«

Kelly nahm die Halskette genauer in Augenschein. Sie war nicht besonders solide gearbeitet, würde aber die nächsten beiden Wochen halten. »Haben Sie die gemacht?«

Die junge Frau nickte. »Fünfzehn … zwölf …«

»Fünfzehn ist in Ordnung. Das ist ein angemessener Preis.«

Kelly verstaute die Halskette in ihrem Rucksack und betrachtete die übrigen ausgelegten Dinge. Nichts Außergewöhnliches … Nichts, das sich als schönes Geschenk für jemanden wie Natalie geeignet hätte, die sicher einen unfehlbaren Geschmack hatte, was Schmuck anging. Ihre Ohrringe, ihre Armbänder und Ketten schienen alle perfekt aufeinander abgestimmt zu sein und akzentuierten ihr jeweiliges Outfit.

Am Ende der Reihe stand ein dünner dunkelhäutiger Mann und starrte auf die Lagune hinaus. »Dir gefällt unser Strand?«, fragte er, und sein Englisch war leicht zu verstehen.

»Sehr.« Kelly schaute über das Wasser und erinnerte sich an all die Dinge, die ihr in Key West großen Spaß gemacht hatten. »Es ist wunderschön hier.«

»Schenke ich dir.« Er griff in eine gewebte Tasche und holte mehrere kleine Aquarelle hervor. »Ich male sie jede Stunde. Dies ist deine Stunde – das Wasser wie jetzt.«

»Wow!« Sie wusste, dass sie damit ihre Verhandlungsposition geschwächt hatte, aber er hatte die Farbe des Wassers im Licht der Nachmittagssonne aufs Schönste eingefangen. »Zehn Dollar, okay?«

»Fünfzig.«

Sie lächelte vor sich hin und öffnete ihre Brieftasche. Es würde Natalie gefallen.

6

An Bord legte Natalie ihre Einkaufstüten auf das Band am Durchleuchtungsgerät und sammelte sie auf der anderen Seite wieder ein. Ausnahmsweise war das Einkaufen ihr erst nachträglich in den Sinn gekommen – in letzter Minute hatte sie die Verkaufsstände am Eingang zum Dock abgeklappert, weil sie Didi ein Mitbringsel versprochen hatte.

Ihr Tag in der historischen Altstadt von San Juan war faszinierend gewesen, vor allem das Fort, das Kelly erwähnt hatte und wo Julie sich zu ihrer Gruppe gesellt hatte. Sie beide hatten sich nach dem Mittagessen abgesetzt; das war zum einen ihre Chance gewesen, sich besser kennenzulernen, aber wichtiger noch war es Natalie, dass sie Steph und Yvonne auf diese Weise ermöglichte, Zeit zu zweit miteinander zu verbringen. Die beiden hatten zwar nichts gesagt, aber ihnen war anzusehen gewesen, dass sie sich freuten, den Nachmittag für sich zu haben.

Sobald sie sich getrennt hatten, überkamen Natalie allerdings Zweifel. Julie entpuppte sich als Meisterin im Flirten. Die Australierin machte kein Geheimnis daraus, dass sie sich für alles, was Natalie anbetraf, interessierte, so dass Natalie das Gespräch schon bald von persönlichen Themen fortlenkte und sich auf die malerischen Aspekte von Old San Juan konzentrierte.

»Heute Abend gibt's eine Show«, sagte Julie einladend und hakte sich bei Natalie ein, als sie die Treppen hinaufgingen.

»Steph hat heute Morgen davon erzählt«, log Natalie. »Wir wollen gleich nach dem Abendessen hingehen und uns gute Plätze sichern. Warum kommt ihr nicht mit – du und deine Schwester?«

Julies Enttäuschung, nicht mit Natalie allein zu sein, war offenkundig, aber sie willigte ein. »Das hier ist mein Deck«, sagte sie nach zwei Treppen. Sie gab Natalie einen Kuss auf die Wange. »Danke für den wunderschönen Nachmittag. Vielleicht wiederholen wir ihn morgen in St. Thomas.«

Natalie lächelte matt und nickte. Sie hatte Verehrerinnen noch nie gut abwimmeln können – ein Unvermögen, das sie vermutlich ihrer Herkunft zu verdanken hatte: In den Südstaaten galt es als höflich, jede Einladung mit liebenswürdigem Lächeln anzunehmen. Das hatte zu mehr hoffnungslosen Verabredungen geführt, als ihr lieb gewesen war, denn gewöhnlich wusste sie schon nach ein paar Minuten, ob ihr eine Frau gefiel oder nicht. Julie war hübsch, interessant und nett, entzündete aber keinen Funken. Und obwohl Natalie sich stillschweigend die Erlaubnis erteilt hatte, an Bord eine unverbindliche Affäre zu haben – vor allem eine, die Didi womöglich eifersüchtig machen würde –, gehörte sie nicht zu den Frauen, die um jeden Preis auf Sex aus waren. Entweder wurde sie von der Hitze des Augenblicks davongetragen, von einer unbezähmbaren Leidenschaft, ausgelöst durch einen feurigen Kuss – oder sie ließ es bleiben.

Sie freute sich, bei ihrer Rückkehr in die Kabine Kelly anzutreffen. Den ganzen Morgen über hatte sie ein schlechtes Gewissen gehabt, weil sie Kellys Angebot, den Tag zusammen zu verbringen, abgelehnt hatte, auch wenn sie es vor sich selbst damit gerechtfertigt hatte, dass sie Kelly nicht wegen eines gemütlichen Stadtbummels von ihrem sportlichen Vorhaben hatte abbringen wollen.

»Wie war dein Fahrradausflug?«

»Er hätte dir gefallen, aber ich will nicht darauf herumreiten, zumal du offenbar auch einen schönen Tag hattest.« Sie wies auf die Einkaufstüten. »Ich habe gesehen, wie die Händler zusammengepackt haben. Wahrscheinlich hast du alles aufgekauft.«

Natalie breitete ihre Tüten auf dem Bett aus. »Ich habe ein paar Mitbringsel für die Mädchen im Laden gekauft. Und dann habe ich etwas gefunden, das nach dir aussah, und so habe ich auch das gekauft.«

Kelly hob überrascht die Augenbrauen. »Das nach mir aussah? Ob ich das sehen will?«

Natalie fand die richtige Tüte und griff hinein. »Du musst es nicht tragen. Na, vielleicht doch – mir zuliebe – ein oder zwei Mal.«

Kelly bekam leuchtende Augen, als sie die schwarze Korallenkette mit dem geschnitzten Delphin erblickte. »Oh, wow! Die ist ja wunderschön!«

Natalie strahlte. Sie freute sich, dass sie genau das Richtige für Kelly gefunden hatte – ein Hingucker, der nicht zu feminin war. Der Schmuck hatte sie nur zwölf Dollar gekostet – das Schnäppchen des Tages, wenn sie das Lächeln bedachte, das sie damit hervorgerufen hatte. »Lass mich sie dir anlegen.« Sie legte sie Kelly um den Hals und verschloss sie im Nacken. Dann rückte sie den Delphin so zurecht, dass er in der Kuhle an Kellys Kehle ruhte. »Das bist definitiv du.«

Kelly drehte sich um und betrachtete sich im Spiegel. »Es ist perfekt. Herzlichen Dank.«

»Hast du mir verziehen, dass ich nicht mitgekommen bin?«

»Vollkommen.«

Natalie war entzückt über Kellys Reaktion – ein wunderschönes Lächeln, das makellose weiße Zähne sehen ließ und winzige Grübchen in beiden Wangen. Die hatte sie zuvor gar nicht bemerkt. »Ich verspreche, dass ich nicht nach passenden Ohrringen Ausschau halten und dich nötigen werde, die auch noch zu tragen.«

»Danke, denn ich würde ungern deine Gefühle verletzen.« Kelly griff in ihren Rucksack und holte eine kleine Leinwand heraus. »Ich habe dir auch etwas mitgebracht. Es ist ein Gemälde, das zeigt, was dir heute entgangen ist.«

»Lieber Himmel, ist das schön!«

Kelly nickte heftig. »Die Lagune war echt wunderschön. Ich wünschte wirklich, du wärst dabei gewesen.«

Natalie war gerührt von Kellys Aufmerksamkeit. »Jetzt tut es mir wirklich leid, dass ich dich nicht begleitet habe.«

»Du kannst es wettmachen, indem du morgen in St. Thomas mit mir Schnorcheln gehst.«

»Ich soll von einem Boot ins Meer springen? Nicht im Traum!«

»Kannst du nicht schwimmen?« Kelly ließ sich auf die kleine Couch fallen und legte die Füße auf den Tisch.

»Ich weiß, wie es geht, aber ich bin schon seit Jahren nicht mehr geschwommen. Der Eriesee ist nicht so verlockend.«

»Du kannst die Karibik nicht mit dem Eriesee vergleichen. Das Wasser hier ist spektakulär. Korallenriffe, die in allen Farben leuchten, und tausend verschiedene Fischarten. Selbst Haie, wenn man Glück hat.«

»Wenn man Glück hat? Da komme ich erst recht nicht mit.« Sie war beinahe versucht gewesen, etwas Außerordentliches zu wagen, aber doch nur beinahe. Sich auf einem Fahrrad zu blamieren war eine Sache, aber sich kopfüber ins Meer stürzen?

»Sag noch nicht nein. Denk darüber nach.«

Die Vorstellung wurde immer verlockender, aber sie würde all ihren Mut zusammenklauben müssen. »Hast du was von nebenan gehört?«

»Sie sind draußen auf dem Balkon.«

Natalie nahm ihre Mitbringsel mit hinaus und schaute um die Trennwand herum. Didi und Pamela saßen in ihren Liegestühlen. Beide sahen erbärmlich und gelangweilt aus. »Ladies, wie fühlt ihr euch?«

»Selbstmordgefährdet«, antwortete Didi. »Die Magengeschichte ist vorbei, aber wir sind immer noch in Quarantäne. Ich musste übrigens schwören, dass wir zu niemandem Kontakt hatten, also lasst euch nicht erwischen, wenn ihr euch zu uns rüberlehnt, sonst schließen sie euch auch noch weg.«

»Ich habe euch was mitgebracht.« Sie hatte zwei Paar Ohrringe gekauft, lang herabhängende Muscheln, die mit leuchtend bunten Korallenperlen verziert waren. »Ihr könnt euch darüber streiten, wer welche bekommt.«

Didi verdrehte die Augen. »Das hat uns gerade noch gefehlt – noch ein Grund zum Streiten.«

»Danke, Natalie«, sagte Pamela liebenswürdig. »Ich entschuldige mich für Didis schlechte Manieren.«

»Wieso? Was hab ich denn verbrochen?«

Natalie kicherte. Sie erinnerte sich gut daran, wie unleidlich Didi sein konnte, besonders wenn sie krank war. Trotz allem, was sie für Didi empfand, war sie froh, sie in diesem Zustand Pamela überlassen zu können.

Kelly griff kurz nach dem Delphin, als sie den Speisesaal betraten. Die Schildkrötenhalskette, die sie sich gekauft hatte – fast identisch mit dieser hier –, lag im hintersten Winkel ihrer Schublade. Sie würde sie einer Kollegin im Planungsbüro in der Stadt schenken. Die Delphinkette war keine große Geste, aber ein willkommenes Zeichen dafür, dass Natalie Kelly mochte … oder zumindest nichts gegen sie hatte. Bis dahin war Kelly sich dessen nicht sicher gewesen.

Sie winkte Jo kurz zu, als sie an deren Tisch vorbeikamen, und war überrascht, als Natalie unvermittelt stehenblieb.

»Hallo, du musst Jo sein. Wie ich hörte, warst du heute auch auf der Radtour.«

Kelly war irritiert. Sie hatte Natalie kein Wort von Jo erzählt.

»Und ich wette, du bist Natalie. Julie redet ununterbrochen von dir.«

Das erklärte es … zu Kellys Leidwesen, denn Jo hatte ihr erzählt, dass Julie auf der Suche war. Das Lächeln auf Natalies Gesicht ließ darauf schließen, dass sie es genoss, umworben zu werden.

Jo runzelte die Stirn und wies auf ihre Kette. »Ich dachte, du –«

»Ist die nicht toll? Natalie hat sie mir geschenkt.« Sie zwinkerte Jo zu. Dann setzten sie ihren Weg zu ihrem Tisch fort.

Kelly rückte Natalie galant den Stuhl zurecht, während sie die anderen begrüßte.

»Ein weiterer Abend ohne Didi und Pamela«, sagte Yvonne und stieß Steph mit dem Ellenbogen an. »Das wäre deine Chance gewesen, den türkisfarbenen Hosenanzug zu tragen, den Didi so scheußlich findet.«

»Und ich hätte meine Tischlerhosen anziehen können«, fügte Kelly lachend hinzu.

»Die kenne ich«, meinte Steph. »Das sind *echte* Tischlerhosen. Ich sehe sie vor mir, hinten hängt ein Hammer raus, Farbflecken auf den Knien …«

»Was genau machst du eigentlich?«, fragte Natalie.

»Ich arbeite als Bauingenieurin für die Bauaufsichtsbehörde von Rochester. Ich überprüfe, ob alles vorschriftsmäßig ausgeführt wurde, und wenn ja, erteile ich die Nutzungsfreigabe.«

»Auf die Weise habe ich Kelly kennengelernt«, erklärte Steph. »Ich wusste nicht, wer sie war, bis Yvonne sie mal zum Abendessen eingeladen hat. Du kennst doch die Wohnanlage am Fluss, wo ich ab und zu eine Eigentumswohnung verkaufe? Ich musste eine potentielle Käuferin ewig hinhalten, bis Kelly endlich die Bezugsfähigkeitsbescheinigung erteilt hat.«

»Hast du deine Kenntnisse als Bauingenieurin in der Navy erworben?«, fragte Yvonne.

Kelly freute sich, dass das Gespräch sich nicht länger um Mode drehte, sondern um ihre Arbeit, von der sie gern erzählte. »Nein, mein Vater war ja als Generalunternehmer tätig. Mein Bruder und ich sind quasi in der Branche aufgewachsen und haben alles von der Pike auf gelernt.«

»Was heißt alles?«

»Alles, was auf dem Bau anfällt … Maurerarbeiten, Zimmerarbeiten, Installationen, Dacharbeiten, Trockenbau …«

Yvonne stieß Steph in die Rippen. »Echt schade, dass sie die Knieverletzung hatte, als wir damals unsere Küche renoviert haben.«

»Hey!« Natalie strahlte. »Du bist genau die Frau, mit der ich über mein Haus sprechen muss. Steph hat mich überredet, mir einen Altbau in Corn Hill zu kaufen, und da steht eine gründliche Renovierung an.«

»Ich liebe Altbauten. Wie viele Zimmer?«

»Oben drei Schlafzimmer, aber nur ein Bad.«

»Du willst vermutlich ein weiteres Bad einbauen?«

»Was ich wirklich will« – sie schaute die beiden anderen an – »entschuldigt, unterhaltet ihr beide euch einfach miteinander.«

»Ich will das auch hören«, meinte Yvonne. »Ich glaub's ja nicht – wir führen endlich mal ein Gespräch beim Abendessen, in dem es nicht bloß darum geht, was alle im Speisesaal Anwesenden tragen.«

Natalie wandte sich Kelly direkt zu. »Ich möchte mein Schlafzimmer vergrößern und ein Bad anfügen. Wenn ich dafür eines der anderen Zimmer drangeben muss, macht das nichts. Und unten neben der Küche möchte ich noch eine Toilette einbauen und überall neue Schränke und Regale.«

»In dem Fall ist es wahrscheinlich sinnvoll, gleich sämtliche Rohrleitungen zu erneuern. Und wenn du ohnehin Wände herausnimmst, kannst du auch gleich neue Stromleitungen verlegen lassen.«

Während des Essens legte sie die typischen Schritte, die bei einer solchen Renovierung anstanden, in allen Details dar. Natalie hatte sich eingehend Gedanken über ihre Umgestaltungswünsche gemacht und stellte Kelly jede Menge Fragen zu Materialien und Kosten. Sie setzten ihr Gespräch noch fort, während sie sich auf den Weg zum Theater machten, um sich die Varieté-Show anzusehen.

»Entscheidend ist, was du langfristig mit dem Haus vorhast. Alles, was du in die Renovierung steckst, wirkt sich auf den Wiederverkaufswert aus, aber wenn du vorhast, längerfristig selbst dort zu wohnen, dann solltest du besonderen Wert auf die Dinge legen, die du selbst tagtäglich nutzt.«

Plötzlich schwand Natalies Begeisterung. »Ich weiß nicht, wie meine Zukunftspläne aussehen. Vielleicht lebe ich die nächsten vierzig Jahre dort, vielleicht verkaufe ich das Haus auch nächstes Jahr und ziehe nach Manhattan.«

Kelly entging die Spur von Resignation, die in ihrer Stimme lag, keineswegs, und sie schrieb sie Natalies Ungewissheit in Sachen Didi zu. »Welche der beiden Optionen würde dich glücklicher machen?«

Natalie folgte Steph geistesabwesend zu einigen freien Plätzen in der Mitte der Reihe und erwiderte nachdenklich und mit leiser Stimme: »Was nützt mir ein Haus, wenn ich dort ganz allein leben muss?«

»Das hängt davon ab, was du daraus machst.« Kelly nahm neben ihr Platz und widerstand dem Drang, ihr besänftigend den Schenkel zu tätscheln. »Ein Zuhause kann weit mehr sein als nur ein Haus, aber es nützt dir nicht viel, wenn du dafür etwas aufgeben musst, an dem dein Herz hängt.«

Natalie klatschte Beifall, wann immer die Umsitzenden Beifall klatschten. Sie war in Gedanken noch immer mit Kellys pointierter Frage beschäftigt, was sie glücklicher machen würde. Sie war froh, als die Show zu Ende ging; sie brauchte eine aktive Ablenkung. Sie musste die düsteren Gedanken aus ihrem Kopf verscheuchen, vor allem ihre Zweifel, was eine Zukunft mit Didi anbelangte. Sonst würde ihre Verdrossenheit sie die ganze Nacht wachhalten.

»Hat jemand Lust auf einen Drink?«, fragte Kelly.

Natalie hätte fast verneint, als die anderen beiden gute Nacht sagten, doch die Vorstellung, in dieser trübsinnigen Stimmung in ihre Kabine zurückzukehren, schien ihr fast eine Garantie für eine Depression zu sein. Sie folgte Kelly in die schummrige Observation Lounge auf dem obersten Deck, wo sie sich in einer bequemen Sitznische niederließen und sich etwas zu trinken bestellten – ein deutsches Bier für Kelly und ein Glas Rotwein für Natalie.

Kelly hob ihr Glas und prostete ihr zu. »Auf unsere neue Freundschaft. Ich kann dir gar nicht sagen, wie froh ich bin, Frauen aus Rochester kennenzulernen, die nicht bloß in Bars herumhängen oder auf dem Sportplatz.«

»Ich hatte Glück, als ich nach Rochester gezogen bin. Steph und Yvonne hatten eine Menge Freundinnen, und sie haben mich sofort akzeptiert – obwohl sie fanden, dass ich komisch rede.«

»Dein Akzent ist nicht sehr ausgeprägt, und außerdem – mir gefällt er. Mein Chief Petty Officer kam aus Alabama, und ich hätte ihr am liebsten den ganzen Tag zugehört, wenn sie uns zusammengeschissen hat.«

Natalie fiel wieder ein, wie Didi sich über sie lustig gemacht hatte, als sie sich kennenlernten. Sie hatte erst richtig sauer werden müssen, bevor Didi endlich aufgehört hatte, sie aufzuziehen. »In den vergangenen zwölf Jahren hat sich viel davon verschliffen, aber nach ein paar Tagen in Pascagoula bin ich gleich wieder voll dabei.«

»Wie oft fährst du hin?«

»Alle zwei Jahre. Früher bin ich immer zu Weihnachten nach Hause gefahren, aber als Didi und ich zusammen waren, wollte sie, dass ich die Feiertage mit ihr verbringe. Heute kann ich zu meiner Entschuldigung anführen, dass um die Zeit des Jahres bei uns im Geschäft am meisten los ist.«

»Didi hat dich nicht begleitet?«

»Um Gottes willen! Erstens hat Didi nie den Wunsch verspürt, sich Mississippi anzusehen, aber damit hatte ich kein Problem. Zweitens hätte meine Familie einen Aufstand gemacht, wenn ich mit einer Frau nach Hause gekommen wäre.«

»Sie wissen nicht, dass du lesbisch bist?«

»Sie wissen es vermutlich schon, aber sie wollen nichts davon sehen oder hören. Das ist ja auch der Grund, warum ich überhaupt von zu Hause fortgegangen bin – um mein eigenes Leben leben zu können.«

»Wie in der Navy – nach dem Motto ›Was ich nicht weiß, macht mich nicht heiß‹?«

»Ja. Immer wenn ich bei ihnen zu Besuch war, musste ich so tun, als lebe ich in einem absoluten Vakuum. Ich musste mein ganzes wirkliches Leben verschweigen.« Sie konnte die Bitterkeit in ihrer Stimme nicht unterdrücken. »Meine beiden Schwestern hingegen sind perfekt. Republikanische Ehemänner und so viele Kinder, dass ich den Überblick verloren habe. Ich muss mir dann immer ein Lächeln ins Gesicht kleben und sagen, nein, ich bin mit niemandem liiert und ich habe kein großes Interesse daran, zu heiraten oder Kinder zu kriegen. Dann gucken sie sich an und schütteln den Kopf, als hätten sie jede Hoffnung aufgegeben. Ich muss mir immer wieder sagen, dass es egal ist, was sie von mir denken.«

Kelly nickte, als stimme sie jedem ihrer Worte zu. »Das trifft im Grunde auf alle Leute zu. Das Einzige, was zählt, ist, was du selbst über dich denkst.«

Der Kellner fragte, ob sie noch einen Wunsch hätten, und Kelly bestellte noch einmal dasselbe.

Natalie hatte die letzten zwanzig Jahre gebraucht, um sich selbst zu akzeptieren, wie sie war, und dass es ihr gelungen war, hatte sie nicht zuletzt Didi zu verdanken, die ihr beigebracht hatte, wie sie sich noch attraktiver zurechtmachte. Steph fand Didis ewige Kritik herabsetzend, aber Natalie konnte nicht bestreiten, dass sie in der Regel besser aussah, wenn sie Didis Ratschläge befolgte. Es war erstaunlich, wie ihr Selbstvertrauen wuchs, wenn sie wusste, dass sie gut aussah. Selbst ihre Schwestern hatten ihr neues Erscheinungsbild kommentiert, wenngleich sie nicht verstanden, warum das eine Rolle spielte, wenn Natalie sich sowieso für keinen Mann interessierte. Sie fragte Kelly: »Siehst du deine Familie oft?«

Kelly schüttelte den Kopf. »Inzwischen nicht mehr. Mein Bruder und ich sind als Heranwachsende nicht gut miteinander ausgekommen. Er war Mike Junior, ganz der Vater. Ich habe mit ihm um die Aufmerksamkeit unseres Vaters konkurriert, hatte aber keine Chance. Er war immer Daddys absoluter Liebling.«

»Und deine Mutter?«

»Sie ist ins Koma gefallen, als ich sechs Jahre alt war, und einige Monate später gestorben, ohne noch einmal aufgewacht zu sein. Dad hat immer behauptet, es wäre eine allergische Reaktion auf ein Medikament gewesen, das sie genommen hat, aber meine Großmutter war der Ansicht, sie hätte absichtlich eine Überdosis genommen.«

Natalie war wie gebannt von dieser Geschichte – und von Kellys trauervollem Gesicht. »Wie schrecklich!«

»Ich weiß nicht, was trauriger ist – die Vorstellung, dass sie in Folge eines Unglücksfalls so jung gestorben ist, oder die Vorstellung, dass sie so unglücklich war, dass sie nicht länger leben wollte. Ich versuche, nicht allzu oft daran zu denken.«

»Das ist so traurig.« Natalie hatte keinen Zweifel, dass ihr eigenes Leben weniger schmerzvoll verlaufen war als Kellys, egal wie entfremdet sie sich ihrer Familie auch fühlte. »Und es muss schwer für deinen Vater gewesen sein, ganz allein zwei Kinder großzuziehen.«

»Er war von seinem Unternehmen völlig in Anspruch genommen. Aus dem Grund habe ich ja angefangen, für ihn zu arbeiten – um mehr mit ihm zusammenzusein. Als ich in der Navy war, bekam er dann den Schlaganfall und hat mich gebeten, heimzukommen und meinen Bruder zu unterstützen. Anschließend habe ich mit Mike zusammengearbeitet, bis unser Vater starb.«

Es war kein Wunder, dass Kelly aussah und sich kleidete, wie sie es tat, überlegte Natalie, wenn man bedachte, dass sie ohne Mutterfigur aufgewachsen war und um die Liebe ihres Vaters gekämpft hatte, indem sie ihrem großen Bruder nacheiferte. Sie lehnte sich zurück und trank in kleinen Schlucken ihren Wein. Mittlerweile wollte sie so viel wie möglich von Kelly erfahren – sie entpuppte sich zunehmend als ein Mensch, mit dem Natalie gern Freundschaft geschlossen hätte. »Und was hat dich dann nach Rochester geführt?«

»Es war an der Zeit, sich von Mike zu trennen. Er spart schon seit Jahren bei einigen Projekten an allen Ecken und Enden, und das wird sich irgendwann rächen. Ich hoffe nur, dass er den Laden verkauft, bevor es ihn erwischt und er unseren guten Namen ruiniert.«

»Wie ist dein Vater damit umgegangen, dass du lesbisch bist?«

»Wir haben nie groß darüber gesprochen, aber er wusste es. Ich hatte damals selten eine Freundin – ich hing meistens in der Billardhalle herum – typisch Baby Dyke.«

Kelly grinste bei ihren letzten Worten und zeigte die Grübchen, die Natalie bereits aufgefallen waren. In dem schummrigen Licht erschienen ihre Gesichtszüge weicher und eindeutig feminin. Natalie war überzeugt, dass ältere Butches Kelly für einen absoluten Hauptgewinn hielten. »Ich wette, inzwischen hast du jede Menge Freundinnen gehabt.«

»Nur eine – ob du's glaubst oder nicht, und zwar als ich zur Navy kam. Ich habe Sandra auf dem Stützpunkt in Key West kennengelernt, und wir waren zwei Jahre zusammen, mussten aber sehr vorsichtig sein, damit es niemand mitbekam. Sie wurde nach Guam versetzt, kurz bevor meine Zeit bei der Navy ablief. Ich habe gefragt, ob ich mich dorthin versetzen lassen könnte, wenn ich verlängerte, aber sie hätten mich nach Jacksonville geschickt.«

»Das ist ja schrecklich. Du und Sandra – ihr müsst am Boden zerstört gewesen sein.«

Kelly legte den Kopf in den Nacken und trank den letzten Schluck Bier aus ihrer Flasche. »Anfangs war es schwer, aber ich hatte irgendwie damit gerechnet. Sie wollte in der Navy Karriere machen, und mein Typ wurde ja in Buffalo verlangt.«

Natalie nickte mitfühlend. »Ja, aber dennoch ... Ich weiß noch, wie verloren ich mich nach meinem Abschluss an der Ole Miss gefühlt habe und nach Pascagoula zurückgekehrt bin. Ich habe Steph und Yvonne schrecklich vermisst und jede Gelegenheit genutzt, sie zu besuchen.«

»Ich bin sicher, dass es gut war, in diesem Punkt deinem Herzen zu folgen.« Kelly winkte den Kellner herbei und bestellte eine weitere Runde – die dritte. »Und was rät dein Herz dir jetzt?«

Natalie wollte sich von dieser Frage nicht wieder so aus der Fassung bringen lassen wie beim Abendessen. »Ich habe keine Ahnung. Es kommt mir vor, als ändere sich das von Tag zu Tag.«

»Du empfindest immer noch sehr viel für Didi, stimmt's?«

»Bitte sag, dass das nicht offensichtlich ist!«

Kelly schüttelte den Kopf. »Nein, ist es nicht. Yvonne hat was in der Richtung durchblicken lassen, als sie mir erzählt hat, wie ihr euch alle kennengelernt habt.«

»Didi und ich waren sechs Jahre zusammen, aber die letzten drei oder vier liefen ehrlich gesagt schon nicht mehr gut. Es gab nichts mehr außer der Arbeit, und abends sind wir in zwei verschiedene Bereiche unseres Hauses heimgekehrt. Ich erspare dir die hässlichen Details, aber vor zwei Jahren haben wir uns dann schließlich getrennt.« Sie schüttelte sich bei der Erinnerung und trank einen Schluck Wein. »Kaum waren wir getrennt, haben wir uns wieder besser verstanden. Ich dachte, wir würden wieder zusammenkommen, aber dann hat sie Pamela kennengelernt, und das war's dann.«

»Liebst du sie immer noch?«

»Sieht so aus.« Sie erinnerte sich an ihr Gespräch mit Steph, aber sie bezweifelte, dass sie ihre komplizierte Gefühlslage noch einmal in Worte fassen konnte, zumal sie die ersten Auswirkungen des Alkohols verspürte. »Ich bin gern mit jemandem zusammen, die bewirkt, dass ich mich gut fühle.«

»Und Didi bewirkt das?«

»Sie bewirkt, dass ich mich schön fühle.«

»Lass dir mal eines sagen, Natalie Chatham«, Kellys Grübchen vertieften sich, als ein Lächeln auf ihrem Gesicht erschien, »du kannst dich auch ohne Didis Hilfe schön fühlen.«

Natalies Lippen verzogen sich zu einem Lächeln. »Ich glaube, ich bin ein bisschen betrunken.«

Kelly lachte leise. »Macht nichts. Jemand anders steht am Ruder.« Sie schob ihr Bier beiseite und stand auf. »Vielleicht sollten wir es gut sein lassen, solange wir noch geradeaus gehen können.«

Natalie hakte sich bei Kelly unter, als sie zu ihrer Kabine zurückkehrten. Sie fühlte sich wohl mit Kelly, viel wohler als sie erwartet hätte. Das lag vermutlich am Wein. »Ich möchte Didi eifersüchtig machen«, platzte sie heraus.

Kelly tätschelte ihr die Hand. »Wenn man bedenkt, dass

sie in Quarantäne ist und du ausgehst und dich amüsierst, ist sie das wahrscheinlich längst.«

»Nein, ich meine, eifersüchtig wegen einer anderen Frau. Ich wette, Julie würde mir helfen.«

»Julie aus Australien?«

Natalie nickte ernst. »Sie mag mich. Das weiß ich.«

»Willst du was mit ihr anfangen?«

»Nein, nicht wirklich. Ich will nur so tun, als ob.« Sie sprach mit schwerer Zunge. »Damit Didi sieht, was sie verloren hat.«

»Verstehe.« Kelly lächelte. »Ich glaube bloß, dass Julie nicht nur so tun will, als ob.«

Natalies Miene verfinsterte sich. Eine echte Affäre stand nicht zur Debatte. Dazu fand sie Julie nicht faszinierend genug. Teufel noch mal, dachte sie. Sie empfand mehr für Kelly als für Julie.

7

Kelly stellte den Kaffee auf den Nachttisch und überlegte, ob sie ihre Kabinengenossin wecken sollte. Wenn das leise, kontinuierliche Schnarchen ein Hinweis war, dann schlief Natalie den Schlaf der Gerechten. Doch in einer Stunde würden sie in den Hafen von St. Thomas einlaufen, und von einem der an Bord gezeigten Videofilme wusste Kelly, dass dies eine besonders schöne Einfahrt war, und sie wollte, dass Natalie sie nicht verpasste.

Ihr langes Gespräch am Abend zuvor hatte Kelly das Gefühl vermittelt, dass sie sich nun wirklich auf dem Pfad der Freundschaft befanden, obwohl sie im Hinterkopf hatte, dass drei Gläser Wein dazu beigetragen haben mochten,

Natalies Zunge zu lösen. Auf jeden Fall hatten sie Natalies heimatliche Sprechweise hervorgebracht. Doch was Kelly am meisten zu schätzen wusste, war, dass sie sich nicht über Banalitäten unterhalten hatten, sondern über die Wendepunkte in ihrem Leben. Das war das Fundament, um einander zu verstehen. Nachdem sie erfahren hatte, wie Natalie von ihrer Familie ausgegrenzt worden war, konnte sie nachvollziehen, warum ihr Wertschätzung so wichtig war, selbst wenn sie wie bei Didi in Form von kritischer Begutachtung daherkam.

Sie dachte daran zurück, wie sie und Yvonne drei Tage zuvor im Atrium gestanden und über das Geländer gebeugt beobachtet hatten, wie die anderen an Bord kamen. Pamela war diejenige gewesen, die an dem Tag hervorstach – durch ihr langes blondes Haar und ihre junge Erscheinung hatte sie sich von den anderen unterschieden. Nachdem sie Pamela aus der Nähe gesehen hatte, war die Faszination verflogen. Erstens sah eine Frau anders aus, wenn sie Arm in Arm mit einer anderen Frau daherkam, und während Didi die Beziehung ziemlich lässig zu nehmen schien, war Kelly klar, dass Pamela Didi sehr zugetan war. Zweitens war Kellys Aufmerksamkeit nun von Natalie gefangengenommen. Deren Schönheit war natürlich und klassisch zugleich und hielt jedem Morgen stand, auch wenn Natalie verschlafen und zerzaust aus dem Bett krabbelte. Diese Augenblicke, in denen sie sich unbeobachtet glaubte, warfen ein ganz anderes Licht auf sie als das, das sie anzustreben schien: den makellosen Look, der nur durch Make-up und Mode erzielt wurde. Natalie war eine alltägliche Schönheit eigen – rein und ausgereift und ihren Jahren angemessen.

Kelly rüttelte sie sachte an der Schulter. »Natalie … Kaffee … Croissants …«

Ein kleines Lächeln umspielte Natalies Lippen, aber ihre Augen blieben geschlossen.

»Rühreier … sattrote Tomaten … noch mehr Kaffee …«

»Ich rieche nichts von all diesen Dingen.«

»Nein, aber wenn du aufstehst und dich anziehst, holen wir uns all diese leckeren Dinge. Und wir schauen zu, wie unser Schiff in den Hafen einläuft. Das ist wunderschön anzusehen … Ringsum erheben sich sanfte Hügel …«

Natalie öffnete ein Auge. »Ich habe Angst, mich aufzurichten. Mir könnte der Kopf platzen.«

»Und denk bloß – heute ist Silvester. Heute Abend geht das Ganze von vorn los.«

Natalie runzelte die Stirn. »Ich bezweifle ernsthaft, dass ich das schaffe. Ich habe noch nie viel getrunken.«

»Dann kennst du wahrscheinlich auch nicht die neuesten wissenschaftlichen Studien. Ich habe gelesen, dass Katamaransegeln bei einem Kater Wunder wirkt.«

»Aha, das hast du gelesen, ja?« Natalie richtete sich auf und strich sich die Haare aus dem Gesicht. »Nicht so schlimm, wie ich befürchtet habe.«

Ihr Schlafanzugoberteil war verrutscht, und Kelly ertappte sich dabei, wie sie auf Natalies nackte Schulter starrte. »Ähm … hier – dein Kaffee.« Sie reichte Natalie den Styroporbecher. »Der Nektar des Lebens.«

»Du Retterin in der Not.«

Kelly wartete auf dem Balkon, während Natalie duschte und sich anzog. Sie erreichten das Terrassenbuffet just in dem Augenblick, als das Schiff in den Hafen einlief.

»Phantastisch«, sagte Natalie. Sie nahm an einem Tisch an der Reling Platz und schaute zu den grünen Hügeln hinüber, die den Hafen von St. Thomas säumten. »Ich bin froh, dass du mich geweckt hast, um das hier zu sehen.«

»Die Schnorchelstation ist da hinten auf einer der Inseln«, sagte Kelly und wies über das Heck hinaus. »Wenn du nicht schon andere Pläne hast, solltest du dir wirklich überlegen mitzukommen. Das Wasser ist klar bis zum Grund. Ich wette, du kannst sogar Fische sehen, ohne nass zu werden.«

»Kommt Yvonne nicht mit?«

»Doch, und sie meinte, Steph überlegt es sich auch.«

»Steph und schnorcheln? Das meint sie nicht ernst.«

»Was das Schnorcheln angeht – keine Ahnung. Aber mitkommen will sie auf jeden Fall.«

Natalie legte den Kopf schief, als denke sie darüber nach. »Ich bin versucht, aber ich habe Julie bereits versprochen, vielleicht eine dieser Kutschfahrten mitzumachen.«

Julies Namen zu hören stachelte Kellys Ehrgeiz an. »Ich habe gelesen, dass St. Thomas und St. John das klarste Wasser der ganzen Inselwelt haben ... und viele verschiedene Spezies in den Korallenriffen.«

»Hm. Mit nüchternem Magen kann ich nicht nachdenken. Soll ich uns Frühstück holen, und du hältst uns den Tisch frei?«

»Gern.«

Kaum war Natalie fort, erschien Yvonne. Sie war bereits für die Bootstour gerüstet; unter ihrem Tank Top blitzte ihr Badeanzug hervor. »Wie geht's, Kelly?«

»Könnte nicht besser sein. Ich versuche gerade, Natalie zu bewegen, mit uns auf die Katamaran-Tour zu kommen. Was ist mit Steph?«

»Sie hat sich noch nicht entschieden, aber ich wette, wenn Natalie mitkommt, ist sie auch dabei. Wie kommt ihr beide miteinander klar?«

»Besser, als ich anfangs dachte«, antwortete Kelly und warf einen Blick über die Schulter, um sich zu vergewissern, dass Natalie nicht in Hörweite war. »Aber nicht so gut, wie ich es mir wünsche.«

»Dafür könnte es zu spät sein. Steph hat gestern Abend mit Didi telefoniert, und Didi hat endlich kapiert, dass sie vielleicht doch zu alt für Pamela ist. Offenbar hat sie die Absicht, die Dinge mit Natalie zu klären, wenn sie wieder zu Hause sind.« Yvonne senkte die Stimme. »Die übrigens gerade auf uns zusteuert.«

Yvonnes Worte lösten eine Woge der Enttäuschung in Kelly aus, auch wenn sie sich gleichzeitig für Natalie freute, denn die wünschte sich ja nichts mehr, als wieder mit Didi zusammenzukommen. Die Liebe war eine komplizierte Angelegenheit, voller Kompromisse und Zugeständnisse. Wenn ein Paar sechs Jahre investiert hatte, wie die beiden, dann war es wahrscheinlich einfacher, nach gelernter Lektion zum Vertrauten zurückzukehren, als mit einer neuen Frau von vorn zu beginnen, vor allem wenn es auf der freundschaftlichen Ebene noch gut funktionierte.

Außerdem, rief sie sich in Erinnerung, war es dumm zu denken, dass Natalie sich zu einer Frau hingezogen fühlen würde, die das komplette Gegenteil von dem darstellte, was sie gewohnt war.

»Glaubst du, es gibt noch ein Ticket für die Katamaran-Tour?«, fragte Natalie.

Kelly sprang eifrig auf. »Ich gehe gleich mal nach unten zum Buchungsschalter.«

»Bring Steph auch eines mit!«, rief Yvonne ihr nach.

Obwohl ihre Stimmung durch Yvonnes Eröffnung einen Dämpfer erlitten hatte, war Kelly immer noch angetan von der Vorstellung, den Vormittag gemeinsam auf dem Wasser zu verbringen. Endlich unternahmen sie alle zusammen etwas. Sie hatte nicht viele Freundinnen, mit denen sie solche Dinge unternehmen konnte. Wenn die Kreuzfahrt vorbei war und sie nach Rochester zurückkehrten, wollte sie Teil dieser Freundinnenrunde sein und insbesondere Natalies gute Freundin und Vertraute.

»Hey, Kumpel. Was machst du heute?« Jo tauchte aus dem Nichts auf. Wie Kelly trug sie Sandalen und Cargo-Shorts, aber ein T-Shirt anstelle eines Tank Tops.

»Schnorcheln. Und du?«

Jo verdrehte die Augen. »Ich habe Julie versprochen, eine Kutschfahrt mit ihr zu machen, wenn sie sonst niemanden findet. Sie versucht seit dem Aufstehen deine Freundin Natalie anzurufen, aber bei euch geht niemand ans Telefon.«

»Natalie kommt mit mir«, sagte Kelly stolz. »Ach, und übrigens ...« Sie befingerte den Delphin, den sie um den Hals trug. »Danke, dass du dichtgehalten hast wegen der Halskette. Ich hatte ihr von der anderen nichts erzählt.«

»Also du und Natalie ...?«

»Wir sind nur befreundet. Ich mag sie, aber wie hast du noch gesagt ... die hübschesten Mädel ...?«

»Die Hübschen kriegen immer die hübschen Mädel ab.«

»Genau. Aber zumindest heute kriege ich sie. Tut mir leid für deine Schwester.« Sie grinste. »Na ja, nicht wirklich.«

»Sieh dir bloß all die Läden an, Steph«, sagte Natalie sehnsüchtig, als sie zum Ende der Pier gingen, wo der Katamaran auf sie wartete. »Wir könnten so schön shoppen.«

»Das hier wird noch viel besser«, sagte Kelly. »Du wirst es genießen – versprochen.«

Natalie nahm ihre Hand, als sie an Bord des sachte schaukelnden Schiffes kletterte. Die Bänke auf dem Hauptdeck waren bereits besetzt, und so folgte sie Kelly nach oben aufs

Sonnendeck. Yvonne und Steph kamen gleich hinter ihnen. »Ich verzeihe es dir nie, wenn du mich über Bord gehen lässt.«

»Keine Sorge.«

Kurz darauf legte der Katamaran von der Pier ab und beschrieb einen weiten Bogen um das Kreuzfahrtschiff.

»Da oben steht Didi auf dem Balkon«, sagte Kelly. Sie stand auf und winkte.

Natalie winkte ebenfalls und grinste breit, als Didi sie schließlich bemerkte und zurückwinkte. Pamela war nirgends zu sehen – wahrscheinlich gingen die beiden sich aus dem Weg, nachdem sie zwei volle Tage miteinander in ihrer Kabine hatten verbringen müssen. Natalie hatte keine Ahnung, wie Pamela sich in einer solchen Zwangslage verhielt, aber Didi würde in dieser Situation jede in den Wahnsinn treiben. »Nur für den Fall, dass ich dir das lange nicht gesagt habe: Danke, dass du mich den Waldorfsalat nicht hast essen lassen«, flüsterte sie Kelly zu.

»Ich bin froh, dass du auf mich gehört hast. Sonst wäre ich jetzt allein hier, und mit dir macht das viel mehr Spaß.«

Yvonne und Steph saßen auf der anderen Seite des Decks und sahen zu den Inseln in der Ferne hinüber. Wieder einmal hatte Natalie leichte Schuldgefühle, dass sie so oft in deren Zweisamkeit eindrang; sie nahm sich fest vor, in Zukunft besser darauf zu achten. Plötzlich standen die beiden auf und suchten ihre Sachen zusammen.

»Steph verträgt die Sonne nicht«, rief Yvonne ihnen über das Knattern des flatternden Segels hinweg zu. »Wir suchen uns unten einen Platz.«

Natalie wandte sich wieder nach vorn. Sie sah, wie der Wind Kellys kurzes Haar hochstellte und ließ den Blick über ihr – wie sie am Abend zuvor schon festgestellt hatte – erstaunlich feingezeichnetes Gesicht wandern. Ihre Augenbrauen hatten den perfekten Schwung, und ihre Lippen waren voll und sinnlich. Es gab keinen Zweifel, dass sie eine Frau war, selbst mit ihrer straffen, muskulösen Statur und ihren eher männlich anmutenden breiten Schultern.

»Da ist eine Schildkröte!«, sagte Kelly unvermittelt und wies auf eine Stelle, an der sich das Wasser kräuselte. Der runde Panzer war klar zu erkennen. »Schade, dass ich meine Kamera nicht dabeihabe.«

»Ich habe meine dabei.«

»Ich meinte meine Unterwasserkamera. Ich hätte beim Tauchen Fotos vom Korallenriff machen können, damit du siehst, was dir entgeht. Vielleicht hätte ich noch eine Schildkröte aus nächster Nähe aufnehmen können.«

»Ich dachte, beim Schnorcheln schwimmt man oben auf dem Wasser?«

»Ja, aber wenn man die Luft aus der Schnorchelweste lässt, kann man auch tauchen, solange man daran denkt, die Luft anzuhalten.« Wieder wies sie aufs Wasser hinaus. »Siehst du die dunklen Stellen dort unten? Das sind entweder Korallen oder Seegras. Da halten sich viele Fische auf.«

»Das muss toll sein!«

»Bist du sicher, dass du nicht auch schnorcheln willst? Ich besorg dir eine Maske und Flossen.«

Natalie schüttelte entschieden den Kopf. »Ich werde es durch deine Erzählungen genießen.«

Der Katamaran stoppte die Fahrt, und ein Crewmitglied warf den Anker aus. Dann sprang der Mann hinterher und tauchte ihm nach.

»Was hat er vor?«

»Er sichert den Anker, damit wir nicht abdriften.«

Ein weiteres Crewmitglied bat die Fahrgäste zum hinteren Teil des Decks, um ihnen einige Anweisungen zu geben.

»Das gilt nicht für dich, weil du ja sowieso nicht tauchen willst«, sagte Kelly.

Die Augen hinter ihrer Sonnenbrille verborgen, sah Natalie zu, wie Kelly sich bis auf ihre Shorts und den Sport-Bra auszog und ihre Schultermuskeln spielen ließ. Sie verspürte ein seltsames Verlustgefühl, als Kelly sich anschickte, die Treppe hinunterzusteigen. Halb wünschte sie, sie würde sich doch trauen, ins Wasser zu springen. Doch ihre Vernunft gab sich damit zufrieden, auf dem Sonnendeck zu bleiben und zuzuschauen.

Als die Einführung vorüber war, winkte Kelly zu Natalie hinauf und rückte ihre Schnorchelausrüstung zurecht. Die Maske in beiden Händen, tat sie einen Schritt zur Seite und verschwand in einem Gewirr von Blasen im Meer.

Natalie hielt die Luft an, bis sie Kelly wieder auftauchen und zusammen mit Yvonne auf eine dunkle Stelle im Wasser zuschwimmen sah. Die beiden verschwanden immer wieder, um einige Meter weiter wieder aufzutauchen. Es war unmöglich, sie nicht um ihr Vergnügen zu beneiden.

Natalies Gedanken wanderten zurück zu Didi, die schwer gestaunt haben musste, als sie sie davonsegeln sah, vor allem falls sie gedacht hatte, dass Natalie auch schnorcheln würde. Schade, dass Julie nicht mitgekommen war. Das hätte Didi vielleicht eifersüchtig gemacht – Kelly hingegen wohl eher nicht.

Nicht dass Kelly einer Frau nichts zu bieten gehabt hätte. Sie war auf eine Art attraktiv, die Natalie erst in den letzten ein, zwei Tagen bemerkt hatte. Das lag nicht nur an ihrem durchtrainierten Körper und ihrem durchaus femininen Gesicht. Es waren auch ihre Grübchen und ihr unvermitteltes

Lächeln, die Art, wie sie, stets aufmerksam, Stühle zurückzog und Türen öffnete. Natalie genoss diese Zuvorkommenheit. Nie zuvor war sie so behandelt worden. Weder von Didi noch sonst jemandem. Es war schön, dass sich zur Abwechslung einmal jemand um sie kümmerte – bei Theresa und Didi war das ihre Rolle gewesen.

Nach und nach kehrten die Schwimmerinnen und Schwimmer zum Boot zurück, wo die Crew ihnen an Bord half und ihnen die Ausrüstung abnahm.

Natalie suchte die Meeresoberfläche nach Kelly ab und entdeckte sie schließlich: Trödelnd wie ein Kind, das noch keine Lust hat, aus dem Wasser zu kommen, kehrte sie zum Boot zurück. Natalie wartete ungeduldig darauf, dass sie wieder an Bord kam und auf der Treppe zum Sonnendeck erschien.

»Wie war's?«

»Phänomenal! Die Sonne hat die Korallen ins Licht getaucht. Wir hatten wirklich Glück, einen so schönen Tag zu erwischen.«

»Habt ihr Fische gesehen?«

»Bloß ein, zwei Millionen oder so. Kleine türkis-gelbe Papageienfische und« – sie zeigte es mit den Händen – »einen so großen Zackenbarsch.« Sie schlang sich die Arme um den Leib. »Es ist kalt, sobald man aus dem Wasser kommt.«

Natalie hatte bereits bemerkt, dass Kellys aufgerichtete Brustspitzen gegen ihren Sport-Bra drückten. Außerdem war ihr aufgefallen, dass ihre Brüste größer waren, als sie unter dem Tank-Top ausgesehen hatten. Nicht übermäßig groß, das keineswegs, aber es waren doch eindeutig weibliche Rundungen. Und obschon ihre Beine sehr muskulös waren, waren sie doch schlank, wie die Beine einer Frau, nicht klobig wie die eines Mannes. Als sie sich vornüberbeugte, um sich die Beine abzutrocknen, war nicht zu übersehen, dass ihr Hintern, der sich durch die sich anschmiegenden nassen Shorts abzeichnete, fest und rund war.

»Hast du von hier aus was Schönes entdeckt?«

Natalie wurde auf der Stelle rot. »Ich habe Ausschau gehalten … du meinst …?«

Kelly wirbelte herum und beugte sich über die Reling. »Sieh mal! Das ist entweder ein Stachelrochen oder noch eine Schildkröte. Ich kann es nicht genau erkennen.«

»Ich habe mehrere Fischschwärme gesehen«, log Natalie, und ihr wurde klar, dass sie die ganze Zeit nur Kelly beobachtet hatte.

»Nächstes Mal musst du unbedingt mitkommen. Es ist wirklich unglaublich schön da unten.« Sie schlang sich das Handtuch um die Schultern und streckte die Beine in der Sonne aus. »Ich würde auch die ganze Zeit an deiner Seite bleiben.«

»Das klingt, als könnte sich nur eine von uns amüsieren.«

»Ich fände es toll. Und es macht ja auch Spaß, sich hinterher zu erzählen, was man alles gesehen hat.«

Obwohl sie bezweifelte, dass sie wirklich den Mut aufbringen würde, es zu tun, lächelte Natalie bei dem Gedanken, wie überrascht ihre Freundinnen wären, vor allem Didi. Die Vorstellung, Didi zu schockieren, war enorm reizvoll. »Sei lieber vorsichtig mit deinen Wünschen. Wenn ich mit dir schnorcheln gehe, könnte ich dich als Nächstes fragen, ob du mit mir einkaufen gehst.«

Kelly kreuzte zwei Finger, als wollte sie einen Vampir abwehren. »Ich wette, ich habe mehr Angst vorm Einkaufen als du vorm Schnorcheln.«

»Wir würden viel Spaß haben. Du kannst in der Umkleide bleiben, während ich dir all die hübschen Sommerkleider zum Anprobieren bringe. Und dann gucken wir nach einer passenden Handtasche und …«

»Nein, kommt nicht in Frage! Es gibt nicht viel, das scheußlicher wäre als ich im Sommerkleid. Eher würde ich ein Clownskostüm tragen.« Ihre Stimme klang ein wenig hitzig, als hätte sie dieses Gespräch schon öfter geführt.

»Tut mir leid. Ich hab nur Spaß gemacht.«

Kelly senkte verlegen den Blick. »Ja, ich weiß. Ich habe überreagiert.« Sie rümpfte die Nase und schaute in die Ferne. »Als junges Mädchen haben meine Tanten meinem Vater immer in den Ohren gelegen, er müsse sich wieder verheiraten, und zwar mit einer Frau, die mich richtig anziehen würde. Das habe ich mir bis zum Erbrechen anhören müssen.«

»Ach, Kelly.« Natalie schämte sich, dass sie in eine so schmerzliche Kerbe geschlagen hatte. »Ich möchte gar nichts an dir ändern. Bitte denk nicht, dass ich so bin wie sie.«

»Ich weiß, dass du nicht so bist. Es hat nur für einen Moment die alten Wunden aufgerissen. Seit dem Tag, an dem ich die Navy verlassen habe, lasse ich mir von niemandem mehr sagen, wie ich mich anzuziehen habe.«

»Ich wette, du siehst großartig aus in deiner Uniform.«

»Ja, ich mache eine ganz gute Figur, wenn ich das mal sagen darf. Vielleicht zeige ich dir bei Gelegenheit ein paar Fotos.«

Natalie atmete innerlich auf, weil Kelly ihr ihre taktlosen Worte nicht weiter nachtrug. Der Katamaran steuerte auf die Pier zu, die von über hundert kleinen Läden für Kreuzfahrtgäste gesäumt war.

»Ich will dich nicht dazu drängen mitzukommen, aber ich glaube nicht, dass ich all den Läden widerstehen kann. Sie rufen förmlich nach mir.«

»Nach mir ruft eher die Dusche.«

»Dann sehen wir uns nachher an Bord.«

Kelly ergriff ihren Arm, als sie sich anschickte, die Treppe hinunterzugehen. »Danke, dass du heute mitgekommen bist. Ich hoffe, es hat dir gefallen.«

»Es hat mir Spaß gemacht zuzusehen, wie ihr euch amüsiert habt.«

»Und überlegst du dir, ob du nächstes Mal mitmachst?«

»Ich überleg's mir.«

In der Umkleidekabine drehte und wendete Natalie sich, um sich im Spiegel zu studieren und lächelte zufrieden bei ihrem Anblick – das dunkelgrüne Seidenkleid fiel weit von ihren Hüften bis knapp zum Knie. Mit dem tiefen Rückenausschnitt erschien sie größer und schlanker, was mit Sicherheit Didis Beifall finden würde. Nicht dass Didi das Kleid an diesem Abend zu sehen bekommen würde. Sie und Pamela hatten noch einen Tag Quarantäne vor sich und würden somit das erste der drei festlichen Dinner versäumen.

Sie ging mit ihrem neuen Kleid zur Kasse. Als sie den Kreditkartenbeleg unterschrieb, betrat Steph den Laden. Sie trug einen neuen Strohhut mit einem hinreißenden pinkfarbenen Schleier.

»Und – hat dir die Katamaran-Tour Spaß gemacht?«

Natalie grinste. »Kelly hatte recht. Es ist wunderschön da draußen. Wie fandest du es?«

»Die Fahrt hat mir gut gefallen. Dann habe ich entdeckt, dass ich Funkempfang hatte, und während die anderen im Wasser waren, habe ich mein Büro angerufen und mich auf den aktuellen Stand bringen lassen.«

»Du bist ein hoffnungsloser Workaholic.«

»Häuser verkaufen sich nun mal nicht von allein. Es sah

aus, als hättet ihr euch gut amüsiert – Kelly und du. Gefällt sie dir?«

»Sie ist sehr nett. Wie gut kennst du sie eigentlich?«

»Sie war ein paar Mal zum Essen bei uns. Sie und Yvonne gehen manchmal zusammen ins Fitness-Studio. Ansonsten kenne ich sie nicht weiter.«

»Ich fürchte, ich habe heute ihre Gefühle verletzt.« Während sie zum Schiff zurückgingen, erzählte Natalie von ihrem Gespräch mit Kelly in Sachen Sommerkleid. »Sie hat gesagt, sie trägt es mir nicht nach, aber ich habe dennoch ein schlechtes Gewissen.«

»Mach dir keine Gedanken. Sie nimmt so was nicht übel.«

»Manchmal denke ich, ich war zu lange mit Didi zusammen. Ich sehe jemanden an und platze mit allem raus, was mir in den Sinn kommt.«

»Niemand treibt es so auf die Spitze wie Didi. Yvonne blendet sie komplett aus, und ich erzähle ihr immer, dass ich mich extra so anziehe, nur um sie auf die Palme zu bringen. Dann hält sie in der Regel den Mund.«

Natalie lachte. »Das muss ich mir merken. Mir ist es nie gelungen, sie mundtot zu machen.«

Sie erreichten die Gangway, wo bereits eine lange Reihe von Passagieren anstand, die ihre Einkäufe durch den Scanner schieben wollten.

»Weißt du, Natalie, ich habe nie ein großes Geheimnis daraus gemacht, dass Yvonne und ich froh waren, als ihr euch getrennt habt, Didi und du, denn du bist viel netter als sie. Mir hat es immer gestunken, wie sie dich dauernd runtergeputzt hat.«

Natalie fühlte sich sofort in die Enge getrieben, ob sie wollte oder nicht. Sie musste nicht nur Didi verteidigen, sondern auch ihre Entscheidung, all die Jahre bei ihr zu bleiben und sie sogar noch zurückgewinnen zu wollen. »Das habe ich doch schon tausendmal erklärt. Ich habe es nie so empfunden, als würde sie mich runterputzen. Ich wusste immer, dass ich gut aussehe, wenn ich vor ihren Augen bestand, und das war ein Gefühl, das ich genossen habe.«

Steph wiegte nachdenklich den Kopf. »Mag sein. Phyllis hat das auch so gesehen. Sie hat immer gesagt, sie hätte eine Menge von Didi gelernt und es hätte ihr geholfen, bei ihren Bankkunden einen guten Eindruck zu hinterlassen.« Phyllis Linder hatte zu ihrer Clique gehört, bevor sie eine Stelle in Ithaca angenommen hatte.

»Didi macht das nicht aus purer Gemeinheit. Als ich das erst mal kapiert hatte, war es kein Problem mehr, ihre Ratschläge anzunehmen.«

Steph schleuste ihre Einkaufstasche durch den Scanner und nahm sie auf der anderen Seite wieder an sich. »Ich frage mich, wie Kelly damit klarkommt.«

»Aus ihrer Reaktion heute schließe ich, dass es sie mehr ärgert, als sie sich anmerken lässt. Aber es gefällt mir, wie sie reagiert. Sie gibt gleich Kontra. Sie ist auf jeden Fall eine Frau, die sich selbst mag, und wenn andere sie nicht mögen, ist das deren Problem.«

Steph sah sich um und vergewisserte sich, dass niemand sonst in Hörweite war. »Also ... kannst du dir vorstellen, mit jemandem wie Kelly zusammenzusein?«

»O nein!« Natalie schüttelte entschieden den Kopf. »Sie ist nicht mein Typ!«

»Hatte ich vergessen. Du magst ja keine netten Menschen.« Natalie schlug nach Steph, die geschickt auswich. »Ich bin immer noch der Meinung, dass dir was entgeht. Kelly ist der Hammer. Ich weiß, sie ist nicht das, was du gewohnt bist, aber ich finde es toll, wie sie daherkommt – so entspannt und selbstbewusst. Ich kann nicht glauben, dass dir das nicht gefällt.«

Natalie zuckte die Achseln. »Ich muss zugeben, dass ich mich allmählich an sie gewöhne. Hast du ihre Augenbrauen gesehen? Sie sind perfekt. Ich gäbe alles darum, solche Augenbrauen zu haben.«

»Du kannst die Augenbrauen haben. Ich nehme die Beine. Wie eine Gazelle.«

»Und sie hat total süße Grübchen. Was ich so erstaunlich finde: Einen Moment sieht sie so tough und stark aus, und im nächsten Moment lächelt sie und sieht aus wie ein kleines Mädchen.« Sie stiegen die Treppe zu ihren Kabinen hinauf.

»Also gefällt sie dir doch«, sagte Steph. »Das ist gut, denn ich dachte schon, mit dir stimmt was nicht.«

Natalie blieb wie angewurzelt stehen. Sie merkte zu spät, dass Steph sie die ganze Zeit über nur provoziert hatte.

8

Kelly warf sich in dem hohen Spiegel auf der Innenseite der Tür einen prüfenden Blick zu und zupfte die Delphinkette so zurecht, dass der Anhänger genau in der Mitte ihres am Hals offenen weißen Hemdes lag. Sie sah gut aus zu ihrem schwarzen Anzug und den auf Hochglanz polierten Schuhen. Die perfekte Ergänzung, würde Natalie sagen.

Sie setzte sich auf die Couch, um zu warten und lächelte bei dem Gedanken an ihre Kabinengenossin, die seit über einer Stunde im Bad war, um sich für das Galadinner zurechtzumachen. Sie hatte keine Ahnung, was solche Frauen so lange taten, aber sie zweifelte nicht daran, dass Natalie umwerfend aussehen würde, wenn sie erschien, und stolz vorführen würde, was immer sie in der Einkaufstüte verborgen gehalten hatte.

Schließlich öffnete sich die Tür. »Kannst du mir mit dem Reißverschluss helfen?«

Kelly sprang auf, durchquerte den Raum und erblickte das hinreißende grüne Cocktailkleid und die Frau, die darin steckte. »Wow!«

Natalie begegnete ihrem Blick im Badezimmerspiegel und lächelte schüchtern, als sie ihr Haar im Nacken hob. »Ich glaube, ich habe einen Faden eingeklemmt.«

Kellys Finger zitterten, als sie nach dem Schieber des Reißverschlusses griff und die nackte Haut zwischen Natalies Nacken und dem unteren Rücken erblickte. Mit sanftem Nachdruck zog sie den Reißverschluss widerstrebend zu. »Du wirst heute Abend die schönste Frau im ganzen Speisesaal sein, das versichere ich dir.«

»Klar, wo doch Didi und Pamela in ihrer Kabine festsitzen.« Sie fuhr sich auflockernd durch das Haar, das auf ihren Schultern lag. »Entschuldige. Das war blöd von mir. Ich hätte einfach danke sagen sollen.«

»Nichts zu danken.« Kelly sah gebannt zu, wie Natalie sich vorbeugte und ihren Lippenstift auftrug. »Ich versuche, nicht zu glotzen.«

»Ich bin sicher, alle werden gut aussehen heute Abend.« Natalie berührte kurz ihre Delphinkette und trat dann einen Schritt zurück, um Kellys Anzug zu betrachten. »Ich freue mich, dass dir die schwarze Koralle gefällt. Es ist die perfekte Ergänzung zu deinem Anzug.«

Kelly stand reglos da, als Natalie einige Fussel von ihren Schultern bürstete.

»Das ist ein sehr schöner Anzug.«

»Danke. Ob du's glaubst oder nicht – ich habe ihn tatsächlich aus der Damenabteilung«, fügte sie hinzu.

Natalie lächelte und befühlte das Revers. »Ich weiß. Das sehe ich am Schnitt. Herrenanzüge sind nicht so auf Taille geschnitten.«

Ein Detail, das Kelly nicht aufgefallen war. »Ich habe auch noch die passende Weste dazu, aber das schien mir dann doch übertrieben. Außerdem habe ich vor, sie beim nächsten Galadinner an Stelle des Jacketts zu tragen.«

»Ich bin sicher, das wird genauso gut aussehen.«

Kelly öffnete die Tür und folgte Natalie den engen Gang hinunter. Sie konnte den Blick nicht von den schwingenden Hüften lassen. Das Kleid umschmeichelte sie wie ein enganliegender Handschuh.

Sie brauchten einen Moment, bevor sie begriffen, warum sich vor dem Speisesaal eine Schlange gebildet hatte. »Sie machen Fotos von den Gästen vor dem Weihnachtsbaum«, sagte Kelly dann und wünschte sich auf der Stelle ein Bild von sich und Natalie. »Du solltest eines von dir in dem Kleid machen lassen. Es wird dich immer daran erinnern, wo du Silvester verbracht hast.«

»Wir sollten warten, bis wir eines von uns allen sechs machen lassen können. Wäre das nicht ein schönes Erinnerungsfoto?«

Ja, aber nicht das, was Kelly sich am meisten wünschte. Sie folgte Natalie, die die Schlange verließ und direkt in den Speisesaal trat. Yvonne und Steph waren bereits da und sparten nicht an Komplimenten für Natalie in ihrem neuen Kleid. Im Gegenzug pries Natalie Stephs lavendelfarbenes Kleid aus Seidenbrokat und Yvonnes bestickte Tunika.

Beim Essen sprachen sie über ihre Pläne für Tortola, die Insel, die sie am nächsten Tag anlaufen würden. Kelly und

Yvonne hatten sich für einen Tauchgang zu einem Schiffswrack angemeldet. Steph und Natalie planten eine Tour auf die andere Seite des Kanals nach Virgin Gorda, um sich die riesigen Felsformationen anzusehen, die urzeitliche »Bäder« bilden.

»Ist irgendjemand mutig heute Abend?«, fragte Yvonne, als der Kellner schließlich ihre Dessertteller abräumte. »Nach der Show gibt's eine Party im Tropical Nightclub. Ich fänd's nicht schlecht, das neue Jahr auf der Tanzfläche zu begrüßen.«

»Meine Frau«, sagte Steph mit einem Grinsen. »*Out and proud.*«

»Ich glaube, das ist kein Problem«, meinte Yvonne. »Gestern Abend haben zwei Jungs in der Lounge zusammen Jitterbug getanzt, und die Leute haben sie angefeuert.«

Kelly beobachtete Natalie, die weniger enthusiastisch schien. Es war schwer zu sagen, ob sie der Idee, tanzen zu gehen, grundsätzlich nichts abgewann oder ob sie bedauerte, nicht mit Didi tanzen zu können. Kelly beschloss abzuwarten, was Natalie sagen würde.

»Ich wünschte, Didi und Pamela wären nicht in ihre Kabine verbannt«, sagte diese schließlich. »Es würde mehr Spaß machen, wenn wir alle zusammen gehen könnten.«

»Ich habe eine Idee.« Kelly griff nach der Weinkarte. »Wir könnten uns die Show ansehen, dann eine Weile tanzen, und dann bestellen wir eine Flasche Champagner und treffen uns mit ihnen auf dem Balkon. Auf die Weise können wir das neue Jahr zusammen begrüßen.«

»Prima Idee!« Natalie sah die anderen Zustimmung heischend an. »Was meint ihr?«

Steph lachte leise. »Die beiden tun mir ja leid, aber so leid nun auch wieder nicht.«

Yvonne stieß sie mit dem Ellenbogen an. »Geht mir genauso. Kelly ist eindeutig ein besserer Mensch als wir.«

»Das liegt daran, dass Kelly Didi noch nicht so gut kennt wie wir«, ergänzte Steph.

»Na schön«, sagte Natalie entschlossen. »Dann gehen Kelly und ich eben allein zu ihnen.«

Natalie spürte, dass Stephs Blick auf ihr ruhte, als sie der Sängerin applaudierte, die sich ein letztes Mal verbeugte. Ohne zu gucken, beugte sie sich zu ihr hinüber und sagte: »Wenn du mir jetzt die Leviten lesen willst, spar dir das.«

»Ich kann nicht glauben, dass du den Tanz ins neue Jahr sausen lässt, um auf dem Balkon zu hocken und dir von Didi vorjammern zu lassen, wie schrecklich das alles für sie ist. Wir wissen beide, dass sie das für dich nicht im Traum tun würde.«

»Sie hat das Recht zu jammern, Steph. Sie hocken seit drei Tagen in ihrer Kabine. Und es ist schließlich Silvester. Ich denke, sie werden es zu schätzen wissen, dass nicht alle sie vergessen haben.« Sie fügte nicht hinzu, dass es kaum möglich war, die beiden zu vergessen, wo sie doch durch die Wand mitbekam, wie sie sich anschrien und auch den einen oder anderen Hinweis von Didi erhascht hatte, dass der Zauber der Verliebtheit langsam verblasste. Wenn Natalies Instinkt sie nicht trog, dann war der Zeitpunkt gekommen, Didi daran zu erinnern, dass sie immer noch an ihr interessiert war. »Außerdem war es nicht meine Idee. Es war Kellys.«

Kelly war aufgesprungen, kaum dass die Show zu Ende war, um eine Flasche Champagner für ihre Kabine zu bestellen. Nun bahnte sie sich den Weg zurück zu ihrem Tisch.

»Sie versucht es dir nur recht zu machen, falls dir das noch nicht aufgefallen sein sollte.«

Natalie sah sie entrüstet an. »Falls mir was noch nicht aufgefallen ist?«

»Dass Kelly dir jeden Wunsch von den Lippen abliest ... Dass sie jede Gelegenheit ergreift, dich zu hofieren. Erzähl mir nicht, dass du das nicht genießt.«

Natalie warf einen Blick zu Kelly hinüber, um zu sehen, ob sie schon in Hörweite war. »Das ist doch Unsinn. Wenn sie an mir interessiert wäre, warum schlägt sie dann vor, mit Didi ins neue Jahr zu feiern?«

»Keine Ahnung. Aber ich weiß, was ich sehe.«

Natalie war sich nicht sicher, ob ihr die Vorstellung gefiel oder nicht. Einerseits hatte sie sehr wohl bemerkt, wie aufmerksam Kelly ihr gegenüber war, und sie konnte nicht umhin, sich geschmeichelt zu fühlen. Andererseits war sie mehr denn je darauf erpicht, Didi zurückzugewinnen, und die Sache konnte kompliziert werden, falls Kelly einen unwillkommenen Vorstoß unternahm. »Ich glaube, du siehst Gespenster. Wir freunden uns gerade miteinander an. Und ob du's glaubst oder nicht – Kelly ist nicht mein Typ. Außerdem bin ich an jemand anderem interessiert.«

»Klar ... an Didi!«, schnaubte Steph. »Wenn du mich fragst, wärst du mit Kelly besser dran.«

»Ich frage dich aber nicht.« Das klang schärfer, als beabsichtigt, und um der Antwort die Spitze zu nehmen, streckte sie Steph die Zunge raus.

»Mach das lieber nicht bei deiner Kabinengenossin, sonst denkt sie noch, du willst sie anmachen.«

Natalie trat Steph auf den Fuß, als Kelly sich zu ihnen gesellte. »Benimm dich!«

»Ich habe Champagner bestellt. Sie bringen ihn uns in zehn Minuten.«

»Wir sollten gehen.«

»Kelly, wenn sie dich nerven, komm zu uns ins Tropicana«, sagte Yvonne. »Ich lass dich auch mit meiner Freundin tanzen.«

»Verlockende Aussicht.«

Als sie kurz darauf den Gang zu ihrer Kabine erreichten, blieb Natalie stehen, um Stephs Mutmaßungen zu widerlegen. »Wegen Didi und Pamela musst du die Party nicht sausenlassen, Kelly. Wer weiß, vielleicht schlafen die beiden längst. Und selbst wenn nicht – vielleicht haben sie ganz andere Pläne.« In dem Fall hatte Natalie vor, die Flasche Champagner ganz allein leerzumachen und auf ihrem Bett ins Koma zu fallen.

Kelly schob ihre Schlüsselkarte in den Schlitz und hielt Natalie die Tür auf. »Wenn aus dem Plan nichts wird, können wir ja vielleicht zusammen noch zu der Party gehen.«

»Ich sollte dich lieber warnen – wenn ich heute Champagner trinke, ist es gut möglich, dass ich nachher wieder betrunken bin.«

»Ein Grund mehr, in deiner Nähe zu bleiben«, erwiderte Kelly. »Irgendjemand muss dich ja davor bewahren, über Bord zu gehen.«

Stephs Mutmaßung, Kelly sei an ihr interessiert, war noch frisch in ihrer Erinnerung, und somit war es unmöglich, Kellys Bereitschaft als bloße freundschaftliche Besorgnis aufzufassen. So sehr Natalie Kellys Aufmerksamkeit schätzte – sie wollte keine falschen Erwartungen wecken. »Das ist wirklich nett von dir, aber ich habe ein schlechtes Gewissen, wenn ich dich in dieses Dyke Drama hineinziehe. Du hältst mich wahrscheinlich für völlig skrupellos, wenn ich mich zwischen Didi und Pamela dränge, und wahrscheinlich hast du recht.«

Kelly schob die Hände in die Taschen und wippte auf den

Ballen. »Gefühle lassen sich schwerlich ändern. Wenn sie die Richtige für dich ist, dann wünsche ich dir alles Gute.«

»Ich glaube einfach nicht, dass es wirklich vorbei ist mit uns. Wir haben in der Vergangenheit ein paar Probleme gehabt, aber statt sie zu lösen, haben wir uns getrennt. Das war einfacher. Anfangs war das auch gut, aber ich denke, wir haben eigentlich bloß eine Auszeit gebraucht. Dann ist Pamela aufgetaucht, und im Moment scheint Didi von der Vorstellung, eine jüngere Frau an ihrer Seite zu haben, fasziniert zu sein, aber sobald sich die Faszination gelegt hat, wird sie begreifen, dass unsere Beziehung die einzig wahre war.«

»Manchmal braucht man einen Schlag auf den Hinterkopf, um zu begreifen, was man wirklich will.«

»Vermutlich.« Natalie trat auf den Balkon hinaus. Sie war zufrieden, dass sie Kellys mögliches Interesse an ihr mit ihren Ausführungen zu Didi im Keim erstickt hatte.

In ihrem Rücken öffnete Kelly dem Steward mit dem eisgekühlten Champagner die Tür. Gleich darauf folgte sie Natalie auf den Balkon und zog die Tür hinter sich zu.

»Es ist warm hier draußen«, sagte Natalie. »Genau richtig für eine Balkonparty.«

»Wir sollten den Champagner noch eine Weile kühlen lassen, finde ich.«

»Vielleicht sollte ich nebenan anrufen und ihnen sagen, dass wir hier draußen sind.«

Kelly ergriff ihren Arm und sagte mit ungewohnt lauter Stimme: »Warum warten wir nicht noch ein paar Minuten? Es ist erst kurz nach elf.«

»Wie ich Didi kenne, ist sie zwei Minuten nach Mitternacht eingeschlafen, wenn sie nicht jetzt schon schläft.« Schwungvoll schob sie die Glastür auf und griff nach dem Telefon.

»Ernsthaft, Natalie.« Kellys Stimme wurde noch lauter. »Lass uns hier draußen sitzen und noch eine Weile reden. Ich wollte dich fragen –«

»Warum schreist du denn so?« Und dann hörte sie es – das stete hechelnde Ächzen, das den heißen Sex jenseits der Wand begleitete. Didis Gestöhn war unverkennbar, und Natalie überkam eine Welle von Übelkeit.

Natalie hatte kaum ein Wort gesagt, seit sie aus der Kabine geflohen war und sich an einen kleinen, im Halbdunkel liegenden Tisch auf dem verlassenen Pooldeck gesetzt hatte. Kelly war ihr schweigend gefolgt und dann noch einmal zurückgegangen, um den Champagner zu holen.

»Das ist der Rest«, sagte sie und schenkte ihn Natalie ein. »Heb einen Schluck für Mitternacht auf.«

»Wir sollten auf das Plexiglas anstoßen, denn wenn das nicht wäre, hätte ich mich längst hinuntergestürzt.«

»Tut es so weh?«

Natalie seufzte schwer. »Eigentlich nicht. Aber es gibt kaum etwas Demütigenderes, als die Frau, die man liebt, beim Sex mit einer anderen zu hören.«

»Stell dir vor, deine Uhr bleibt stehen und du gehst aus Versehen um die Zeit in die Dusche, die den Männern vorbehalten ist.«

»Das ist dir passiert?«

»Allerdings. Sie haben mir noch eine Woche später hinterhergepfiffen.«

Natalie kicherte. »Das muss ziemlich demütigend gewesen sein.«

»Ja, und beim zweiten Mal haben sie mir vorgeworfen, ich würde um Aufmerksamkeit betteln.«

»Beim zweiten Mal?«

»Es war eine billige Uhr.« Natalie schüttelte sich vor Lachen. »Apropos – wie spät mag es wohl sein?«

Natalie kniff die Augen zusammen. »Die Uhr über der Bar sagt, noch fünf Minuten. Wir können in unsere Kabine zurückgehen, wenn du willst. Ich kann dir so gut wie garantieren, dass Didi inzwischen tief und fest schläft.«

»Ich finde es hier ganz gemütlich.«

»Gemütlich würde ich es nicht gerade nennen.«

»Erzähl mir, was du empfindest.«

»Ich hatte es mir gerade alles so schön zurechtgelegt – dass Didi wieder zu Verstand käme. Gestern hat sie von den alten Zeiten gesprochen und wie schön sie es fand, als wir zusammen waren. Pamela wird nicht so für sie da sein, wie ich es war, und das weiß Didi.«

Was Kelly nicht verstand: Warum wollte Natalie mit einer Frau zusammensein, die jemanden brauchte, die immer für sie da war, während sie selbst hingegen für Natalie keineswegs immer da war? »War sie auch immer für dich da?«

»Mehr oder weniger. Vermutlich eher weniger. Aber ich bin nun mal als Südstaatenpflanze aufgewachsen und darauf getrimmt, mich um meinen Mann zu kümmern. Ich habe mich einfach ein bisschen angepasst und mich um sie gekümmert.«

»Und worauf ist Didi getrimmt?«

»Ihr geht es darum, etwas aus sich zu machen. Sie ist in New Jersey aufgewachsen, und ihre Familie besaß nicht viel. Es hat sie immer in ihrem Stolz verletzt, dass die anderen Mädchen auf sie herabsahen, und ich glaube, deswegen ist sie so versessen darauf, in New York groß rauszukommen. Sie will es denen zu Hause zeigen.«

Wenn es eines gab, das Kelly vertraut war, dann die Erfahrung, dass die anderen Mädchen auf sie herabsahen. »Das erklärt eine Menge.«

»Ich weiß. Menschen, die sie nicht kennen, halten sie meistens für ein richtiges Arschloch, aber in meinen Augen ist sie ein kleines Mädchen, das getriezt wird und sich zur Wehr setzt.«

Kelly wäre fast laut losgeplatzt, als sie hörte, wie Natalie Didi ein richtiges Arschloch nannte. Wenn sie zudem die gedehnte Sprechweise berücksichtigte, dann hatte eindeutig der Champagner die Regie übernommen. »Also wie kam es, dass ihr beide euch getrennt habt?«

Natalie wandte den Blick ab. »Das ist eine äußerst peinliche Geschichte, die ich niemals erzählen werde. Und ich hoffe, Didi auch nicht.«

»Entschuldige, ich wollte nicht neugierig sein. Ich ziehe meine Frage zurück.«

»Schon gut. Sagen wir einfach, es war nichts von der Art, die Menschen normalerweise auseinanderbringt, aber es war symptomatisch für all das, was zwischen uns nicht mehr gestimmt hat. Wir waren nicht – ich war nicht ehrlich, was meine Gefühle anging, und sie hat mich erwischt.«

Was immer es gewesen war, Natalie nahm die Schuld eindeutig auf sich. »Manchmal erkennen wir, wenn wir ein bisschen Distanz zu unseren Fehlern gewonnen haben, dass sie letzten Endes gar nicht so schrecklich waren.«

»Es war ein Fehler, den ich nie wieder machen werde.«

Natürlich brannte Kelly darauf zu erfahren, was passiert war, aber sie mochte nicht weiter nachbohren. Stattdessen sah sie auf die Uhr und zog Natalie auf die Füße. »Wir haben noch eine Minute. Was möchtest du aus dem vergangenen Jahr gern loswerden?«

»Du meinst außer dem heutigen Abend?«

»War der heutige Abend wirklich das Schrecklichste im ganzen vergangenen Jahr?«

»Nein, an sich nicht.« Sie verzog nachdenklich das Gesicht. »Ich möchte die ganze Erschwernis loswerden.«

Kelly nickte. »Klingt gut.«

»Und du?«

»Ich möchte all die Abende und Wochenenden loswerden, die ich allein zu Hause gehockt habe. Ich möchte mit Freundinnen in das neue Jahr gehen – mit Menschen, die mir etwas bedeuten.«

Plötzlich ertönte ein langgezogenes Tuten.

»Glückliches neues Jahr, Natalie.« Sie stießen an.

»Ich hoffe, dass du mich in Zukunft zu deinen Freundinnen zählen wirst.«

»Das tue ich jetzt schon.«

Natalie besiegelte ihre Freundschaft mit einem Kuss auf Kellys Wange.

9

Kellys Nase zuckte bei dem vertrauten Duft. Kaffee. Sie schlug die Augen auf und sah, dass Natalie ihr gegenübersaß, einen Styroporbecher in der Hand.

»Ich bin endlich einmal vor dir aufgewacht. Und weil du gesagt hast, dass du heute nicht laufen gehst, dachte ich, das könnte meine erste und einzige Chance sein, mich zu revanchieren.«

Kelly richtete sich mühsam im Bett auf und rieb sich mit den Handrücken die Augen. Sie verspürte ein schmerzhaftes Pochen im Hinterkopf. »Ich sollte es besser wissen – ich vertrage keinen Champagner. Schon von einem einzigen Glas bekomme ich Kopfschmerzen.«

»Ich besorge dir Aspirin.«

»Lass nur – das hier ist meine Strafe.« Sie nahm den Becher und lächelte. »Kaffee hilft immer. Sind wir schon im Hafen?«

»Noch nicht. Willst du dich nach draußen setzen und zusehen, wie wir einlaufen?«

Kelly schlurfte vom Bett aus direkt auf den Balkon, ohne das enge weiße Tank Top und die Flanellshorts, in denen sie geschlafen hatte, zu wechseln. Die Morgenstunden mit Natalie waren für sie inzwischen der beste Teil der ganzen Kreuzfahrt.

»Ist das Wetter nicht traumhaft?«, meinte Natalie und ließ sich in einen Liegestuhl sinken. Wenn man die missliche Situation in der vergangenen Nacht bedachte, war sie erstaunlich gut gelaunt.

»Phantastisch. Wir haben noch mehr als die Hälfte der Kreuzfahrt vor uns, und mir graut jetzt schon davor, nach Rochester zurückzukehren.«

»Ich würde denken, dass in deiner Branche im Winter eher wenig zu tun ist.«

»Manche Dinge sind tatsächlich nicht möglich – ein Fundament zu gießen beispielsweise oder Dachdecken. Aber beim Innenausbau herrscht im Winter Hochsaison – da kommt man kaum hinterher, weil viele Leute selbst Hand anlegen und manchmal ziemlichen Mist bauen. Das hält mich auf Trab, weil ich wieder und wieder zu denselben Baustellen muss.«

»Es wäre wirklich toll, wenn du mal zu mir kommen und dir mein Haus ansehen würdest. Ich bezahl dir den normalen Tarif, der für Bauingenieure üblich ist. Ich möchte dich nicht ausnutzen …«

»Stop! Ich dachte, wir hätten uns gestern Abend darauf geeinigt, dass wir Freundinnen sind, wenn wir wieder nach

Hause kommen. Ich stelle meinen Freundinnen keine Rechnungen, wenn ich ihnen einen Gefallen tue.«

Natalie grinste. »Das sagst du jetzt, aber du kennst mein Haus noch nicht. Wenn du siehst, wie viel Arbeit es erfordert, suchst du dir vielleicht neue Freundinnen.«

»Vergiss es! Ich brauche eine Weile, bis ich Freundschaft schließe, aber wenn ich es tue, dann halte ich für gewöhnlich daran fest.«

»Das ist bei mir auch so. Und das erklärt vermutlich, warum ich auch in anderer Hinsicht Probleme habe, mich zu trennen«, sagte Natalie ruhig und wies mit dem Kopf auf den benachbarten Balkon. »Vielen Dank übrigens, dass du es gestern Abend mit mir ausgehalten hast.«

»So würde ich es nicht formulieren. Ich wünschte nur, dir wäre mehr nach Feiern zumute gewesen.«

»Heute fühle ich mich viel besser. Ich habe die Sache überschlafen und ich habe eine Idee.«

»Eine Idee?«

Natalie beugte sich vor, stützte die Ellenbogen auf die Knie und senkte die Stimme. »Als ich mich zu dieser Kreuzfahrt entschlossen habe, dachte ich, vielleicht könnte ich es Didi mit gleicher Münze heimzahlen – vielleicht könnte ich zur Abwechslung mal eine Affäre haben und zwar direkt vor ihren Augen. Du kennst doch Julie, die Australierin mit den roten Haaren?«

Kelly wurde flau zumute. Sie nickte.

»Ich hatte schon überlegt, was mit ihr anzufangen, aber sie schien mir ein bisschen zu sehr interessiert.«

»Ja, ich erinnere mich – du hast neulich Abend davon gesprochen. Also wenn nicht Julie ...?«

»Ich hab gedacht, ob du vielleicht ...?«

Kelly glaubte sich verhört zu haben. »Du willst, dass Didi

denkt, wir hätten was miteinander, um sie auf diese Weise eifersüchtig zu machen?«

Natalie nickte. »Wir müssen es ja nicht gleich übertreiben. Vielleicht genügt es, wenn wir uns wie nebenbei berühren, vielsagende Blicke wechseln ... Du machst mir Komplimente in ihrer Gegenwart – solche Sachen eben. Ich würde dich nie bitten, etwas zu tun, bei dem dir unbehaglich zumute ist.«

Unbehaglich war wohl kaum das richtige Wort. Andererseits ... vielleicht doch. Kelly merkte, dass sie voller Unbehagen auf ihrer Sonnenliege herumrutschte. »Aber in Wirklichkeit wäre nichts zwischen uns.«

»O nein!« Natalie rang die Hände, als wäre sie nervös. »Ich weiß, dass ist ganz schön viel verlangt. Und ich bin nicht mal sicher, dass sie darauf reinfallen würde.«

»Weil du auf Frauen wie Didi stehst.«

Natalie nickte. Sie stand auf Femmes. Jetzt war sie diejenige, der das Unbehagen ins Gesicht geschrieben stand. »Das ist eine dumme Idee, nicht? Ich hätte nicht ...«

»Ich mache mit.« Näher würde sie einer Liaison mit einer Frau wie Natalie nie kommen. »Sag mir einfach, was ich tun soll.«

Auf Natalies Gesicht erschien ein strahlendes Lächeln. »Kelly, du bist spitze!«

»Wart's ab. Noch müssen wir es überzeugend rüberbringen.« In ihren Gedanken überschlugen sich bereits alle möglichen Szenarien. »Da ist noch etwas. Ich möchte nicht, dass die Sache später eine unangenehme Wendung nimmt. Ich möchte, dass wir alle Freundinnen sind, wenn wir wieder in Rochester sind – also, was immer wir tun, sorgen wir dafür, dass sich niemand verletzt fühlt.«

»Das kriegen wir schon hin. Wenn sie es uns abkauft, tun wir einfach so, als hätte ich dir gesagt, dass ich zu ihr zurückkehre, und du nimmst es mir nicht übel und willst trotzdem mit mir befreundet sein. Wir werden nicht den Eindruck erwecken, dass wir miteinander … nun, dass wir miteinander geschlafen haben.«

Kelly merkte, wie ihr Puls schneller wurde. *Mit Natalie schlafen.* »Ich denke, wir sollten anfangen, mehr miteinander zu unternehmen. Das wäre doch nicht schlecht, oder?«

Natalie sah erschrocken drein. »Können wir damit anfangen, nachdem du tauchen warst?«

Ihr Lachen brach die Anspannung, und gelöst schauten sie zu, wie die Insel Tortola hinter dem Bug in Sicht kam.

Dank ihrer Sonnenbrille konnte Kelly Natalies Profil unbemerkt studieren. Sie musste zugeben, dass die neue Wendung der Ereignisse sie nicht unberührt ließ. Natalie war eine sehr schöne Frau, eine der attraktivsten, die ihr je begegnet waren. Die Sonne brachte die roten Highlights in ihrem Haar zur Geltung und ließ ihre grünen Augen aquamarinblau erscheinen. Diese Farben wiederum betonten ihren seidigen Sahneteint, der ihre siebenunddreißig Jahre Lügen strafte. In Anbetracht von Didis Vorliebe für bildschöne Frauen war es kein Wunder, dass Natalie ihr gefallen hatte.

»Bezaubernd, nicht wahr?«

»Absolut«, erwiderte Kelly und wandte ihre Aufmerksamkeit wieder der Insel zu, deren Hügel mit kleinen Landhäusern gesprenkelt waren. Kelly schob ihre Sonnenbrille hoch, damit Natalie ihre Augen sehen konnte. »Du hast übrigens ein wunderschönes Lächeln. Ich sehe es wirklich gern, und ich mache es zu meiner persönlichen Aufgabe, es bei jeder sich bietenden Gelegenheit hervorzulocken.« Ihre Ankündigung klang sehr viel mehr nach einem Flirtversuch, als sie beabsichtigt hatte, aber als Natalie mit einem weiteren strahlenden Lächeln reagierte, fand sie es gar nicht mal schlecht.

Nebenan ging die Balkontür auf. »Wenn sie nein sagt, springe ich über die Reling!«, schrie Didi.

Natalie schaute über die Trennwand. »Guten Morgen«, sagte sie. »Schönes neues Jahr!«

»Das wird es, sobald wir hier rauskommen. Pamela telefoniert gerade mit der Krankenschwester, und vielleicht entlassen sie uns früh genug aus der Quarantäne, um von Bord zu gehen.«

»Ich schließe daraus, dass ihr beide euch besser fühlt.«

»Physisch geht's uns gut. Aber wir drehen allmählich durch in dieser Hasenkiste.« Didi senkte die Stimme. »Komm näher, Natalie.«

In ihrem Liegestuhl war Kelly außerhalb von Didis Blickfeld, konnte sie aber deutlich hören.

»Wenn die Krankenschwester sagt, dass wir von Bord gehen können, kommst du dann mit mir? Ich glaube nicht, dass ich es noch eine Stunde länger allein mit Pamela aushalte. Ich brauche eine Pause.«

Natalie schüttelte den Kopf und lächelte. »Ich habe schon mit Steph verabredet, nach Virgin Gorda zu fahren, weil Kelly mit Yvonne tauchen geht.«

Kelly registrierte, dass Natalies Antwort nahelegte, dass sie ihre Pläne auf Kellys abstimmte.

»Aber ihr könnt euch uns gern beide anschließen – vorausgesetzt, dass Pamela nichts dagegen hat.«

»Ja, das könnten wir, aber ich muss mal ein paar andere Gesichter sehen.«

»Sie vermutlich auch.«

»Soll das heißen, ich bin schwierig?«

Kelly schlug die Hand vor den Mund, konnte aber ihr Schnauben nicht unterdrücken.

»Hey!« Didi schaute um die Trennwand herum. »Lach lieber nicht über mein Elend, sonst schwärze ich dich bei der Krankenschwester an. Ich werde sagen, ich hätte dich kotzen sehen. Dann wirst du auch zweiundsiebzig Stunden weggesperrt.«

Kelly hob ihren Kaffeebecher und prostete ihr zu. »Auf deine Gesundheit.«

Didi musterte sie mit zusammengekniffenen Augen. »Du gehst heute mit den Fischen schwimmen? Buchstäblich, meine ich?«

»Ich gehe tauchen.«

»Nimmst du Pamela mit?«

»Pst!«, sagte Natalie. »Nachher hört sie dich noch.«

Interessant, dass Natalie sich Sorgen um Pamelas Gefühle machte, wenn doch ein heftiger Streit zwischen Pamela und Didi die Affäre ein für allemal hätte beenden können. Ihr war es anscheinend ernst damit, dass niemand verletzt werden sollte.

»Sprichst du mit Natalie?« Pamela erschien auf der anderen Seite der Trennwand.

»Was hat die Krankenschwester gesagt?«, fragte Didi und ging über Pamelas Frage hinweg.

»Sie dreht gerade ihre Runde. Sie kommt erst in ein, zwei Stunden zu uns.«

»Natalie hat gefragt, ob wir uns ihr und Steph nicht anschließen wollen. Oder du kannst auch mit Yvonne und Kelly gehen, wenn du willst.« Sie beugte sich vor und zwinkerte Kelly übertrieben zu. »Ihr fahrt mit dem Boot hinaus, stimmt's?«

»Ja, aber –«

»Sie fahren mit dem Boot um die Insel oder so.«

»Das Boot ist voll. Yvonne hat den letzten Platz bekommen, und wir gehen auf Tauchtour zu einem Schiffswrack.«

»Das könnte ich nie«, sagte Pamela. »Aber es klingt aufregend. Ich hoffe, ihr erzählt uns beim Abendessen alles darüber.«

Didi beugte sich immer noch um die Trennwand herum, so dass sie Pamela den Rücken zukehrte, während sie Gesichter schnitt und sich einen bösen Blick von Natalie einfing.

»Kelly und ich gehen jetzt frühstücken. Viel Glück bei eurem Entlassungsgesuch. Vielleicht sehen wir euch unten auf der Pier. Wenn ihr nicht da seid, dann sehen wir uns, wenn wir zurück sind. Wir können zusammen einen Drink nehmen, wenn das Schiff ausläuft.«

Kelly zwinkerte Didi ironisch zu und folgte Natalie in die Kabine.

Steph bohrte Kelly den Finger in die Brust. »Du bist diejenige, die Yvonne überredet hat mitzumachen, also trägst du persönlich die Verantwortung dafür, sie mir unversehrt und ohne Beatmungsgerät zurückzubringen. Klar?«

Kelly nickte heftig, und alle anderen lachten.

»Gut. Dann viel Spaß!«

Yvonne und Kelly gingen eilig die Pier hinunter auf das wartende Tauchboot zu, während Natalie und Steph ihre Fähre ansteuerten.

Es war Natalie nicht in den Sinn gekommen, dass Tauchen gefährlich sein könnte. »Du machst dir nicht wirklich Sorgen um die beiden, oder?«

»Ach nein«, antwortete Steph und schüttelte den Kopf. »Ich finde es ja prima, wenn Yvonne ihren Spaß hat. Sie war in letzter Zeit dermaßen beschäftigt, dass sie überhaupt keine Freizeit mehr hatte. Und es ist toll, dass sie eine Freundin hat, mit der sie solche Dinge unternehmen kann.«

»Ich weiß nicht, wie ihr beide das schafft«, meinte Natalie. »Zwischen Didi und mir lief es auch deshalb so gut, weil wir so viele Gemeinsamkeiten hatten.«

»Das wird meiner Meinung nach völlig überschätzt«, erwiderte Steph. »Und ich sage es ja ungern, aber so gut liefen die Dinge zwischen Didi und dir letzten Endes ja nicht.«

»Stimmt, aber das lag nicht daran, dass wir uns auseinandergelebt hatten.« Im Grunde hatten sie das doch, aber nicht wegen fehlender Gemeinsamkeiten.

Steph ging als Erste an Bord und ließ sich auf einen Sitzplatz auf dem unteren Deck sinken. Die meisten Passagiere hatten auf dem oberen Deck Platz genommen – der Sonne und der Aussicht wegen. »Ich finde es gut, dass Yvonne und ich unterschiedliche Interessen haben. Das liefert uns immer Gesprächsstoff. Ich höre ihr gern zu, wenn sie von ihrem Tag erzählt, und sie lässt sich gern von meinem erzählen. Wir langweilen uns nie miteinander.«

Natalie dachte an ihre letzten Jahre mit Didi zurück. Es stimmte, sie interessierten sich beide für ihre Boutique und für Mode, aber weil sie den ganzen Tag zusammen arbeiteten, bestand nicht die Notwendigkeit, abends davon zu erzählen. »Wir haben abends nicht über die Arbeit gesprochen, weil wir uns tagsüber ja schon darüber ausgetauscht haben.«

»Und worüber habt ihr euch dann abends unterhalten?«

Natalie zuckte die Achseln. »Jede von uns hatte ihr eigenes Reich. Sie hatte das Schlafzimmer und ich das Fernsehzimmer.«

»Genau das meine ich. Ich finde, deine nächste Freundin sollte das genaue Gegenteil von Didi sein«, sagte Steph. »Lass mal sehen ... Wen kennen wir, die sich aus Mode nicht viel macht? Vielleicht jemand Sportives ... Jemand, die nicht so auf die äußere Erscheinung bedacht ist ...«

»Nicht schon wieder!« Natalie stöhnte und schüttelte den Kopf. »Kelly ist nicht mein Typ und damit basta!«

»Natalie, ich kenne dich seit zwanzig Jahren, und du hast erst zwei Beziehungen gehabt, die länger als einen Monat dauerten. Angesichts der Tatsache, dass du in beiden nur bedingt glücklich warst, solltest du vielleicht doch mal darüber nachdenken, dein Beuteschema zu ändern.«

Natalie verdrehte die Augen und stieß erbost die Luft aus. »Man kann nicht einfach so beschließen, sich zu jemandem hingezogen zu fühlen. Es ist eine Frage der Chemie.«

»Chemie hat mit Sexappeal zu tun. Und Sexappeal hat mit dem kleinen Funken im Gehirn zu tun, der mir sagt, Yvonne Mooney ist das verführerischste Geschöpf auf Erden, und das hat nichts damit zu tun, wie sie aussieht oder wie sie sich anzieht. Ich finde sie einfach innerlich wie äußerlich schön.«

»Mit anderen Worten, du hältst mich für oberflächlich.«

»Das habe ich nicht gesagt. Aber ich hoffe, dass du, wenn dir eine wirklich nette Frau begegnet, sie nicht in den Wind schießt, nur weil sie nicht wie ein Modepüppchen aussieht.«

Natalie hatte ja bereits eingesehen, dass Kelly ihre Vorzüge besaß, aber der Funke, den sie brauchte, um sich sexuell angezogen zu fühlen, war einfach nicht geflogen. Plötzlich kam ihr in den Sinn, dass sie Steph in ihren Plan, Didi eifersüchtig zu machen, einweihen musste, damit sie und Yvonne das Ganze nicht etwa für echt hielten. »Übrigens – zieh bloß keine voreiligen Schlussfolgerungen, falls du etwas zwischen Kelly und mir bemerken solltest. Ich habe sie gebeten mitzuspielen, um Didi auf eine falsche Fährte zu locken.«

»Wie bitte?«

Sie traute sich nicht, Steph anzusehen, aber ihren bestürzten Blick spürte sie auch so. »Sie hilft mir dabei, Didi eifersüchtig zu machen.«

»Nicht zu fassen, wie du es fertigbringst, jemanden so zu benutzen!«, sagte Steph empört.

»Das ist schon in Ordnung. Wenn es Kelly nichts ausmacht, warum regst du dich dann auf?«

»Weil du den Verstand verloren hast.«

Natalie seufzte. »Hör mal, sie tut mir bloß einen Gefallen. Ich will mir nicht den Rest meines Lebens vorwerfen, ich hätte irgendetwas unversucht gelassen, diese Beziehung zu retten. Ich weiß, was ihr alle von Didi haltet, aber ich liebe sie nun mal, und ich glaube, sie liebt mich auch. Kelly versteht das, und sie will mir helfen.«

Steph sah sie mit unverhohlenem Ärger an. »Mir gefällt das nicht, Natalie. Bei solchen Spielchen wird immer jemand verletzt. Wenn ihr beide, du und Didi, so unreif seid, dass ihr euch nicht zusammensetzen und wie Erwachsene ehrlich miteinander reden könnt, dann habt ihr nichts anderes verdient, als für den Rest eures Lebens allein oder aber gemeinsam unglücklich zu sein.«

»Nun sei doch nicht so. Es ist eben kompliziert. Wenn Pamela nicht wäre, könnten Didi und ich miteinander reden. Aber ich kann doch nicht einfach hingehen und Pamela beiseite drängen. Das muss Didi schon machen.«

Sie unterbrachen ihr Gespräch, um die vom Steward angebotenen Getränke höflich abzulehnen.

»Ich mache mir mehr Gedanken über Kellys Gefühle«, fuhr Steph dann fort. »Was ist, wenn Didi darauf reinfällt? Sie wird Kelly das Leben zur Hölle machen. Das ist ihr gegenüber nicht fair.«

»Darüber haben wir bereits gesprochen. Wir treiben die Sache nicht so weit, dass wir hinterher nicht mehr miteinander befreundet sein können. Das habe ich ihr versprochen.«

Die Fähre legte bei Virgin Gorda an, und sie gingen mit

allen anderen der Reihe nach von Bord, um die berühmten Bäder zu erkunden. Natalie wollte nicht länger auf ihrem Plan herumreiten, aber sie brauchte Stephs Zusicherung, dass sie nicht querschießen würde. Und die bekam sie nur, wenn sie Zugeständnisse machte.

»Hör mal, Steph. Ich möchte auch nicht, dass jemand darunter zu leiden hat. Vor allem Kelly nicht. Wenn die Sache anfängt, aus dem Ruder zu laufen, blase ich sie sofort ab. Aber bitte lass mich diese letzte Chance nutzen.«

Steph seufzte und verdrehte die Augen. »Na schön. Aber ich bin immer noch der Meinung, dass du den Verstand verloren hast.«

»Und du weihst Yvonne ein, ja?«

»Ich glaube, wir essen einfach einen Teller Waldorfsalat und verbringen den Rest der Reise in unserer Kabine.«

Kelly ergriff Yvonnes Arm und zog sie auf die Plattform. »War das nicht absolut super?«

Yvonne kickte ihre Schwimmflossen von den Füßen und löste die Riemen ihrer Druckluftflaschen, damit der Tauchlehrer sie bei den anderen verstauen konnte. »Wahnsinn!«

»Und dir geht's gut, ja? Nicht dass ich Ärger mit deiner Freundin kriege ...«

»Mir geht's prima. Du wirst den Tag also überleben. Aber wenn du ihr von dem Hai erzählst, dann sag lieber, dass ich da schon nicht mehr im Wasser war.«

»Alles klar.«

Sie stiegen über die noch herumliegenden Ausrüstungsgegenstände hinweg und suchten sich ihren Weg zum Bug des Tauchbootes, wo Kelly die Fotos, die sie von dem Wrack gemacht hatte, auf ihrer Digitalkamera sichtete. »Natalie wird schwer beeindruckt sein.«

Yvonne frottierte sich kurz die Haare und streifte sich ein übergroßes T-Shirt über ihren Badeanzug. »Also was läuft da mit dir und Natalie?«

Für Kelly kam die Frage überraschend, und ihr erster Gedanke war, Yvonne von dem Plan, den sie und Natalie entwickelt hatten, um Didi eifersüchtig zu machen, zu erzählen. Doch dann beschloss sie, das Natalie zu überlassen. »Nada.«

»Magst du sie nicht?«

»Das habe ich nicht gesagt. Ich finde, sie ist …« Ihr fiel das passende Wort nicht ein, also gab sie nur einen unbestimmten Laut von sich.

»Du findest also, sie ist …« Yvonne wiederholte das unbestimmte Knurren. »Und was beabsichtigst du in der Hinsicht zu unternehmen?«

Kelly merkte, dass sie rot wurde, konnte aber ihr Grinsen nicht unterdrücken. »Ich werde gar nichts unternehmen. Ich habe nicht das Gefühl, dass sie das möchte. Ich wünschte, es wäre so.«

»Vielleicht musst du drastischere Maßnahmen ergreifen.«

»Ihr eines überziehen und sie in meine Höhle schleppen? Ich denke nicht.«

»Weißt du, ich kenne Natalie seit achtzehn Jahren, und in der ganzen Zeit hat sie sich nur in zwei Frauen verliebt – Theresa und Didi –, und beide waren ziemliche Diven. Ich glaube, sie braucht mal was anderes, auch wenn sie selbst das noch nicht kapiert hat.«

»Also die Höhlennummer?«

Yvonne boxte sie auf den Oberarm. »Nein, du Idiotin. Zeig ihr, dass du weißt, wie man eine Frau behandelt. Ich habe euch beide beobachtet, als ihr gestern Abend zum Essen gekommen seid. Sie hat doch tatsächlich darauf gewartet, dass du ihren Stuhl zurückziehst. Didi hat sie nie so hofiert.«

»Aber Natalie muss das doch auch gern machen«, wandte Kelly ein. »Sonst würde sie sich doch nicht zu Frauen hingezogen fühlen, die genau das erwarten.«

Yvonne schüttelte den Kopf. »Das glaube ich nicht. Ich glaube, dass sie sich einfach von schönen Frauen angezogen fühlt – so wie wir alle. Didi ist nicht gerade meine Traumfrau, aber sie ist verdammt attraktiv. Das muss man ihr lassen.«

»Ich glaube, sie hat Natalie verhext oder so.«

Yvonne nickte heftig. »Sie kann sehr charmant sein, wenn sie will, und dir das Gefühl geben, dass du die Schönste im ganzen Land bist. Ich glaube, Natalie ist im Grunde ziemlich unsicher, und deshalb braucht sie die Bewunderung von Menschen, die wiederum sie bewundert.«

»Das ist ja alles schön und gut, aber was hat das mit mir zu tun? Wenn sie mich nicht attraktiv findet, wird meine Bewunderung ihr nichts bedeuten. Außerdem glaube ich nicht, dass sie über Didi schon hinweg ist.«

»Das stimmt, und ich bin auch nicht sicher, dass Didi über sie hinweg ist. Ich glaube, Didi weiß ganz genau, was Natalie für sie empfindet, und sie genießt das. Sobald sie das Gefühl hat, dass Natalie anfängt, ihr zu entgleiten, reißt sie an der Leine und holt sie zurück.«

Das ergab Sinn für Kelly – jetzt, wo sie mehr Teile des Puzzles kannte. Wenn sie daran dachte, welchen Eindruck sie in der ersten Nacht auf See gewonnen hatte: kein Wunder, dass das Liebesspiel nebenan so gekünstelt geklungen hatte. Didi stachelte Natalie auf in der Hoffnung, sie eifersüchtig zu machen. Und nach der fieberischen Darbietung in der letzten Nacht – die sie vermutlich auch Natalies wegen inszeniert hatte –, war sie morgens auf dem Balkon erschienen und hatte versucht, sich mit Natalie allein zu verabreden.

Wenn Didi ebenfalls ihr Spielchen spielte, hieß das, dass beide wieder zusammenkommen wollten, und demzufolge war es also nur eine Frage der Zeit. Kelly hätte sich gern für Natalie gefreut, war aber eigentlich nur frustriert, als wäre ihr soeben ganz knapp etwas ganz Besonderes entgangen.

10

Kellys nacktes Bein berührte Natalies, als sie nebeneinander in ihrer Kabine auf der Couch saßen. So unauffällig wie möglich betrachtete sie Natalies Schenkel, der das erste Anzeichen von Sonnenbräune aufwies. Er war weich und geschmeidig, genau so, wie sie ihn sich bei einer derart eleganten Frau vorgestellt hatte, und Kelly wünschte sich sogleich mehr Hautkontakt.

»Ich kann kaum glauben, wie wunderschön das ist«, sagte Natalie und spähte auf den Bildschirm der Unterwasserkamera. »All diese vielen, vielen Fische!«

»Warte, bis du das nächste Foto siehst.« Kelly verscheuchte ihre sinnlichen Gedanken und klickte weiter.

»Du liebe Güte! Ist es das, was ich denke?«

»Es ist ein Riffhai. Die gibt es überall in der Karibik. Sie sind meistens harmlos, es sei denn, du lässt einen blutigen Fuß vor ihrer Nase herumbaumeln.«

Natalie schüttelte ehrfürchtig den Kopf. »Das darfst du Steph nicht zeigen. Sie kriegt Alpträume.«

»Ja, Yvonne hat mir schon gesagt, ich müsste schwören, sie sei schon aus dem Wasser gewesen, als der hier vorbeikam.«

»Und – war sie?«

Kelly schaute sich gespielt verschwörerisch um, bevor sie den Kopf schüttelte.

»Hattest du keine Angst?«

»Nee, die sind bloß neugierig. Die leben hier in der Gegend – ich bin sicher, sie sind es gewohnt, dass Taucher sich das Wrack ansehen.«

»Es ist echt faszinierend. Wenn ich nicht so ein Schisshase wäre, würde ich mir das gern selbst ansehen.«

»Dann tu das doch. Dafür musst du nicht mal tauchen. Einen Großteil davon kannst du schon beim Schnorcheln sehen.«

»Klar. Du möchtest, dass ich einen Kopfsprung vom Boot ins Wasser mache, wo ein Hai vielleicht schon darauf wartet, mich zu verspeisen, bloß weil ich einen Niednagel habe.«

Kelly lachte. »Du musst nicht unbedingt reinspringen. Du kannst dich einfach über die Leiter ins Wasser gleiten lassen, wie das viele Leute gestern gemacht haben.«

»Aber –«

»Und du würdest eine Schwimmweste tragen – so kannst du auf keinen Fall untergehen. Sobald du dich an die Maske und den Schnorchel gewöhnt hast, legst du dich einfach auf dem Bauch und hältst das Gesicht ins Wasser.« Obwohl Natalie sichtlich noch ihre Zweifel hatte, merkte Kelly, dass ihre Verkaufstechnik langsam anschlug. »Ich würde die ganze Zeit direkt neben dir bleiben.«

»Da fällt mir ein alter Witz ein – irgendwas in der Art, dass man nicht schneller schwimmen können muss als der Hai.«

»Stimmt. Ich muss bloß schneller schwimmen als du.« Kelly stieß Natalie den Ellenbogen in die Rippen, und sie lachten. »Und wie war euer Ausflug heute?«

»Ganz schön. Wir sind bei den Bädern herumspaziert und haben uns ihre Geschichte angehört. Ich würde dir ja gern erzählen, was man uns erzählt hat, aber Steph und ich haben die meiste Zeit über miteinander geredet.«

»Ich wette, deswegen hast du in der Schule schon Ärger bekommen.«

»Stimmt. Ich habe mehr Zeit draußen im Gang mit dem Gesicht zur Wand verbracht als sonst jemand aus meiner Klasse.«

»Wenn wir zusammen zur Schule gegangen wären, dann wäre ich bei dir da draußen gewesen. Mein Dad hat immer gesagt, ich hätte früher ohne Punkt und Komma geredet, in einem Tempo, dass mich niemand verstanden hat.«

»Zu schnell zu reden war nie mein Problem«, erwiderte Natalie und übertrieb dabei noch ihre gedehnte Sprechweise, die ihrer Herkunft geschuldet war.

»Seid ihr beide mit Didi und Pamela unterwegs gewesen?«

»Ich habe keine Spur von ihnen gesehen. Ich habe bei ihnen in der Kabine angerufen, als wir zurückgekommen sind, aber es ging niemand ran. Entweder sind sie unterwegs oder sie haben sich gegenseitig umgebracht. Ich weiß nicht, worauf ich wetten würde.«

»Dann haben sie ja zumindest Ausgang bekommen. Echt schade, dass sie drei Tage verpasst haben.«

»Mit Pamela darfst du gern Mitleid haben, aber was Didi angeht – sie wird beim Erzählen der Story schon auf ihre Kosten kommen, das kannst du mir glauben.«

»... und da waren wir dann – Pamela hing über dem Klo, und ich hing mit dem Kopf über dem Waschbecken und hab mir die Seele aus dem Leib gekotzt ...«

Yvonne räusperte sich vernehmlich. »Wir möchten gern essen.«

Didi seufzte dramatisch. »Schön, aber wenn du jemals todsterbenskrank sein solltest, komm nicht bei mir angekrochen.«

Natalie hatte Mitleid mit ihr. »Was habt ihr beide heute Nachmittag unternommen, um eure wiedergewonnene Freiheit zu feiern?«

»Wir sind zu spät von Bord gekommen, um noch eine der Ausflugstouren zu erwischen, also haben wir ein Taxi nach Road Town genommen und sind shoppen gegangen. Pamela hat ein Paar Sandalen gefunden, aber ich habe nichts gesehen, das mir gefallen hätte.«

»Das orangefarbene Tuch hat dir gefallen«, wandte Pamela ein.

»Aber ich hatte nicht die Absicht, zehn Dollar dafür zu zahlen. Wenn sie auf fünf runtergegangen wäre, dann wären wir uns einig geworden.« Didi gab dem Kellner mit einem Wink zu verstehen, ihr noch einen Gin Tonic zu bringen. »In Antigua gibt es einen Laden namens Heritage Quay, in dem man angeblich gut zollfrei einkaufen kann. Kommst du mit, Natalie?«

»Ach, weißt du, ich dachte, ich lasse mich mal auf ein kleines Abenteuer ein.«

Didi fiel die Kinnlade runter. »Du?«

Natalie legte den Kopf schräg und blickte sie finster an. »Ich habe nicht gesagt, ich würde einen blutenden Fuß in ein Haifischbecken halten.« Sie wandte sich an Kelly und zwinkerte ihr verstohlen zu. »Kelly hat mir die Fotos von ihrem Tauchausflug zu dem Schiffswrack gezeigt, und ich fand die total interessant.«

»Die möchte ich auch mal sehen«, sagte Steph. »Yvonne fand es toll.«

Kelly schob ihren Stuhl zurück. »Ich hole meine Kamera. Ich habe keine Vorspeise bestellt, also wartet nicht auf mich, sondern fangt schon an.«

Didi verschränkte die Arme und warf Natalie ein anzügliches Lächeln zu. »Du stehst also jetzt auf Outdoor-Aktivitäten. Heißt das, du lässt dir auch die Haare rappelkurz schneiden?«

»Mal sehen – wenn ich Lust habe«, erwiderte Natalie patzig.

»Mädels, Mädels«, mischte Yvonne sich ein. »Antigua hat einen wirklich tollen Strand. Wir dachten, es könnte Spaß machen, wenn wir alle zusammen gehen. Wir könnten uns Liegen und Sonnenschirme mieten und …«

»Wenn wir an den Strand gehen, brauchen wir keinen Sonnenschirm«, wandte Didi entschieden ein. »Wir müssen die verlorene Zeit wettmachen. Ich will nicht käsebleich nach Rochester zurückkommen.«

Kelly kehrte wieder, als sie auf den ersten Gang warteten, und reichte die Kamera herum.

»Sieht so aus, als hätten wir morgen einen Strandtag vor uns«, sagte Natalie zu ihr. »Das heißt, wir müssen unser Abenteuer auf ein andermal verschieben.«

»Strandtag klingt auch gut. Ich habe in den Reiseunterlagen gelesen, dass Dickenson Bay einer der schönsten Strände der Karibik sein soll.« Kelly wandte sich direkt an Didi. »Prima, dass ihr dabei seid. Ihr habt schon viel zu viel versäumt. Wir werden euch dafür entschädigen.«

Didi lächelte steif und nickte.

Pamela reagierte freundlicher. »Kelly, wie nett von dir, das zu sagen. Du hast dir so viele Klagen von uns anhören müssen.«

Natalie hätte Didi am liebsten einen verächtlichen Blick zugeworfen, widerstand aber der Versuchung. Es lag süße Ironie darin, wie Kelly Didi mit ihrer Freundlichkeit ins Leere laufen ließ.

Natalie tauchte die Zehen in das warme, wirbelnde Wasser des Whirlpools. »Das fühlt sich himmlisch an.«

»Warte mal ab, bis du ganz drin bist«, sagte Steph. »Das ist, als würde man in Wackelpudding liegen.«

Natalie ließ sich langsam in den heißen Pool gleiten und positionierte sich so, dass eine Düse genau auf ihren unteren Rücken traf. Es war ein wundervoller Abend, und der Winterhimmel hing voller funkelnder Sterne. »Ich wünschte, ich hätte diesen Ort gestern Abend schon entdeckt. Dann hätten Kelly und ich hier draußen Champagner getrunken.«

»Hast du Didis Gesicht gesehen, als Kelly beim Essen so reizend zu ihr war? In all den Jahren, die ich sie nun schon kenne, habe ich zum ersten Mal erlebt, dass es ihr die Sprache verschlagen hat.«

»Dazu gehört eine Menge, das steht fest. Und Kelly war so unschuldig zuvorkommend.«

»Ich mag sie, Nat. Ich hoffe, wir werden weiterhin mit ihr zu tun haben, wenn wir wieder in Rochester sind – gemeinsam zu Abend essen und so. Sie passt gut zu unserer kleinen Gruppe, findest du nicht auch?«

»Wird das jetzt das gleiche Gespräch, das wir schon mal hatten?« Natalie senkte die Stimme, trotz der lauten Düsen, die ihre Verständigung erschwerten.

»Ich kann eben einfach nicht glauben, dass du nicht auf sie abfährst. Sie sieht total stark und geschmeidig aus.«

»Genau wie Yvonne, was erklärt, warum dir das gefällt.«

»Nein, Yvonne ist nicht so gebaut wie Kelly. Sie ist athletisch, aber sie hat nicht diese geschmeidige Läuferfigur.«

»Aber dieser athletische Look ist nicht mein Ding.«

»Woher willst du das wissen? Du bist doch noch nie mit so einer Frau zusammengewesen.«

Ihr Gespräch drehte sich im Kreis. »Nein, weil mir dieser Look einfach nicht gefällt. Ich kann meinen Geschmack doch nicht auf Kommando ändern. Es wäre, als würde ich meine Schwester küssen.«

Steph kratzte sich die Nase. »Ich kenne deine Schwestern. Kelly ist ihnen haushoch überlegen.«

»Schlechtes Beispiel. Letztlich ist es doch so: Wenn ich jemanden küsse, muss ein Funke überspringen. Ich will damit nicht sagen« – sie schaute sich um, um sich zu vergewissern, dass sie allein waren –, »dass ich mit allen, die ich küsse, Sex haben will, aber ich möchte, dass zumindest die Möglichkeit besteht. Für mich ist Küssen etwas Intimes. Ich küsse keine Frau, die mich sexuell nicht interessiert.«

»Geht es nur um ihr Aussehen?«

»Nein … Ja. Es ist schwer zu erklären. So wie sie aussieht, ist sie ja auch. Alles an ihr ist so …« Das Wort »maskulin« klang in diesem Zusammenhang abschätzig. Außerdem war es nicht zu leugnen, dass Kelly eine eindeutig feminine Seite hatte. »Es gibt Dinge, die ich bei einer Frau mag, die Kelly aber nicht im Geringsten interessieren, wie Kleider, Frisuren und Make-up … Schmuck … Bei einer Freundin spielt das keine Rolle, wohl aber bei einer Frau, mit der ich eine Liebesbeziehung habe. Es ist vollkommen in Ordnung, wenn andere das attraktiv finden. Kelly ist mit sich ja offenkundig völlig im Reinen, und warum auch nicht? Sie hat einen tollen Körper und ein bezauberndes Lächeln. Und sie ist unglaublich nett.«

Steph lehnte sich zurück und legte die Arme auf die Umrandung des Whirlpools. »Du hast recht. Ich verstehe, warum du dich zu einer solchen Frau um keinen Preis hingezogen fühlst. Nicht wenn du attraktive Frauen haben kannst, die erwarten, dass du für sie auf ein Fingerschnippen hin jederzeit alles stehen und liegen lässt – wie Theresa und Didi.«

Natalie reichte es allmählich. Sie war versucht, aufzustehen und zu gehen. Sie war es leid, ihren Frauengeschmack andauernd verteidigen zu müssen. »Weißt du, Freundinnen sollten sich eigentlich gegenseitig unterstützen. Damals, als Yvonne und du euch beinahe wegen des Hauskaufs getrennt hättet, habe ich euch beiden beigestanden.«

»Tut mir leid, Nat, wenn ich so besserwisserisch klinge, aber du bist meine beste Freundin, und ich hasse es zuzusehen, wie du dir für andere ein Bein ausreißt und selbst leer ausgehst. Es geht nicht nur um Didi, obwohl ich es nie gut fand, dass ihr zusammen wart. Du verliebst dich immer in Frauen, die bewundert werden wollen und dauernd hören müssen, wie toll sie sind. Wann lässt du das mal jemanden für dich tun?«

»Vielleicht hast du es noch nicht gemerkt, aber die Frauen stehen nicht gerade Schlange für den Job.«

»Du bist diejenige, die es noch nicht gemerkt hat. Kelly macht nämlich genau das.« Steph beugte sich vor und legte Natalie die Hand auf die Schulter. »Hör mal, ich sage ja nicht, dass du auf Teufel komm raus was mit ihr anfangen sollst. Ich möchte nur, dass du offen bist, falls es passiert. Selbst wenn es am Ende nicht funktioniert, weißt du dann zumindest, wie es ist, am anderen Ende des Spektrums zu sein und etwas zu bekommen, statt zu geben.«

»Ich möchte nicht am Ende irgendeines Spektrums sein. Ich möchte eine Beziehung haben, die auf Ebenbürtigkeit basiert.«

»Hast du dich Theresa oder Didi je ebenbürtig gefühlt?«

Da war was dran.

»Natalie, du weißt, dass du dazu fähig bist, jemanden von ganzem Herzen zu lieben. Versuch's mal mit einer Frau, die deine Liebe auf die gleiche Weise erwidern kann.«

Natalie hatte nicht vorgehabt, im Whirlpool ihr ganzes Leben auf den Kopf zu stellen. Doch nach diesem Bad war sie ganz und gar nicht entspannt.

11

Mit ganzer Kraft rammte Kelly den Sonnenschirm in den weichen Sand. »Denkst du, das hält?«

»Wie soll ich das wissen?«, entgegnete Yvonne. »Du bist die Bauingenieurin.«

»Klugscheißerin.«

Natalie stand einige Schritte daneben, beladen mit Handtüchern und einer Strandtasche. Ihre Sonnenbrille verbarg die Tatsache, dass sie Kelly genauestens beobachtete und den Unterschied zwischen Kelly und Yvonne studierte, den Steph benannt hatte. Kelly war in der Tat geschmeidig, fast katzenartig, mit kräftigen Muskeln in Beinen und Schultern.

Didi und Pamela zu übersehen war schlechterdings unmöglich. Die beiden breiteten eine Strandmatte, die sie sich ausgeliehen hatten, in der Sonne aus. Insbesondere Pamela sah hinreißend aus in ihrem Bikini, besser als Didi, die mit ihren zweiundvierzig Jahren nicht etwas so Winziges hätte tragen sollen.

»Wer möchte Sonnencreme haben?«, fragte Kelly in die Runde.

»Ich möchte erst mal ein bisschen Sonne haben«, antwortete Natalie. »Nicht viel, nur ein bisschen, damit meine Beine ohne Nylonstrümpfe gut aussehen.«

Kelly wühlte in ihrem Rucksack und holte eine kleine Plastikflasche Öl hervor. »Versuch's mal damit. Es enthält Sonnenschutz, lässt dich aber dennoch braun werden.«

Als Natalie das Öl auf ihren Beinen verteilte, sah sie, dass Kelly sich von oben bis unten mit einer dickflüssigen weißen Lotion eincremte. »Willst du denn gar nicht braun werden?«

»Nein, meine Hautfarbe verwandelt sich binnen einer Stunde von weiß in feuerrot. Und dann gehe ich zwei Wochen durch die Mauser.«

»Iiieehh, wie ekelig!«, kreischte Didi.

Natalie sah zu Kelly hinüber und verdrehte die Augen. »Und das von einer Frau, die uns beim Abendessen nicht das kleinste Detail ihres Verdauungsvorgangs erspart hat.« Sie reckte sich, um ihre Schultern einzuölen.

»Lass mich das machen«, erbot Kelly sich.

Natalie lächelte innerlich und fragte sich, ob Didi Kellys vertraulichen Ton mitbekommen hatte. Kelly hatte bislang hervorragend mitgespielt – sie hatte Natalies Taschen getragen und ihr Komplimente zu ihrem Aussehen gemacht. An einem Punkt war Natalie ziemlich sicher gewesen, dass Didi finster dreingeblickt hatte.

Sie drehte sich um und genoss Kellys warme Hände auf ihrem Rücken. Zu schade, dass Didi nicht nachempfinden konnte, was sie fühlte – den zarten Druck der Fingerspitzen, die unter die Träger glitten und den Rand ihres Badeanzugs. Sie war sich ihres Lächelns nicht einmal bewusst, bis sie die Augen hob und Stephs Blick einfing, die ihr verschmitzt zuzwinkerte. Natalie reagierte auf ihre gewohnte Art – sie streckte ihr die Zunge raus.

»Sonst noch jemand?«

»Gern!« Steph wandte ihr den Rücken zu, um sich von Kelly einölen zu lassen.

»Gib auf deine Hände acht!«, warnte Yvonne Kelly.

»Ich dachte gerade, ich wäre gestorben und in den Lesbenhimmel gekommen, als du mich aus meinem Traum geweckt hast.« Kelly grinste und verrieb den Rest des Öls auf ihrem eigenen Nacken. »Da drüben können wir uns WaveRunner ausleihen. Hat jemand Lust dazu?«

Didi drehte sich auf den Bauch und grinste. »Natalie hat gemeint, sie wäre auf ein Abenteuer aus.«

»Aber nicht auf so eines«, wandte Natalie heftig ein. »Ich dachte mehr daran, mein Gesicht unter extrem kontrollierten Rahmenbedingungen ins Wasser zu halten. Ich habe nicht gesagt, ich würde mein Leben aufs Spiel setzen.«

»Wenn du Lust dazu hast, kannst du mit mir fahren, und wir lassen es langsam angehen«, bot Kelly an.

»Ach, ist das nicht süß?«, bemerkte Didi sarkastisch und fing sich böse Blicke von Natalie und Steph ein.

Yvonne nahm ein paar Scheine aus ihrer Brieftasche. »Ich bin dabei, aber ich lasse es bestimmt nicht langsam angehen. Im Gegenteil« – sie wies auf eine Boje weit draußen – »ich finde, wir sollten da hinten starten und bis zu der Boje um die Wette fahren. Bist du dabei, Großmama?«

Kelly grinste. »Hast du mich gerade Großmama genannt?«

»Ich glaube ja.«

»Gehen wir. Du wirst ziemlich alt aussehen.«

»Davon träumst du.« Sie machten sich schleunigst auf den Weg zu der Verleihstation, und kurz darauf erschienen sie auf zwei Wassermotorrädern.

Natalie ließ sich neben Steph in einen Liegestuhl sinken, um zuzuschauen. »Ich wette auf Kelly.«

»Sie hat keine Chance. Yvonne schummelt.«

Selbst Didi und Pamela richteten sich auf ihrer Matte auf, um sich das Rennen anzusehen.

Natalie wurde immer unruhiger, je weiter die beiden WaveRunner sich vom Strand entfernten. »Warum müssen sie denn so weit rausfahren?«

»Sie müssen Rücksicht auf die Schwimmer nehmen«, erklärte Steph. »Mach dir keine Sorgen. Sie tragen Wasserskiwesten.«

Schließlich hielten sie nebeneinander auf der Startposition an. Die Strecke verlief in etwa zweihundert Metern Entfernung parallel zum Strand und führte, wie es aussah, durch raues Wasser. »Sie sind gestartet!«

Kelly hatte keinen guten Start, aber ihre Kielspur – ihr Hahnenschweif, wie Steph es nannte – wuchs, als sie Yvonne auf halber Strecke einholte. Dann schoss sie voran, bis sie in einer Senke verschwand, die Yvonne sauber übersprang. Doch wieder überholte Kelly sie und gewann einen leichten Vorsprung.

Natalie sprang auf die Füße und jubelte, und Steph tat es ihr nach. Didi feuerte Yvonne an, Pamela Kelly.

In dem wilden Endspurt auf die Ziellinie zu, zog Yvonne plötzlich zu Kelly hinüber und zwang sie zu einem Ausweichmanöver, um einen Zusammenstoß zu vermeiden. Kelly wurde von einer Welle zu Fall gebracht, und ihr WaveRunner kam zum Halt. Sie selbst war nirgends zu sehen.

»O mein Gott!«, rief Natalie und rannte zum Wasser hinunter.

»Wird schon nichts passiert sein«, meinte Steph.

Yvonne umkreiste die Boje mit hocherhobener Faust und machte kehrt, um Kelly zu verspotten, die gerade bei ihrem Gefährt aufgetaucht war. Kelly kletterte wieder hinauf und folgte Yvonne, die sich ihren Weg durch das kabbelige Wasser suchte.

»Alles in Ordnung, oder?«, fragte Didi lässig.

»Sieht so aus. Die reinsten Kinder«, antwortete Steph.

»Wer hat gewonnen?«

Natalie schnaubte verächtlich. »Die Schummlerin.« Sie

ließ sich wieder auf ihrer Liege nieder und sah zu, wie die beiden Frauen auf ihren Motorrädern im Wasser herumalberten; sie lachte, als Kelly Rache nahm, indem sie ihren Hahnenschweif auf Yvonnes Gesicht richtete.

Kelly schüttelte ungläubig den Kopf, als Didi und Pamela sich nach dem Mittagessen wieder auf ihrer Matte niederließen. Sie konnte jetzt schon die roten Streifen am Rand ihrer Bikinihöschen sehen, aber die beiden weigerten sich beharrlich, Sonnenschutz aufzutragen oder sich in den Schatten zurückzuziehen.

»Ich glaube, ich brauche jetzt was Stärkeres«, sagte Natalie und unterbrach Kelly in ihren Gedanken. Sie hielt ihr die Tube Sunblocker hin, die Didi verschmäht hatte.

»Gute Idee.« Kelly war nur zu gern bereit, Natalie wieder behilflich zu sein, auch wenn das erste Eincremen sie schon fast um den Verstand gebracht hatte. Obwohl sie hinter ihr gestanden hatte, war heftiges Begehren in ihr aufgeflammt, als sie die Träger von Natalies Badeanzug beiseite geschoben und ihre Finger über die nackte Haut hatte gleiten lassen. Hätte Natalie sie gebeten, die Rückseite ihrer Schenkel einzucremen, wäre es vollends um sie geschehen gewesen. »Hat jemand Lust zu einem Strandspaziergang?«

»Klingt gut«, meinte Steph.

Yvonne versetzte ihr einen Stoß. »Ich brauche einen Mittagsschlaf nach all dem Essen.«

»Klingt noch besser. Bin dabei.«

»Ich komme mit«, sagte Natalie.

»Ich will auch mit«, meinte Didi und sprang auf.

»Warte, du musst mir helfen«, wandte Pamela ein. »Ich glaube, mein Rücken braucht ein bisschen Sunblocker. Er fängt an zu brennen.«

»Gute Idee«, meinte Kelly. »Sonst könnte das später höllisch weh tun.« Sie legte Natalie die Hand auf den Rücken und beschleunigte ihre Schritte, um Land zu gewinnen. »War das jetzt zu dick aufgetragen?«

Natalie kicherte und sah über die Schulter zurück. »Ich glaube nicht. Ich denke aber, dass sie es allmählich kapiert. Sie beobachtet uns schon den ganzen Tag.«

»Ist mir gar nicht aufgefallen.« Kellys Aufmerksamkeit hatte sich allein darauf gerichtet, Gelegenheiten zu finden, Natalie nah zu sein. Sie würde die momentane Chance nicht verstreichen lassen, und es war ihr vollkommen egal, ob Didi sie beide beobachtete oder nicht. »Ich freue mich, dass wir an den Strand gegangen sind. Ein wunderbarer Tag.«

»Es macht Spaß, wenn wir alle zusammen sind. Es ist fast so wie zu Hause in Rochester – bis auf den Schnee natürlich.«

»Und bis auf das Aufstehen am frühen Morgen, um zur Arbeit zu gehen.«

»Und wenn du schon dabei bist – bis auf den Kaffee, den mir jemand morgens ans Bett bringt.«

»Ich muss zugeben, es ist ein bisschen ungewohnt, sich das Zimmer mit jemandem zu teilen«, sagte Kelly.

»Ich hoffe, ich bin keine schlechte Mitbewohnerin.«

»Keineswegs. Bisher hat es mir sehr gefallen.« Sie hätte fast gelacht über ihr banales Gespräch – wie zwei Jugendliche bei ihrem ersten Date, schüchtern und geistlos.

»Gestern Abend war ich mit Steph im Whirlpool, und wir haben darüber geredet, dass wir es gut fänden, wenn du dich unserer Clique anschließt, wenn wir wieder zu Hause sind. Wir treffen uns ein paar Mal im Monat zum Abendessen oder gehen ins Kino und so.«

Sie erreichten das Wasser und wateten bis zu den Knien hinein.

»Du wirst mich ziemlich oft bei dir zu Hause sehen, wenn es dir ernst ist mit dem Renovieren.« Sie schlenderten gemächlich am Strand entlang und redeten von der Neugestaltung des Hauses, bis Kelly vorschlug, umzukehren und zurückzugehen. Als sie bei den WaveRunners vorbeikamen, blieb sie stehen. »Lust auf eine kleine Spritztour?«

Natalie schüttelte entschieden den Kopf. »Ich habe dich in Aktion gesehen. Weiß der Himmel, wo hier die nächste Chiropraktikerin ist.«

»Mit dir würde ich nicht so schnell fahren – versprochen. Du hast Didi doch erzählt, dass du auf ein Abenteuer aus bist.«

»Du darfst nicht zulassen, dass ich runterfalle. Ich würde in Panik geraten und uns beide untergehen lassen.«

»Das wird nicht passieren.« Kelly kehrte zu der Verleihstation zurück und besorgte sich einen Zündschlüssel und zwei Wasserskiwesten. »Was ist deine Lieblingsfarbe?«

»Grün.«

»Die Farbe deiner Augen.« Kelly grinste. Sie war noch immer voll im Flirt-Modus, obwohl Didi nicht in Sicht war.

»Oder wir nehmen das blaue, das zur Farbe deiner Augen passt.«

»Nein. Wir nehmen das grüne.« Kelly schob das kleine Wassermotorrad in hüfttiefes Wasser und stieg auf. »Auf diese muss man von hinten aufsteigen. Halt dich einfach an meinen Schultern fest …« Ihre Worte verklangen, als sie spürte, wie Natalies Arme sich um ihre Taille legten und ihr Körper sich an ihren Rücken schmiegte. »Du begreifst schnell.«

»Eigentlich nicht. Ich hab bloß überlegt, ob da unten Haie um meine Beine herumschwimmen und verspürte den mächtigen Drang, aus dem Wasser zu kommen.«

»Hier sind keine Haie.« Kelly gab langsam Gas, und sie glitten vorwärts. »Der Typ vom Verleih hat mir von einer Sandbank erzählt, ungefähr eine halbe Meile von hier, aber nicht zu weit draußen. Ich werde nicht sehr schnell fahren, aber es könnte dennoch holperig werden. Halt dich einfach gut fest, dann passiert dir nichts.«

Natalie zu sagen, sie solle sich festhalten, war unnötig, denn ihre Hände waren fest in Kellys Schoß verschränkt. Als der WaveRunner eine Kurve zog, verschwand der Strandabschnitt mit ihren Freundinnen aus ihrem Blickfeld, und die nächsten zehn Minuten glitten sie auf dem ruhig dahinbrausenden Wassermotorrad dahin, bis sie auf eine hohe Sandbank stießen.

»Woher wusstest du, dass sie genau hier ist?«

»Der Typ hat gesagt, wir sollen in dreihundert Metern Entfernung parallel zum Strand fahren, bis wir an dem blauen Haus mit dem Witwensteig sind.« Kelly wies auf das Ufer.

Natalie schaute kurz hinüber, dann stieg sie ab und watete durch das knöcheltiefe Wasser. »Sieh mal – wie schön!« Sie hob ein buntes Schneckengehäuse auf.

»Eine Conch-Schnecke. Nicht nur schön – auch lebendig.«

»Tatsächlich?«

»Dreh sie um und schau rein.« Kelly lächelte, als sie Natalies Staunen sah. »In Key West haben wir die immer gesammelt. Nach den vielen Meeresschnecken wurde dort unten auch die Conch Republic benannt.«

»So eine würde ich gern mit nach Hause nehmen – ohne das Kriechtier natürlich.«

»Das Kriechtier willst du auf keinen Fall. Die riechen nicht sonderlich gut, wenn sie darin sterben.« Kelly kletterte wieder auf den WaveRunner und lenkte ihn zu Natalie. »Ich wette, in Nassau kannst du so was kaufen.«

Natalie stieß sie in die Rippen, als sie aufsaß. »Was verstehst du schon vom Einkaufen?«

»Hab's mal im Fernsehen gesehen.« Als sie spürte, wie Natalies Arme sich wieder um ihre Taille schlangen, merkte sie, dass zwei Dinge sie ganz aufgeregt machten: dass Natalie und sie ganz allein unterwegs waren und dass Natalie ihr endlich vertraute. Dieses beschwingte Gefühl wollte sie sich so lange wie möglich erhalten. »Wir lassen es gemütlich angehen auf dem Rückweg.«

Ein Motorboot mit einem Parasailing-Schirm überholte sie, und Kelly spürte, wie Natalie erschauderte. »Nicht für alles Geld der Welt würde ich das machen.«

»Ich habe das in Cozumel mal ausprobiert. Es gibt dir einen ganz schönen Kick, aber wenn du es einmal gemacht hast, ist der Kitzel vorbei.« Sie beobachtete eine Reihe von Wellen, die nach dem Passieren des Motorboots auf sie zukamen. »Halt dich fest – es wird ein bisschen schaukeln.«

Natalies Arme schmiegten sich fester um sie, als sie auf den sanften Wellen ritten.

Kelly steuerte nur mit der Hand auf dem Gasdrehgriff, ließ die andere sinken und verflocht ihre Finger mit Natalies. Sie genoss das Gefühl, so lange sie es für vertretbar hielt, und konnte nicht umhin, Natalies Hand kurz zu drücken, bevor sie losließ und die Hand wieder an den Lenker legte.

Schade, dass nicht mehr Boote in ihrer Nähe unterwegs waren.

Natalie schlenderte durch den Sand zu ihrer Gruppe zurück, während Kelly den Schlüssel des WaveRunner und die beiden Westen zurückbrachte. Sie brauchte einen Moment für sich allein, um ihre Gedanken zu sortieren. Was war da eben passiert? Es war bloß eine kleine zarte, beschützerische Geste gewesen, kurz nachdem das Motorboot sie überholt hatte, so harmlos, dass Kelly vermutlich gar nicht gemerkt hatte, was sie da tat. Die Tatsache, dass sie ziemlich weit vom Strand entfernt gewesen waren – und damit außerhalb von Didis Sichtweite –, belegte, dass Kellys Geste nichts mit ihrem Plan zu tun hatte. Und Natalies Reaktion ebenso wenig.

»Wie war's?«, fragte Steph.

»Ich gebe es ungern zu, aber es hat viel mehr Spaß gemacht, als ich dachte«, antwortete Natalie, während sie nach einem Handtuch griff.

»Du hättest Didi sehen sollen! Sie ist aufgestanden und auf und ab getigert, sobald ihr beide um die Kurve verschwunden wart. Sie ist zwei Mal hergekommen und hat Yvonne gefragt, wie weit ihr rausfahrt und ob das gefährlich sei. Dann hat sie angefangen, auf Kelly rumzuhacken, weil sie dich so weit mit rausnimmt und vermutlich halb zu Tode erschreckt.«

Dass Didi sich plötzlich Sorgen um sie machte, bewies, dass ihr Plan funktionierte. Es wäre verständlich gewesen, wenn sie Parasailing oder Tauchen gegangen wäre, aber eine kleine Spritztour auf einem WaveRunner war kein Grund zur Besorgnis. Nein, Didi hatte sich keine Sorgen gemacht. Sie war eifersüchtig gewesen.

Natalie suchte mit den Augen den Strand ab. Sie entdeckte Pamela am Erfrischungsstand und Didi am Wasser, wo sie anscheinend Muscheln sammelte. Interessant, dass Didi sich offenbar große Sorgen um ihr Wohlergehen gemacht hatte, es nun aber nicht für nötig hielt, ihre Erleichterung kundzutun. Stattdessen legte sie ihre gewohnte Lässigkeit an den Tag. Didi stellte ihre Zuneigung nie offen zur Schau. Natalie kicherte in sich hinein. Wäre sie im falschen Badeanzug hinausgefahren, hätte sie das gleich bei ihrer Rückkehr zu hören bekommen.

Kelly summte vor sich hin, als sie den Gang zu ihrer Kabine hinunterging, in den Händen zwei Iced Caffè latte, die sie im Coffeeshop im Atrium besorgt hatte. Der Tag am Strand hätte besser nicht sein können, obwohl sie auf Didis beharrliche Versuche, Natalie zum Einkaufen auf Barbados und St. Lucia zu überreden, gut hätte verzichten können. Natalie hatte sich nicht festlegen mögen, aber ein Einkaufsbummel hatte zweifellos seinen Reiz für sie. Kelly hatte darauf gehofft, mehr Zeit mit Natalie zu verbringen, und sei es auch nur, um Didi weiterhin eifersüchtig zu machen.

Sie fand Natalie draußen auf dem Balkon, frisch aus der Dusche, aber noch im Bademantel.

»Hier ist deine Latte. Ich habe Steph getroffen. Sie wollen sich heute etwas beim Kabinenservice bestellen. Ich schätze, dann werden wir beide allein mit den Damen von nebenan zu Abend essen.« Ihr Mangel an Enthusiasmus war offenkundig.

Natalie kicherte. »Höre ich da überschwängliche Begeisterung in deiner Stimme?«

Kelly musste lachen. »Ups!« Sie ließ sich in den zweiten Liegestuhl fallen und legte die Füße auf die Reling. »Es wird schon gutgehen. Ich überlege, was ich anziehen soll.«

»Mach dir keine Gedanken. Sei einfach du selbst.« Natalie stand auf und lugte um die Trennwand herum, um sich zu vergewissern, dass sie allein waren. »Ich glaube, heute hat Didi angebissen.«

»Ja, sie schien leicht sauer zu sein – als hätten wir uns ohne ihre Erlaubnis aus dem Staub gemacht oder so.« Kelly freute sich immer noch daran, dass ihr engster Kontakt – als sie auf dem WaveRunner Natalies Hand gehalten hatte – gänzlich außerhalb von Didis Sicht stattgefunden hatte. »Didi hin oder her – mir hat es Spaß gemacht da draußen. Ich fand es echt schön, dass du mitgekommen bist.«

»Ich möchte es um nichts in der Welt missen. So was habe ich noch nie zuvor gemacht. Da, wo ich herkomme, würde man das nicht ladylike finden.«

»Glaub mir, Natalie, an dir ist alles ladylike.«

»Du sagst die charmantesten Dinge. Wenn die Frauen in Rochester auch nur im Geringsten ahnten, was ihnen entgeht, würden sie bei dir Schlange stehen.«

Kellys Blick begegnete Natalies, und sie schenkte ihr ein kleines Lächeln. »Das Beste bewahre ich mir für die Ladies, die mich interessieren.«

Das verlegene Schweigen, das darauf folgte, schien sich über Stunden hinzuziehen. Natalie wandte den Blick ab und trank ihren Kaffee. Ausnahmsweise hieß Kelly das Geräusch der Schiebetür vom benachbarten Balkon willkommen.

»Hey, Mädels!«, rief Natalie. »Steph und Yvonne bestellen sich heute was beim Kabinenservice. Wir sind also nur zu viert beim Abendessen.«

»Hast du Aloe dabei?«, gab Didi schroff zurück. Um die Trennwand herum erschien ihr feuerrotes Gesicht. »Ich kann mich kaum rühren. Wir sind beide vollkommen verbrutzelt.«

»O mein Gott!« Natalie starrte sie mit offenem Mund an.

»Es ist sicher nicht so schlimm, wie es aussieht. Es wird sich über Nacht bestimmt in Bräune verwandeln. Zumindest bei mir. Pamela hat feuerrote Streifen auf ihren Schenkeln, die aussehen, als würden sie Blasen werfen.«

Natalie fand eine Tube After Sun Lotion in ihrer Kabine und reichte sie um die Trennwand herum. »Arme Pamela.

Ich hoffe, das hier hilft. Kelly und ich haben überlegt, in das Bistro in der Observation Lounge zu gehen. Es ist so romantisch dort, und man hat einen wunderbaren Blick.«

Kelly spitzte die Ohren bei Natalies verträumtem Tonfall. Nicht dass sie das Geringste gegen ein romantisches Dinner einzuwenden gehabt hätte.

»Wie schön!«, zischte Didi, machte auf dem Absatz kehrt und verschwand in ihrer Kabine.

Natalie zog ein verdattertes Gesicht. »Ich glaube, ich habe sie verärgert.«

»Und dabei war es gar nicht deine Absicht.«

Natalie kicherte und schüttelte den Kopf. »Du musst Didi echt für schrecklich halten und mich für völlig bekloppt, weil ich sie zurückhaben will.«

»Ich kenne sie im Grunde ja gar nicht.« Das klang besser, als zu sagen, dass sie bisher noch nichts entdeckt hatte, das Didis Verdrießlichkeit und ihre unablässige Krittelei aufwog. Das Angenehmste, was Didi in Kellys Augen bisher von sich gegeben hatte, waren die Geräusche gewesen, als sie sich die Seele aus dem Leib gekotzt hatte. Es war kaum nachvollziehbar, wie eine so unbeschwerte Frau wie Natalie sich dazu hatte hinreißen lassen, eine Beziehung mit Didi einzugehen, die auch nur eine Woche dauerte, geschweige denn sechs Jahre.

»Es hat ziemlich lange gebraucht, bis Steph und Yvonne mit ihr warm wurden, aber schließlich ging es. Sie kann wirklich unheimlich nett sein.«

Kelly wollte nicht widersprechen, weil sie sah, wie sehr Natalie an Didi hing, aber sie konnte ihre Skepsis nicht verhehlen. »Ihre Nettigkeit kommt bei mir nicht an. Ich vermute, deshalb habe ich den Eindruck, sie nicht besonders gut zu kennen.«

Sie tranken ihren Kaffee aus, während das Schiff dem Sonnenuntergang entgegenfuhr.

»Ich hab mir überlegt, dich vielleicht morgen zum Schnorcheln zu begleiten«, sagte Natalie dann aus heiterem Himmel. »Wenn du nichts dagegen hast.«

»Quatsch! Ich fände es toll!«

»Es wäre perfekt. Wenn das heute ein Indiz war, wird Du-weißt-schon-wer morgen ausflippen.«

Kelly spürte, wie sie innerlich zusammensank. Natalies unverhofftes Interesse am Schnorcheln hatte mit ihr nicht das Geringste zu tun.

Natalie hielt vor dem Spiegel inne, um die leichte Sonnenbräune ihrer Arme und ihres Dekolletés zu bewundern, die sich gegen das weiße Spitzentop abhob, das Didi ihr zwei Jahre zuvor zu Weihnachten geschenkt hatte – kurz bevor sie sich getrennt hatten. Zwei, drei weitere Tage in der Sonne würde ihre Bräune verstärken und alle in der Boutique neidisch machen, wenn sie heimkamen.

Sie lächelte, als sie an Kellys Kompliment in Sachen ladylike dachte, und wünschte, Didi wäre da gewesen und hätte es ebenfalls gehört. In Didis Gegenwart bekam man selten Komplimente, denn für gewöhnlich nahm Didi sämtliche Aufmerksamkeit in Anspruch. Der Rest über die Ladies, die Kelly interessierten, hatte Natalie kalt erwischt. Sie hatte nichts dagegen, dass Kelly sie für interessant hielt – so musste sie ihre Bemerkung wohl gemeint haben. Höchst unwahrscheinlich hingegen war, dass Kelly sich für sie interessierte, denn sie wusste ja, was Natalie für Didi empfand.

So frivol und kleinlich es auch sein mochte, sie hatte sämtliche Details, die Steph ihr über Didis aufgeregte Besorgnis am Strand erzählt hatte, genossen. Es war erstaunlich, wie gut ihr Plan funktionierte. Sie hätte nie gedacht, dass ausgerechnet Kelly das grünäugige Monster der Eifersucht wecken würde, aber allmählich glaubte sie, dass Steph recht hatte: An Kelly war eine Menge attraktiv, und das schien Didi offensichtlich auch zu kapieren.

Als sie im Schrank nach den passenden Schuhen suchte, wurde sie durch das plötzliche Verstummen der Dusche aus ihren Gedanken aufgeschreckt.

»Hey, Natalie!«

Die Badezimmertür öffnete sich einen winzigen Spalt, gerade weit genug, um zu sehen, dass Kelly mit dem Rücken zur Tür dastand und nichts als Unterhosen trug – knappe lilafarbene Shorts, die das obere Drittel ihrer Pobacken enthüllten, als sie sich ein graues Tank Top über den Kopf streifte. »Moment, ich stehe hinter der Tür.«

Dann erschien Kellys Kopf in der Tür, zusammen mit einem nackten Bein. »Vielleicht solltest du noch mal mit Didi sprechen. Wenn wir ins Bistro gehen, müssen wir vielleicht einen Tisch reservieren und ich sollte mich ein bisschen eleganter kleiden.«

»Du könntest wieder deine schwarzen Hosen tragen … diesmal vielleicht mit der Weste.« Natalie wandte sich von der Augenweide im Bad ab und wählte die Nummer von Didis Kabine. »Hallo …« Sie erklärte, warum sie anrief. »Ist das dein Ernst? So schlimm ist es?«

Inzwischen war Kelly hinter sie getreten und rollte die Ärmel eines weißen durchgeknöpften Hemdes auf, das ihr bis auf die Schenkel ging.

Natalie legte den Hörer auf. »Sie sind von der Sonne total verbrutzelt. Didi schwellen gerade die Augen zu, und Pamela hat Blasen auf den Schultern und an den Beinen. Die Krankenschwester ist auf dem Weg zu ihnen.«

»Wird's denn gehen?«

»Ich denke schon. Didi neigt zum Dramatisieren.«

»Ach was!« Kellys Grübchen bebten.

»Ich sehe sehr wohl, dass du dir das Lachen verkneifst. Du solltest dich schämen!« Sie merkte, wie ihre eigenen Mundwinkel sich hoben. »Und sobald ich aufhöre zu lachen, werde ich dich verpetzen.«

Kelly lächelte jetzt und zeigte nun nicht nur ihre Grübchen, sondern auch ihre strahlend weißen, vollkommen ebenmäßigen Zähne. »Findest du, ich sollte die Weste hierzu tragen?«

»Weißt du, was ich wirklich finde? Wir sollten im Pub einen saftigen Hamburger essen und dann mal schauen, ob wir einen Film oder so gucken können. Hättest du dazu nicht auch mehr Lust?« Bei der Unterstützung, die sie von Kelly in Sachen Didi bekam, war sie ihr einen netten Abend schuldig. Außerdem aß sie genauso gern einen Cheeseburger wie andere Menschen, aber Didi hatte ihr das Junk Food immer verleidet, wenn sie Appetit darauf gehabt hatte. Das hier war die Gelegenheit, es zu genießen.

12

Didi warf Natalie, die mit ihrem Morgenkaffee an der Reling lehnte, aus ihren geschwollenen Augen einen bösen Blick zu. »Zu sagen, ich hab's dir ja gleich gesagt, ist nicht sehr hilfreich. Leg ein bisschen mehr Mitgefühl an den Tag.«

Also verkniff Natalie es sich, ihr Bedauern auszudrücken, dass Didi sich über ihre und Kellys warnenden Worte hinweggesetzt hatte. »Tut mir leid, dass du so leidest. Wie geht's Pamela?«

»Vermutlich noch schlechter als mir, aber verrat ihr nicht, dass ich das gesagt habe. Zumindest hat sie eine Lotion für ihre Arme und Beine. Die kann ich für mein Gesicht aber nicht nehmen.« Sie streckte die Hand nach Natalies Kaffee aus und trank einen Schluck. »Ich schätze, aus unserem Einkaufsbummel wird heute nichts. Was hast du für Pläne?«

Sie konnte es kaum erwarten, Didis Gesicht zu sehen. »Ich habe beschlossen, mit Kelly schnorcheln zu gehen. Es war so toll neulich auf dem Katamaran und dann gestern mit dem WaveRunner. Ich hatte ja keine Ahnung, dass Wassersport so viel Spaß machen kann.«

»Das soll wohl ein Scherz sein! Du gehst ja nicht mal gern unter die Dusche, weil du Wasser in die Augen kriegen könntest.«

»Ich werde eine Taucherbrille tragen. Und Kelly hat versprochen, meine Hand zu halten.«

»Wie reizend!«, rief Didi mit unüberhörbarem Sarkasmus. Sie blickte um die Trennwand herum und vergewisserte sich, dass Kelly nicht auf dem Balkon war. »Läuft sie etwa ohne Hemd herum?«

Natalie ärgerte sich. »Jetzt hör doch mal auf! Sie ist sehr nett, und sie hat sich echt Sorgen gemacht, als sie von deinem Sonnenbrand erfuhr.« Auch wenn sie gekichert hat.

Didi seufzte. Die Verwarnung war angekommen. »Versprich mir bloß, dass du nicht anfängst, weite Shorts zu tragen.«

»Du weißt ganz genau, dass ich mich zu einem solchen modischen Statement nie hinreißen lassen würde. Aber was kümmert's mich, wenn sie Kelly gefallen? Und was kümmert's dich?«

»Weil mir allein der Anblick weh tut«, jaulte Didi dramatisch auf. »Im Ernst, Natalie: Ich habe den« – sie malte

Anführungszeichen in die Luft – »androgynen Look auf dem Laufsteg gesehen, und bei der richtigen Frau kann es sogar ganz heiß aussehen. Aber das ist einer dieser High-Fashion-Looks, die auf die wirkliche Welt nicht übertragbar sind, und selbst wenn, dann wäre Kelly nicht diejenige, bei der das funktioniert. Es funktioniert nur, wenn die Frauen Frauen sind.«

In den zehn Jahren, die sie sich nun schon kannten, hatte Natalie buchstäblich Tausende von Malen gehört, wie Didi das modische Erscheinungsbild der Menschen um sie herum kritisch kommentierte, aber selten waren ihre Bemerkungen so gehässig gewesen. »Das ist Blödsinn. Kelly ist eindeutig eine Frau. Dafür kann ich mich persönlich verbürgen.«

Auf Didis Gesicht zeichnete sich der reine Schock ab, und Natalie begriff, dass sie die Grenze des Eindrucks, den sie und Kelly erwecken wollten, soeben weit überschritten hatte. Es wäre nur anständig gewesen zu erklären, was sie gemeint hatte, nämlich dass ihre ruhigen, ernsten Gespräche mit Kelly eine ausgesprochen weibliche Seite zum Vorschein gebracht hatten, auch wenn diese kantiger war, als Natalie je zuvor gesehen hatte. Doch es hatte durchaus einen Vorteil, sich bedeckt zu halten, zumal Didis Eifersucht sichtlich zugenommen hatte.

»Läuft da was zwischen dir und Kelly?«

»Und wenn, dann wäre das ja wohl meine Sache.«

»Natalie, komm schon. Du kannst doch nicht allen Ernstes so jemanden attraktiv finden.« Didi blickte sich nach Pamela um. »Eine Frau wie du hat was Besseres verdient – nicht so eine Butch, die bloß demonstrieren will, dass sie ist, wie sie ist. Und für den Fall, dass du vergessen haben solltest, dass du ein Geschäft hast – denk daran, dass sie genau das darstellt, was die Leute an Lesben so abstoßend finden.

Sie wollen Menschen wie uns sehen – nicht Menschen wie Kelly.«

Didis letzte Worte kamen wie ausgespien. Das ging weit über ihre übliche Kritik hinaus und war so bösartig, dass Natalie sich zornig zu Kellys Verteidigung aufschwang. »Du hast nicht die leiseste Ahnung, was Kelly anbelangt und wer sie ist. Zufällig ist sie eine der nettesten Frauen, die mir je begegnet sind, und du solltest dir merken, dass nicht alle Menschen andere nach ihrem Aussehen beurteilen.«

»Kann sein, aber der erste Eindruck basiert immer darauf – ob sie es zugeben oder nicht. Sei ehrlich. Was hast du gedacht, als du sie zum ersten Mal gesehen hast? Dass sie nett ist? Oder dass sie aussieht wie ein Kerl? Du hast sogar gesagt, mit ihr zusammenzusein wäre, wie mit einem Mann zusammenzusein.«

Natalie spürte, wie ihre Ohren brannten. »Was macht das jetzt für einen Unterschied? Jetzt zählt einzig und allein, dass ich sie kenne und du ebenfalls. Sie ist immer nett zu dir gewesen, also benimm dich nicht wie ein Miststück, sondern zeige ihr gegenüber gefälligst ein bisschen Respekt.«

Dramatisch wie immer stieß Didi einen tiefen Seufzer aus. »Sie ist wirklich nett, und ich bin sicher, dass alles andere mich nicht so stören würde, wenn ich sie besser kennen würde. Ich will bloß nicht, dass du dich da in etwas verstrickst, nur weil du dich einsam fühlst. Ich bin immer für dich da, und du kannst dich uns jederzeit anschließen. Glaub mir« – wieder sah sie über die Schulter – »es spricht einiges für jung und sexy, aber sobald es einmal ausgesprochen ist, gibt es nicht mehr viel zu sagen, wenn du verstehst, was ich meine.«

Natalie verdrehte die Augen, obwohl sie innerlich jubelte, dass Didi genau das aussprach, was sie selbst dachte: Miteinander reden zu können und die Gesellschaft der anderen zu genießen war eine bessere Grundlage für eine Beziehung als reiner Sex. Jetzt wartete sie nur noch darauf, dass Didi ihren Einsichten praktische Taten folgen ließ. »Hör mal, wir könnten doch morgen in St. Lucia einen Einkaufsbummel machen.«

»Wir alle zusammen?«

Natalie zuckte die Achseln. Es war nicht an ihr vorzuschlagen, dass sie beide allein losziehen sollten. Kelly würde tun, was immer Natalie wollte, aber für Pamela war Didi zuständig. »Wer immer Lust dazu hat. Es gibt noch ein weiteres Galadinner, und ich fände es schön, etwas Neues zum Anziehen zu haben.«

»Na bitte – das ist die Natalie, wie ich sie kenne und liebe.«

Ein Gefühl von Wärme umfing sie, als Didi ihr ein Lächeln zuwarf. »Du solltest ein bisschen Eis auf deine Augen tun, damit die Schwellung abklingt. Soll ich dir einen Kühlbeutel machen?«

»Ach, du bist so süß. Weiß Gott, niemandem sonst bin ich wichtig genug, um das zu tun.«

Natalie ging in die Kabine, um den Eiskübel zu plündern und sah, dass Kelly auf der Couch saß – sehr nah an der Glasschiebetür – und das Tagesprogramm studierte, in dem die Aktivitäten an Bord aufgeführt waren.

»Wie geht's Didi und Pamela?«, fragte Kelly, ohne sich im Geringsten anmerken zu lassen, ob sie das Gespräch auf dem Balkon mit angehört hatte.

»Besser. Didis Augen sind noch immer leicht geschwollen. Ich wollte ihr gerade Eis holen. Sie gehen heute nicht an Land, und ich dachte, ich könnte dich vielleicht begleiten, wenn es noch nicht zu spät ist.«

»Du meinst, mit dem Boot rausfahren, so wie neulich?«

»Ich könnte das mit dem Schnorcheln ja mal versuchen, wenn du immer noch bereit bist, mir alles zu zeigen und so.«

Kelly schoss von der Couch hoch. »Machst du Witze? Ich gehe sofort runter zum Tour Office und besorge dir ein Ticket.«

Natalie packte die Eiswürfel, die von der vergangenen Nacht übrig waren, in ein Tuch und trug es nach draußen. »Hier ist der Eisbeutel für deine Augen, Didi. Du solltest dich hinlegen und ihn auflegen.«

Unter ihrem Balkon wuselten Crewmitglieder an der Anlegestelle auf Barbados herum, um die schweren Taue zu den Pollern zu verbringen und einzuhängen, damit sie festgezurrt werden konnten. In Kürze würde man die Gangway herunterlassen, damit sie von Bord gehen konnten.

»Du bist ein Engel, Nat.«

Ein Engel mit einer Mission, dachte sie. Mit der Mission, Didi so eifersüchtig zu machen, dass sie zu ihr zurückkehrte. »Kelly ist gerade losgegangen, um uns Tickets für die Schnorcheltour zu besorgen. Ich bin dermaßen aufgeregt.«

»Du willst das wirklich durchziehen?«

»Natürlich. Beim Abendessen erzähle ich dir alles. Dir und Pamela weiterhin gute Besserung ...«

»Pass auf, dass du nicht ertrinkst. Dann wäre ich echt sauer auf dich!«

Als sie in das Boot kletterten, entdeckte Kelly ein vertrautes Gesicht und winkte. »Da drüben ist Jo.«

»Ich frage mich, wo Julie ist. Ich habe sie seit Tagen nicht gesehen.«

»Sie wird kapiert haben, dass du nicht interessiert bist.«

»Kann sein«, sagte Natalie bedröppelt. »Sie ist nett, aber im Grunde nicht mein Typ. Sie ist irgendwie so ... so draufgängerisch – sie macht keinen Hehl daraus, was sie will. Ich glaube, ich mag es lieber etwas feinsinniger, wenn du verstehst, was ich meine.«

Kelly kicherte in sich hinein. Sie dachte an ihr Gespräch mit Yvonne zurück. »Du stehst also nicht darauf, eines übergezogen zu bekommen und in die Höhle verschleppt zu werden?«

»Für gewöhnlich nicht.«

Sie setzten sich auf eine schattige Plastikbank in der Nähe der Bar, wo eine junge Frau Säfte und Kekse servierte, während sie zu der Schnorchelstelle hinausfuhren. Kelly trug ihre üblichen weiten Shorts und einen Sport-Bra und darüber ein langärmeliges sonnenundurchlässiges Hemd. Natalie war ebenfalls leger gekleidet; sie trug hellbraune Shorts und ein lässig-bequemes Poloshirt über ihrem Badeanzug und die Sandalen, die sie am Tag zuvor am Strand angehabt hatte. Ihre große Strandtasche enthielt Handtücher, Sonnencreme und Kellys Unterwasserkamera. Zu ihren Füßen lagen zwei Paar Tauchflossen, zwei Schwimmwesten und zwei Tauchmasken mit Schnorcheln.

»Das macht echt Spaß, Natalie. Ich freue mich sehr, dass du mitgekommen bist.«

»Ich habe Didi versprochen, nicht zu ertrinken.«

»Ja, das wäre wirklich schade.« Kelly spürte, wie nervös Natalie war. »Möchtest du deine Maske schon mal ausprobieren?«

»Ja, vielleicht.« Sie streifte Shorts und Shirt ab und cremte sich mit Kellys Hilfe ein. Dann fasste sie ihr Haar mit einem Gummiband zusammen. »Okay, ich bin bereit.«

Kelly sprühte ihre Masken mit einem Antibeschlagmittel ein und spülte sie kurz in der großen mit Frischwasser gefüllten Tonne ab. Dann zeigte sie Natalie, wie man die Luft aus der Maske bekam, damit sie wasserdicht auf dem Gesicht auflag. Als Nächstes zog sie die Riemen fest und positionierte den Schnorchel so, dass er leicht in Natalies Mund glitt. »Von allen Dingen, die du im Wasser tun kannst, ist Schnorcheln vermutlich das einfachste. Sobald du dein Gesicht ins Wasser hältst, vergisst du alles andere außer dem, was du siehst.«

»Und du bist sicher, es macht nichts, dass ich keine gute Schwimmerin bin?«, fragte Natalie und schob die Tauchermaske nach oben.

»Hiermit nicht.« Kelly ergriff eine der Schwimmwesten. »Steh auf, dann lege ich sie dir an.« Die eine Strippe wurde um die Taille geschlungen, und Kelly zog sie geschickt fest. Die andere hing am Rücken hinunter und musste durch Natalies Schritt gezogen und dann in den Ring knapp unterhalb von Natalies Brüsten eingeklickt werden. Kelly versuchte, nicht daran zu denken, dass Natalie es für zu vertraulich halten könnte, wenn ihre jemand zwischen die Beine griff.

»Die sitzt aber ziemlich locker.«

»Sie muss nicht wirklich eng sitzen. Sie soll nur an der Brust anliegen und sich nicht um den Hals wickeln. Doch egal wie, sie wird dich auf jeden Fall über Wasser halten.« Kelly zog an dem Ventil und ließ ein wenig Luft raus. »Du musst sie nicht einmal stramm aufgepumpt haben. Das bisschen Luft genügt wahrscheinlich völlig.«

Natalie wies mit dem Kopf zu einem Paar hinüber, das sich gleichfalls bereit machte. »Die da haben gar keine Luft drin.«

»Sie wollen vermutlich zum Riff hinabtauchen. Das geht nicht, wenn du Luft in deiner Weste hast. Ich werde meine wahrscheinlich auch nicht aufblasen.«

»Na, großartig! Die Frau, die dafür verantwortlich ist,

dass ich nicht ertrinke, hat nicht vor, ihre Rettungsweste zu benutzen – sie will sich auf und davon machen und mich hilflos herumrudernd zurücklassen.«

»Ich verspreche, dich nicht allein zu lassen, Natalie. Wenn ich hinabtauche, dann werde ich immer noch vor dir sein, so dass du mich sehen kannst. Wenn dir das nicht recht ist, kann ich es auch lassen. Du zeigst es mir einfach, indem du meine Hand festhältst.«

Natalies Augen weiteten sich, als der Motor gestoppt wurde und die Schnorchler einer nach dem anderen in das klare blaue Wasser sprangen.

»Komm, wir nehmen die Leiter.« Kelly wartete, bis alle anderen fort waren, ehe sie Natalie zu der Leiter führte. Ihre Taucherflossen schlappten über das Deck. Dann überprüfte Kelly noch einmal ihre Masken und glitt ins Wasser, wo sie auf Natalie wartete.

Ein paar Sekunden lang fragte sie sich, ob Natalie es wirklich wagen würde. Schließlich tat sie es. Vorsichtig kletterte sie die Stufen hinab und sank praktisch in Kellys Arme. »Alles okay?«

Natalie nickte, aber die Angst stand ihr ins Gesicht geschrieben.

»Gut machst du das. Lass uns ein Stück vom Boot fortschwimmen.« Kelly schwamm ein paar Meter rückwärts und zog Natalie mit sich. Als das Wasser unter ihnen dunkler wurde, hielt sie inne. »Das Korallenriff ist da vorne unter uns. Bist du bereit, dein Gesicht ins Wasser zu halten?«

Wieder ein Nicken.

»Auf geht's.« Kelly biss auf ihr Mundstück und senkte ihr Gesicht ins Wasser; sie wich ein Stück zur Seite, so dass sie nun nebeneinander waren, die Finger ineinander verschränkt. Dann schickte Kelly sie beide mit einigen Beinschlägen vorwärts über das Riff, um das Dutzende verschiedener Fischarten herumwimmelten. Mit ihrer freien Hand wies sie hierhin und dorthin, während sie an der Wasseroberfläche dahinglitten.

Zwischendurch schaute sie immer wieder zu Natalie hinüber, um sich zu vergewissern, dass deren Maske nicht undicht war und sie kein Anzeichen von Unbehagen zeigte. Nichts dergleichen, und als sie das Tauchzeichen für »alles okay« machte, wurde es von Natalie erwidert.

Mit einigen kräftigen Beinschlägen brachte Kelly sie in tieferes Wasser, wo größere Fische kurz über dem Sandboden auf Futtersuche waren. Kelly machte ein paar Fotos, sogar eines von einer davonhastenden Meeresschildkröte von fast einem halben Meter Durchmesser.

Einige Meter vor ihnen erhob sich ein noch größeres Korallenriff, auf dem es von Leben nur so wimmelte. Als sie näher kamen, erblickte Kelly eine Conch-Schnecke auf dem Boden. Sie löste ihre Hand aus Natalies und tauchte etwa vier Meter hinab, griff nach dem Häuschen und drehte es um. Eine quicklebendige Schnecke kam zum Vorschein. Kelly legte sie behutsam zurück und kam tief ausatmend wieder nach oben.

Zu ihrer Überraschung hob Natalie den Kopf aus dem Wasser und nahm ihren Schnorchel aus dem Mund. »Es ist toll!«

»Sag ich doch. Hast du die Conch-Schnecke gesehen?« Natalie musste husten, und Kelly schwamm schnell zu ihr hinüber. »Alles in Ordnung?«

Nach einer weiteren Hustenattacke fing Natalie sich wieder und rückte ihre Maske zurecht. »Lass uns weiter gucken.«

Kelly blieb dicht bei ihr und machte weitere Aufnahmen,

während sie kreuz und quer über das Riff schwammen. Ab und zu hob sie den Kopf, um sich zu vergewissern, wo sich das Boot und die anderen Schnorchelnden befanden. Sie beide waren ein gutes Stück von den anderen entfernt, aber nah genug, um bequem zurückzuschwimmen, wenn es Zeit für die Rückfahrt war.

Kelly kam sich beinahe töricht vor, so glücklich machte es sie, mit Natalie herumzuschwimmen und ihre Hand zu halten. Natalie hatte wahrscheinlich nicht die geringste Ahnung, welchen Kick sie daraus zog.

Plötzlich erschien ein Taucher unter ihnen und wies auf seine Kamera. Er gehörte zur Crew und schoss Fotos, die er ausdrucken und zum Verkauf anbieten würde, bevor sie wieder an Land gingen. Kelly und Natalie winkten mit ihren jeweils freien Händen, und der Mann fotografierte sie. Dann wies er in Richtung des Bootes und bedeutete ihnen, ihm zu folgen.

Das taten sie, und schon bald fanden sie sich bei den anderen, die zuschauten, wie ihr Schnorchelführer einen kleinen Riffhai fütterte. Ein paar Minuten ließen sie sich wie gebannt treiben, bis der Mann auftauchte und sie alle bat, ins Boot zurückzukehren.

»Lass uns warten, bis die anderen aus dem Weg sind«, sagte Kelly. Sie nahm ihre Tauchermaske ab und warf sie einem Crewmitglied an Bord zu. »Einverstanden?«

Natalie nickte und nahm ebenfalls ihre Maske ab. »Ich kann es kaum erwarten, Didi zu erzählen, dass ich tatsächlich einen lebendigen Hai gesehen habe. Sie wird ausflippen.«

Kelly zuckte innerlich zusammen, als sie Didis Namen hörte, aber sie versuchte, sich an Natalies Stelle zu versetzen. Natalie wollte vor ihren Freundinnen damit angeben, dass sie etwas Aufregendes unternommen hatte, etwas, das sie ihr nicht zugetraut hätten. »Ich habe ein paar Fotos, die du ihnen zeigen kannst.« Sie schob Natalie in Richtung Leiter, die in den sanften Wellen auf und nieder ging. »Halt dich am Handlauf fest und versuch dich auf die Stufen zu setzen. Ich befreie dich von den Flossen.«

Kelly schob sich hinter sie, um zu verhindern, dass sie ins Wasser zurückglitt. Als sie begriff, dass Natalie die nächste Welle abwartete, um sich deren Schwung zunutze zu machen, legte sie ihr die Hand auf den Hintern, um nachzuhelfen. Die Welle ließ auf sich warten, wogegen Kelly nichts einzuwenden hatte.

Dann schob Natalie sich die Leiter hoch, ließ sich die Flossen abnehmen und kletterte an Bord. Kelly folgte ihr. »Das war wirklich phantastisch! Jetzt verstehe ich, was dir daran so gefällt«, sagte sie, während sie sich abtrocknete.

»Wir hatten Glück – es war ein prachtvolles Riff und nicht ein Wölkchen am Himmel.«

»Ein Hai! Ich fasse es nicht – ich kann allen erzählen, dass ich einen echten Hai gesehen habe. Glaubst du, wir könnten das noch mal machen?«

»Spricht nichts dagegen. Wir haben … warte mal … Noch drei Häfen?« Kelly lächelte, als sie Natalies Begeisterung sah. Was sie selbst anging, so war dieser Tag perfekt gewesen. Neben all den Dingen, die sie gesehen hatten, hatte Natalie ihr volles Vertrauen geschenkt. Sie war nicht nur total aufgeregt, weil sie im Wasser so vieles entdeckt hatte, sondern strahlte geradezu vor neugewonnener Zuversicht und Abenteuerlust. »Morgen St. Lucia und dann die Privatinsel und Nassau. Von all denen ist St. Lucia wahrscheinlich am besten.«

Natalie verzog das Gesicht. »Ich habe Didi versprochen, in St. Lucia mit ihr einkaufen zu gehen. Ich kann es selbst kaum glauben, aber ich habe eigentlich gar keine Lust dazu. Ich wette, der Teufel schleift schon seine Schlittschuhe.«

»Du kannst es doch verschieben – vielleicht einen Einkaufsbummel in Nassau vorschlagen. Da wird das Wasser nicht so warm sein wie hier.« Kelly befürwortete alles, was eine Verabredung mit Didi verhinderte.

»Ich möchte ungern ihre Gefühle verletzen. Ich habe auf der ganzen Reise noch nichts mit ihr unternommen – bis auf den Strandtag gestern.« Sie rieb sich die Augen und blinzelte. »Ich glaube, ich habe Salzwasser in die Augen gekriegt.«

»Warte mal.« Kelly tunkte einen Zipfel ihres Handtuchs in einen Krug Frischwasser und reichte es Natalie. »Willst du ein Bier?«

»Gern.«

An der Bar traf Kelly Jo und boxte sie in die Schulter. »Wie läuft's? Hast du den Hai gesehen?«

»Hey, Kumpel! Das war cool. Ich habe jede Menge Fotos gemacht.«

»Ich auch. Wo hast du die letzten Tage gesteckt?«

»Ich war meistens in der Bibliothek und habe gelesen. Hab's ruhig angehen lassen.« Sie wies mit dem Kopf auf Natalie. »Für dich scheint's ja prima zu laufen.«

»Kann nicht klagen ... Ich lasse es auch langsam angehen.« Sie grinste. »Was macht Julie?«

Jo verdrehte die Augen und lächelte. »Sie hat sich einen Splitter im Fuß eingefangen.«

»Oje – was Ernstes?«

»Der Splitter nicht, die Krankenschwester vielleicht schon. Julie verbringt jede freie Minute in der Klinik, und heute besichtigen sie zusammen eine Zuckerrohrplantage. Sie hat gesagt, die Krankenschwester hätte das vorgeschlagen, weil sie so süß wäre.«

Kelly wand sich.

»Ja, so habe ich auch reagiert. Aber sie haben viel Spaß zusammen, und deswegen sind wir ja schließlich hier.«

»Verstehe. Ich bin hier, weil ich Freundinnen finden wollte.« Sie griff nach ihren beiden Bierflaschen und wandte sich in Richtung Natalie. »Ich glaube, es geht ganz gut voran.«

»Freut mich für dich, Kumpel.«

Kelly brachte Natalie ihr Bier und stieß mit ihr an. »Auf einen fabelhaften Tag!«

»Sieh mal, was ich bekommen habe.« Sie zeigte Kelly einen kleinen Plastikbilderrahmen an einem Schlüsselring. »Es ist toll geworden.«

Kelly hielt ihn gegen die Sonne und schloss ein Auge, um das Foto zu betrachten, das das Crewmitglied geschossen hatte. Selbst mit Masken und Schnorcheln war ihr beider Lächeln nicht zu übersehen. Und noch besser: Sie hielten Händchen.

»Ich habe zwei gekauft und auch noch ein paar Kühlschrankmagnete. Ich dachte, das wäre origineller als bloß Fotos.«

»Toll!« Sie sah Natalie in die Augen und hielt ihren Blick fest. Sie spürte etwas Kitschiges in ihrer Brust aufsteigen, ließ es jedoch ungehindert zu. »Dies ist der beste Tag von allen gewesen, und zwar deshalb, weil ich ihn mit dir verbringen durfte.«

»Auch für mich ist es der beste Tag gewesen.«

Und als sie sich anlächelten, fragte Kelly sich, ob es auch nur die geringste Chance gab, dass Natalie ihn aus dem gleichen Grund wie sie so genossen hatte.

13

Natalie war frisch geduscht. Sie trug Feuchtigkeitslotion auf und studierte ihr Gesicht im Badezimmerspiegel. Ihre Brüste zeichneten sich weiß vor ihrer zunehmenden Bräune ab. Sie hatte sie nie gemocht. Sie waren weder groß noch klein, aber an ihrem schlanken Körper wirkten sie größer, als ihr lieb war. Didi hatte immer gesagt, sie ruinierten ihre Linie, weil die meiste Mode für spindeldürre Frauen ohne Brüste entworfen war.

Der Rest ihres Körpers war einigermaßen in Ordnung. Insgeheim mochte sie die Rundung ihrer Hüften, die einen starken Kontrast zu der Kurvenlosigkeit gewöhnlicher Laufstegmodels bildeten. Ihre Finger folgten ihren Augen zu der weichen nackten Haut ihres Venushügels. Bei der Wachsbehandlung hatte die Kosmetikerin einen künstlerischen Wirbel aus kurzen dunklen Locken stehenlassen, knapp drei Zentimeter lang und in Form einer Flamme. Zweifellos würde der Rest nachwachsen, bevor jemand die Chance hatte, das Werk zu bewundern, aber Natalie freute sich einfach selbst daran.

Sie schlang sich das Handtuch um und steckte es zwischen ihren Brüsten fest. Nachdem sie sich ihre Kabine nun schon eine Woche lang mit Kelly teilte, hatte sie kein Problem mehr damit, nur spärlich bekleidet aus dem Bad zu kommen, aber sie war nie jemand gewesen, die nackt herumlief, nicht einmal damals mit Theresa oder Didi. Sie hatte keinen Körper wie die beiden – zierlich und perfekt proportioniert –, und es hatte sie immer befangen gemacht, wenn sie daran dachte, dass die beiden ihren Körper kritisch unter die Lupe nahmen.

»Das Bad ist frei«, verkündete sie.

Kelly war auf dem Balkon und sprach anscheinend mit

Didi oder Pamela. Natalie hoffte, dass sie ihnen erzählte, wie wundervoll ihr Schnorcheltrip gewesen war. Wenn sie nicht immer noch im Hafen gelegen hätten, wäre sie in ihrem Badetuch zu ihnen hinausgegangen, bloß um Didis Gesicht zu sehen.

Eilig zog sie sich Caprihosen, ein ärmelloses Top und Sandalen an und öffnete die Glasschiebetür. »Ich bin fertig mit Duschen.«

Kelly wirbelte herum und lächelte. »Ich habe ihnen gerade erzählt, wie viel Spaß wir hatten, aber das Beste überlasse ich dir.«

»Du hast ihnen also nicht erzählt, dass wir einen Hai gesehen haben?«

»Ihr habt *was* gesehen?!« Didi schrie förmlich.

Natalie sprudelte über vor Begeisterung, als sie die Einzelheiten erzählte und wie toll es gewesen war. Ihre Begeisterung war echt, und Kellys offenkundig auch. »Wir haben überlegt, morgen noch mal schnorcheln zu gehen. Wollt ihr mitkommen?«

»Du hast versprochen, morgen mit mir« – Didi warf einen Blick zu Pamela hinüber – »mit uns einkaufen zu gehen. Wir hatten bisher noch keine Chance dazu.«

»Okay, okay.« Es war einen Versuch wert gewesen, aber sie hätte wissen können, dass Didi Protest einlegen würde. Sie fragte sich jedoch, ob es Didi wirklich darum ging, dass sie nicht mit ihr einkaufen gehen wollte, oder darum, dass sie einen weiteren Tag mit Kelly verbrachte. Didis Eifersucht war wahrscheinlich ausreichend angepiekt, aber Natalie wollte die Chance nicht versäumen nachzulegen. Sie wandte sich an Kelly, die sich anschickte, duschen zu gehen. »Vielleicht können wir es in einem der anderen Häfen wiederholen.«

»Du verwandelst dich ja in einen richtigen Jacques Cousteau«, nörgelte Didi.

»Es macht eben Spaß! Du solltest es auch mal probieren. Und mit Kelly zusammen war es echt toll, weil sie die ganze Zeit neben mir geblieben ist und meine Hand gehalten hat. Sie hat sich um alles gekümmert, so dass ich mich ganz sicher gefühlt habe und alles in Ruhe ansehen konnte.« Obwohl sie den Teil mit Kelly bloß hinzugefügt hatte, um das Messer noch einmal umzudrehen, klangen ihre Worte vollkommen ehrlich. Kelly hatte sich ganz darauf konzentriert, dass es ihr gutging und sie Spaß hatte, und das war etwas, das Natalie überhaupt nicht gewohnt war.

Pamela ergriff das Wort. »Mit jemand, die weiß, was sie tut, macht so was bestimmt eine Menge Spaß.«

Natalie freute sich über Didis finstere Miene und beglückwünschte sich. Sie wechselte das Thema, um Gelassenheit zu demonstrieren, und erkundigte sich nach dem Sonnenbrand der beiden. Als das Telefon klingelte, entschuldigte sie sich mit einer letzten Spitze. »Ich gehe lieber ran. Kelly ist unter der Dusche, und sie bringt es fertig, nackt herausgerannt zu kommen.«

Es war Steph, die hören wollte, wie ihr Tag gewesen war, und stolz verkündete, dass Yvonne tatsächlich die Stadtrundfahrt in der Pferdekutsche mitgemacht hatte. Sie verabredeten sich zu einem Drink an der Poolbar.

Hätte sie einen Moment darüber nachgedacht, dann hätte sie vorgeschlagen, sich in fünfzehn Minuten zu treffen, statt sofort. Die Dusche lief noch, und sie wollte nicht gern gehen, ohne Kelly ein Wort zu sagen, vor allem nicht nachdem sie einen so schönen Tag zusammen verbracht hatten. Sie öffnete die Badezimmertür einen Spaltbreit, so dass der Dampf herausquoll. »Kelly?«

»Ja?«

»Steph hat angerufen und möchte mich oben zu einem Drink treffen.« Der beschlagene Spiegel wurde klar, und Kellys nackter Körper erschien, und zwar genauso geschmeidig und schön definiert, wie ihr Erscheinungsbild hatte vermuten lassen. Die größte Überraschung aus diesem Blickwinkel stellte ihr Hintern dar – hoch angesetzt, fest und entschieden feminin. Natalie stand wie angewurzelt da und hoffte, Kelly würde sich umdrehen.

»Kommst du vor dem Abendessen zurück oder sollen wir uns im Speisesaal treffen?«

»Ähm ... am besten im Speisesaal.«

»Schön. Bis dann. Oh – und Natalie?«

»Ja?«

»Falls du nichts dagegen hast, würde ich gern mitkommen, wenn du morgen einkaufen gehst.«

»Du machst Witze!«

»Nein, ich möchte mir ein neues Hemd kaufen. Irgendwas Schönes für den Abend. Einverstanden?«

»Natürlich.« Sie schloss die Tür und lehnte sich dagegen. Sie beschwor ihren Herzschlag, sich zu beruhigen.

Kelly hatte sich mit Frauen noch nie sehr gut ausgekannt, und Natalie Chatham bildete keine Ausnahme. Einen Augenblick war sie warm und fast einladend, im nächsten distanziert und abwesend. Das alles schien keiner Absicht zu folgen, aber manchmal war es schwer, sich nicht wie Luft vorzukommen, besonders wenn Didi ins Bild kam. Und dennoch gab es Momente, in denen ihre Scharade in den Hintergrund trat und Natalies Aufmerksamkeit echt zu sein schien.

Sie seufzte frustriert, als sie das Handtuch fallenließ und ihre Unterhose anzog. Ihre Pläne für den Nachmittag – sich mit Natalie zu entspannen und sich weiter über ihren Ausflug auszutauschen – hatten sich zerschlagen, und obwohl das im großen Ganzen gesehen nicht weiter tragisch war, war es doch entmutigend, weil Natalie weniger als ihr daran gelegen war, Zeit miteinander zu verbringen.

Kelly hatte ein gutes Gefühl gehabt, wenn sie an ihren Ausflug am Morgen dachte und vor allem daran, wie sie unter Wasser Händchen gehalten hatten. Doch kaum war Didi auf den Plan getreten, hatte Natalie sie und Pamela zu ihrem nächsten Ausflug eingeladen, wie um zu betonen, dass es das Abenteuer an sich war, das Spaß gemacht hatte und etwas ganz Besonderes gewesen war, nicht die Zeit mit Kelly.

Sie merkte, wie der Gedanke an Didi ihr die Stimmung verhagelte, und so schob sie das Gespräch auf dem Balkon beiseite und versuchte sich auf etwas Angenehmeres zu konzentrieren, nämlich den bezaubernden Moment, als das Boot geschaukelt hatte und sie Natalies wunderschönen Hintern in der Hand gehalten hatte. Dieses Gefühl würde sie nicht so bald vergessen. Und als sie vom Balkon aus über die Schulter geblickt hatte, während Natalie nur in ein Badetuch gehüllt aus dem Bad kam, hätte sie es beinahe nicht ausgehalten.

Jetzt reichte es aber! Es hatte keinen Sinn, sich in etwas hineinzusteigern, auf das sie keinen Einfluss hatte. Natalie war diejenige, die in diesem Spiel die Fäden zog, und bei diesem Spiel ging es darum, Didi eifersüchtig zu machen. Punkt.

Sie wählte ein geripptes schwarzes Tank Top, weil sie darunter keinen BH zu tragen brauchte. Ihre Cargo-Shorts würden bis zum Dinner genügen – dann würde sie Chinos anziehen und sich ein Hemd überstreifen.

Ein Beben des Schiffes verkündete, dass sie ablegten. Kelly holte sich ein Bier aus der Minibar und kehrte auf den Balkon zurück. Der Stille nach zu urteilen, waren Pamela und Didi wieder in ihrer Kabine verschwunden.

»Goodbye, Barbados«, murmelte sie leise und prägte sich den wundervollen Tag tief ins Gedächtnis ein. Wenn sie erst wieder im winterlichen Rochester waren, würde die Erinnerung daran, wie sie Natalies Hand im warmen Wasser gehalten hatte –

Nebenan wurde die Glastür heftig aufgeschoben. »Ich finde, du solltest gehen«, sagte Didi entschieden. »Du hast gehört, was Natalie erzählt hat. Kelly hat ihr alles gezeigt und ist dicht neben ihr geblieben. Ich wette, für dich würde sie das auch tun.«

»Aber würde es mit allen zusammen nicht doch mehr Spaß machen?«, wandte Pamela ein.

»Euch anderen würde es vielleicht mehr Spaß machen, aber ich habe null Lust, wie Haifischfutter im Wasser rumzuzappeln, bloß um ein paar kleine Fischchen zu sehen, die sich gegenseitig auffressen. Dafür gibt es Bildbände.«

»Na schön. Dann gehen wir eben einkaufen. Macht auch Spaß.«

»Legst du es drauf an, mir ein schlechtes Gewissen zu machen, Pamela? Ich versuche dir deine Wünsche zu erfüllen. Ich möchte nicht, dass dir etwas entgeht, nur weil ich eine Spielverderberin bin. Die Sache ist doch sonnenklar: Du möchtest schnorcheln gehen, ich nicht. Also gehst du schnorcheln und ich gehe mit Natalie einkaufen – ganz einfach.«

Pamela seufzte. »Ist dir schon mal in den Sinn gekommen, dass ich mit dir zusammensein möchte, Didi?«

»Du liebe Güte, wir waren drei volle Tage zusammen eingepfercht. Können wir nicht mal eine kleine Pause einlegen?«

Kelly saß mucksmäuschenstill da, um ihre Anwesenheit nicht zu verraten.

»Genau das habe ich mir gedacht«, erwiderte Pamela, und ihr Ton verriet, dass sie verletzt war. »Es geht gar nicht darum, dass ich mich gut amüsiere. Es geht darum, dass du deine Ruhe vor mir haben willst.«

»Das habe ich nicht gesagt.«

»Weißt du was, Didi?« Pamelas Stimme zitterte leicht. »Anfangs haben viele meiner Freundinnen mich gefragt, was ich an einer Frau finde, die so viel älter ist als ich. Ich habe gesagt, dass ich froh sei, endlich eine Frau gefunden zu haben, die eine gewisse Reife besitzt. Ich hatte keine Ahnung, wie sehr ich mich geirrt habe.«

Die Schiebetür fiel krachend zu.

»Scheiße«, murmelte Didi. Dann erschien ihr Kopf hinter der Trennwand. Kelly wäre am liebsten im Boden versunken. Die Schwellung um Didis Augen war zurückgegangen, aber sie waren noch immer rot und verquollen. »Du hättest dich räuspern können oder so, weißt du.«

Kelly spürte, wie sie rot wurde. »Es ging alles so schnell.«

»Das haben Streits so an sich. Wo ist Natalie?«

»Trifft sich mit Steph.«

»Also, was meinst du? Habe ich nicht recht? Du solltest Pamela beim Abendessen fragen, ob sie morgen mit dir schnorcheln geht. Dann können Natalie und ich einen Einkaufsbummel machen.«

Kelly begriff plötzlich, dass Didi in der Tat einen Plan verfolgte, Pamela aber nur die halbe Wahrheit kannte. Es ging nicht bloß darum, Pamela für einen Tag aus dem Weg zu haben. Didi war eifersüchtig, und entweder wollte sie Natalie zurückhaben oder aber sie wollte verhindern, dass Natalie mit einer anderen Frau eine vergnügliche Zeit hatte. »Ich habe Natalie bereits gesagt, dass ich sie morgen auf ihren Einkaufsbummel begleite. Du kommst auch mit, oder?«

Didi kniff die Augen zusammen, öffnete den Mund, um etwas zu erwidern – und schloss ihn wieder.

»Ich dachte daran, Khaki-Chinos zum Abendessen zu tragen. Meinst du, das ist okay?«

Von der Bar auf dem Observation Deck blickte Natalie unverwandt auf die Insel Barbados, die am Horizont immer kleiner wurde. Sie hatte Steph alles über den Schnorcheltrip erzählt – die vielen verschiedenen Fische, die Schildkröte, den Hai –, aber nichts von dem, was sich zwischen ihr und Kelly zugetragen hatte. Wenn sie die Augen schloss, sah sie wieder das Bild im Spiegel vor sich, wie das Wasser über Kellys festen Hintern gerieselt war.

»Wo bist du mit deinen Gedanken, Nat?«

Sie nahm einen Schluck von ihrem Drink – ein eiskaltes Bier wie das, das sie mit Kelly auf dem Boot getrunken hatte. Es war erst das dritte oder vierte Bier ihres Lebens, und es schmeckte ziemlich gut. »Erinnerst du dich an diese kleinen Kaleidoskope, die wir als Kinder hatten – wo man durch ein Loch guckte und drehte und sich dann die Formen und Farben verändert haben?«

»Ich bin gespannt, worauf das jetzt hinausläuft.« Steph ließ die Eiswürfel in ihrem Collins klingeln.

»So fühle ich mich gerade – als ob mich jemand hin und her dreht, so dass alles anders aussieht.«

»Was schaust du denn gerade an, das immer anders aussieht?«

»Didi … vor allem.« In Wahrheit vor allem Kelly, aber die Sache mit Didi musste zuerst geklärt werden. »Manchmal habe ich das Gefühl, ich muss sie zurückhaben oder ich drehe durch. Aber immer wenn ich dann das Gefühl habe, dass sie wieder in Reichweite ist, will ich sie gar nicht mehr.«

Steph schüttelte missbilligend den Kopf.

Natalie fuhr fort. »Ich weiß, du willst nichts mehr von Didi hören, aber ich kann sie mir einfach nicht aus dem Kopf schlagen. Es ist so kompliziert.«

»Nein, ist es nicht. Immer wenn du das Gefühl hast, dass du sie gar nicht mehr willst, ist das die kleine Stimme in deinem Hinterkopf, die dich davor bewahren will. Du solltest auf sie hören.«

»Aber warum will ich sie dann doch immer wieder? Ich habe in den vergangenen zwei Jahren schon x-mal beschlossen, das Kapitel abzuschließen und mich neu zu orientieren. Das klappt dann auch ein, zwei Wochen lang oder so. Dann kommt Didi auf der Arbeit zu mir, um zu reden oder wir gehen zusammen Mittag essen, und dann geht es wieder von vorn los und ich bin wieder da, wo ich angefangen habe.«

»Wo Didi dich haben will, das trifft es wohl eher. Jedes Mal, wenn du ein neues Kapitel aufschlagen willst, wirft Didi ihre Angel aus und fängt dich wieder ein.« Steph legte ihre Hände fest um Natalies Unterarme. »Du weißt, was du zu tun hast.«

Natalie sah sie trotzig an.

»Verkauf ihr deinen Anteil an der Boutique und lass sie ziehen. Das ist der einzige Weg, sie aus deinem Leben rauszuhalten.«

»Ich will sie nicht aus meinem Leben raushalten. Ich habe dir gesagt, dass ich sie liebe und immer lieben werde. Ich weiß, du verstehst das nicht, aber ich kann es nicht ändern. Ich will bloß, dass wir die Dinge zwischen uns ein für alle Mal klären. Entweder wir kommen wieder zusammen oder wir trennen uns endgültig.«

»Nur die eine Möglichkeit liegt in deiner Macht, Nat.« So wie sie sich im Augenblick fühlte, schien es nur einen

Weg zu geben, nicht vollkommen durchzudrehen: Sie musste sich Didi aus dem Kopf schlagen. Doch sie hatte Angst vor dem, was dann kam. Seit wann fand sie Muskeln reizvoll?

Kelly sah von einer zur anderen, während der Ober ihre Vorspeisen servierte. Es lag eine Spannung in der Luft, zu der einige am Tisch ihren Teil beitrugen. Zwischen Didi und Pamela schwelte noch ihr Streit vom Nachmittag. Steph und Natalie waren nach ihrem langen Gespräch in der Bar ungewöhnlich ernst und still. Nur Kelly und Yvonne schienen davon unberührt zu sein und versuchten, die Stimmung der Gruppe zu heben.

»Wie ich höre, fallen wir morgen in die Geschäfte ein und kaufen uns was zum Anziehen für das Galadinner«, sagte Yvonne. »Ich sollte heute Abend ins Casino gehen und ein paar Moneten machen.«

»Siebenhundert Dollar sollten genügen, Liebling.«

»Ich habe vermutlich nicht genug Geld, um mir Vergebung einzuhandeln«, meinte Didi und sah Pamela kleinlaut an. »Würdest du auch Naturalien akzeptieren?«

Aus dem Augenwinkel sah Kelly, wie Natalie den Blick abwandte und kaum wahrnehmbar den Kopf schüttelte. Sie dachte daran, wie Natalie auf die Darbietung in der Silvesternacht reagiert hatte. Sie langte unter den Tisch und tätschelte ihr den Schenkel.

Natalie drückte ihr leicht die Hand und räusperte sich. »Ich glaube, wir werden uns morgen alle gut amüsieren. Selbst Kelly ist mit von der Partie. Zeigen wir ihr, wie Profis einkaufen gehen.«

»Ich schaffe es bestimmt nicht, mit euch mitzuhalten.«

»Das musst du auch nicht. Folge einfach der Spur aus entnervtem Verkaufspersonal und am Ende findest du uns.«

»Suchst du was Bestimmtes, Spike?«, fragte Didi.

Kelly registrierte den bissigen Ton und den Spitznamen, weigerte sich aber anzubeißen. »Nein. Ich dachte, ich komme einfach mit und helfe Natalie beim Tragen der Einkaufstüten.«

Didis Augen blitzten vor Eifersucht.

»Aber man weiß ja nie«, fuhr Kelly fort. »Vielleicht entdecke ich einen schönen Smoking. Dem würde ich kaum widerstehen können.«

Das Spiel wurde ernst.

14

Als sie das Schiff verließen, sog Kelly die feuchtwarme Morgenluft tief ein. »Ein neuer verheißungsvoller Tag!« Sie legte Natalie die Hand auf den unteren Rücken, um ihr Halt zu geben, falls sie auf der schrägen Gangway ausglitt, und Natalie schien nichts dagegen zu haben. Ganz im Gegenteil – Natalie zeigte sich an diesem Tag wieder sehr zugewandt; sie hatte ihr sogar eine zweite Tasse Kaffee geholt und sie ganz unbefangen ins Bad gebracht, während Kelly ihre Dusche beendete. Sie selbst hatte sich nicht getraut, den Gefallen zu erwidern, als Natalie unter der Dusche stand – sie war überzeugt, beim Glotzen erwischt zu werden.

»Kelly, du musst dir das wirklich nicht antun, nur weil ich mit dir schnorcheln gegangen bin. Ich weiß, dass du Shoppingtouren nicht ausstehen kannst.«

»Machst du Witze? Ich kann's kaum erwarten zu erfahren, was es mit dieser Shopping-Manie auf sich hat. Ich komme mir vor wie Margaret Mead, die zu einer ihrer anthropologischen Exkursionen aufbricht.« Sie hob eine

Faust vor den Mund und senkte ihre Stimme, als spräche sie diskret in ein Aufnahmegerät. »Die größeren Exemplare der Spezies werden instinktiv von den Ausstattungsstücken mit den waagerechten Streifen angezogen, während für die von kleinerer Statur die senkrechten Streifen attraktiver zu sein scheinen.«

»Sehr witzig. Wusstest du das wirklich oder hast du einfach geraten?«

»Das verrate ich nicht.«

Natalie lachte. »Ich bin sicher, es klingt banal, aber wir haben es uns zur Aufgabe gemacht, Frauen dabei zu helfen, Kleider zu finden, in denen sie gut aussehen. Wir selbst müssen natürlich auch gut aussehen, sonst würde niemand auf unsere Empfehlungen vertrauen.«

»Ich mache mich bestimmt nicht über dich lustig, Natalie. Oder über Didi. Nach dem, was Yvonne mir erzählt hat, seid ihr sehr erfolgreich und wisst, was ihr tut.«

»So ist es. Die Mode ist allein Didis Ressort, aber ich habe gelernt, meinen eigenen Geschmack zu entwickeln, was meine Kleider anbelangt.«

»Das kann ich bestätigen. Du siehst immer phantastisch aus.«

»Danke.«

»Ich finde sogar – und mir ist klar, dass dir klar ist, dass ich eigentlich gar nicht mitreden kann –, dass das, was du trägst, dir besser steht als Didi das, was sie trägt, aber das ist bloß meine persönliche Meinung.«

Natalie lächelte und hakte sich bei Kelly unter, als sie am Ende der Pier stehenblieben, wo sie sich mit den anderen treffen wollten. »Wie kommst du darauf?«

»Nun, du wirst mich für völlig verrückt halten, wenn ich das sage, aber ich habe durchaus einen Sinn für Ästhetik.

Der sich allerdings auf Architektur und Innenausbau konzentriert, nicht auf Kleidung. Aber manche der Prinzipien überschneiden sich, und ich kann nicht umhin, gewisse Dinge zu bemerken.«

»Zum Beispiel?«

Kelly freute sich, dass Natalie echtes Interesse an ihren Überlegungen zu zeigen schien. »Zum Beispiel das Tuch, das Didi an unserem ersten Abend zum Essen trug. Es hat meine Aufmerksamkeit gefesselt, weil die Farben die gleichen waren wie in ihrer Bluse, aber das Muster war anders. Und dann habe ich ihren Gürtel gesehen, der ebenso in diesen Farben gehalten war, aber eine andere Textur aufwies.«

»Das mache ich auch manchmal ... passende und gegensätzliche Accessoires mischen.«

»Ja, aber bei dir hat das einen anderen Effekt, weil du größer bist.« Sie legte eine Hand knapp oberhalb von Natalies Brüsten und die andere an ihre Taille. »Es ist kein Problem, zwei Fokuspunkte zu haben, aber sie dürfen nicht zu nah beisammen sein. Didi ist klein, was heißt, dass die beiden Fokuspunkte zu eng beieinander waren.«

»Das hast du wirklich bemerkt?«

»Ich sagte doch, dass mir die verrücktesten Dinge auffallen.«

»Ich finde das wirklich erstaunlich, wenn du die Wahrheit wissen willst. Wenn dir solche Dinge auffallen, dann hast du wahrscheinlich ein besseres Auge für das, was gut aussieht, als ich.«

»So weit würde ich nicht gehen, aber wenn du heute eine Million Sachen anprobieren willst, dann werde ich dir mit Vergnügen erzählen, wie gut du in all ihnen aussiehst.« Deutlicher konnte man nicht flirten, aber bevor sie Natalies Reaktion abschätzen konnte, gesellten sich die anderen zu ihnen.

»Los, gehen wir und hauen wir Yvonnes Casinogewinn auf den Kopf«, sagte Didi und schlug Kelly auf den Rücken. »Bist du bereit, Spike?«

Kelly beschloss, das als rhetorische Frage zu nehmen und verkniff sich eine Erwiderung. Das Letzte, was sie wollte, war eine kleinliche Kabbelei mit Natalies Ex. Vor allem weil sie Didi am liebsten in den Hintern getreten hätte.

»Lass das, Didi!«, zischte Natalie, griff nach ihrem Ellenbogen und drückte fest zu.

»Was hab ich nun wieder gemacht?«

»Das weißt du verdammt gut! Sie heißt Kelly und nicht Spike. Und wenn du so was noch ein Mal machst, dann mache ich dir in aller Öffentlichkeit eine Szene.«

Didi seufzte. »Sie weiß, dass ich nur Spaß mache. Außerdem ist sie schon groß. Sie kann auf sich selbst aufpassen.«

»Sie ist zu höflich zurückzuschlagen, aber für mich gilt das nicht. Also nimm dich in Acht.« Sie ließ Didis Arm los und schlenderte lässig zu den anderen hinüber, die an einem Ständer mit bunten Tops standen. »Hat jemand Kelly gesehen?«

»Sie ist da hinten und guckt sich mit Steph die Seidensachen an.«

Zu Natalies Überraschung nahm Kelly ein Seidenoberteil nach dem anderen vom Ständer und hielt es Steph zur Begutachtung hin. Die Oberteile waren elegant, eher wie Blusen als wie Hemden, und sahen überhaupt nicht aus wie etwas, das Kelly tragen würde. »Suchst du was?«

»Ja, ich dachte, vielleicht sollte ich einlenken und für das Festdinner etwas kaufen, das tatsächlich festlich aussieht, statt mich mit meinen gestärkten Hemden durchzumogeln.«

Natalie runzelte die Stirn angesichts der Auswahl. »Ich bin nicht sicher, ob das was für dich ist, Kelly.« Sie nahm Kelly die Bluse aus der Hand und hielt sie hoch. Dann sah sie sich um und vergewisserte sich, dass keine anderen Kundinnen zuhörten. »Siehst du, wie weit die ist? Die ist für Menschen, die ihren Bauch kaschieren wollen. Das ist nichts für dich.«

»Nein?«

»Nein, weil du keinen Bauch hast, den du kaschieren musst. Du brauchst etwas, das eng und tailliert ist, um deine Linie zu betonen. Was meinst du, Steph?«

»Ich weiß, was du meinst. Etwas Enganliegendes.«

»Genau.« Natalie ging die Kleiderständer durch und wählte schließlich ein marineblaues Oberteil mit Pfeilmuster aus, das zur Taille hin enger wurde. »Ich bin nicht sicher, aber es ist das Einzige hier, das in Frage kommen könnte.«

Als Kelly in die Umkleide ging, flüsterte Steph: »Ich glaube, sie versucht jemanden zu beeindrucken.«

Natalie hielt es für wahrscheinlicher, dass Kelly einfach nur mitspielte, damit Didi Ruhe gab. Aber egal – als Kelly in dem marineblauen Hemd zurückkam, schüttelten alle den Kopf.

»Ich bin froh, dass wir einer Meinung sind«, sagte Kelly. »Wenn es euch gefallen hätte, wäre ich verratzt gewesen.«

»Wir schauen uns einfach weiter nach etwas Passendem um.«

»Ja, aber bloß keinen Stress. Ich kann ohne Weiteres anziehen, was ich habe. Außerdem habe ich versprochen, eure Einkaufstüten zu tragen, während ihr die Geschäfte plündert. Also, ans Werk!«

Natalie und Steph schauten sich weiter um, bis Kelly sich aus der Umkleidekabine wieder zu ihnen gesellte. Als sie den Laden verließen, trafen sie Yvonne auf dem Gehweg. »Didi schickt mich. Sie ist im Laden gegenüber. Sie hat gesagt, sie ist auf die Hauptader gestoßen.«

»Das muss ein echter Volltreffer sein, wenn Didi das sagt«, meinte Natalie. »Kommt, gehen wir.«

Als sie den Laden betraten, wusste Natalie sofort, warum Didi ihn so aufregend fand. Dutzende von Auslagen zeigten die topaktuelle Mode, die sie in Rochester erst im Frühling geliefert bekamen. Didi und Pamela hatten jede schon einen Armvoll ausgewählt und folgten einer munteren älteren Dame, die ihnen noch weitere Kleider zeigte.

Kelly wies auf eine Ausstellungspuppe auf einem Podest. »So was suche ich.«

Natalie lächelte und nickte. Es war ein elegantes Seidenhemd mit hohem Kragen und breiten Manschetten. »Perfekt. Ich bin super gespannt, es an dir zu sehen.« Sie begann die Kleiderständer durchzusehen und hatte bald eine beträchtliche Auswahl zusammen, die sie anprobieren wollte.

Auch Steph fand etliche Outfits, die in Frage kamen. »Bei solchen Gelegenheiten kann ich fast verstehen, was du an Didi so anziehend findest. Die Frau versteht ihr Metier.«

Und genau das hatte Natalie acht Jahre zuvor an Didi fasziniert. Sie war aus der Umkleidekabine getreten, um sich in dem Ganzkörperspiegel zu betrachten, als eine äußerst attraktive blonde Verkäuferin ihr dreist die Hand auf den Hintern gelegt und gesagt hatte, sie brauche einen engeren Rock, um ihre Figur zur Geltung zu bringen. Natalie hatte es fast umgehauen. Und dann hatte Didi ihr ein paar Röcke angeschleppt und sie gebeten, sie anzuprobieren. In wenigen Minuten hatte sich eine biedere Bürotusse zu einer topmodischen Erscheinung gewandelt.

Natalie lächelte bei der Erinnerung an die Einladung zum Abendessen, die gefolgt war, als sie den Kreditkartenbeleg unterschrieb. Sie hatte sie ohne zu zögern angenommen, so wie sie sich auf die darauf folgende leidenschaftliche Liebesnacht einließ. Didi Caviness hatte Natalie im Sturm erobert.

Von ihrer ersten gemeinsamen Nacht an war Natalie ein

neuer Mensch – sie war erfüllt von einem Selbstvertrauen, das sie seit ihrer College-Zeit nicht mehr besessen hatte, nämlich seit Theresa sie für eine Frau verlassen hatte, die weit eleganter war, als Natalie mit einundzwanzig hätte sein können. Dank Didis Liebe und Anleitung war sie die Frau geworden, die sie immer hatte sein wollen. Wenn ihre Leidenschaft doch nur angedauert hätte …

»Sieht aus, als hätte ihr das Hemd gepasst«, meinte Steph.

Natalie blickte auf und sah Kelly, die lächelte und mit dem Daumen nach oben wies.

»Ich möchte diese Sachen hier gern anprobieren«, sagte sie zu Steph. Als sie am Verkaufstresen vorbeikam, blieb sie kurz stehen.

»Was soll das heißen, es ist nicht zu verkaufen?«, wollte Kelly wissen. »Es hing am Ständer. Es hat ein Preisschild. Ich habe Geld. Wo ist das Problem?«

Didi und Pamela traten mit ihren potentiellen Einkäufen aus dem Umkleideraum – Kleidung und Accessoires im Wert von Hunderten, wenn nicht Tausenden von Dollars. »Kann ich die Sachen hier ablegen?«, fragte Didi und deponierte sie auf dem Tresen.

»Das Hemd ist nicht zu verkaufen«, wiederholte die Verkäuferin kurzangebunden, von ihrem früheren Enthusiasmus keine Spur mehr. Sie nahm sich Didis Stapel vor und begann die einzelnen Teile zum Kassieren zusammenzulegen.

Natalie trat vor. »Was ist los?«

Die Verkäuferin musterte Kelly mit unverhohlener Geringschätzung von Kopf bis Fuß.

»Vergiss es, Natalie«, sagte Kelly, und ihre sonst so freundlichen Augen blitzten vor Wut. »Wir treffen uns alle an Bord wieder.« Sie stürmte an den Verkaufsständern vorbei zur Ladentür hinaus.

»Was war das denn?«, fragte Didi.

»Lasst uns gehen«, sagte Natalie, die begriffen hatte, was sich da gerade abgespielt hatte.

»Gut. Lass mich nur eben noch bezahlen.«

»Vergiss es. Wir geben unser Geld woanders aus.«

Die Verkäuferin ignorierte sie und begann Didis Sachen einzuscannen. »Bei diesem hier gibt es zehn Prozent Preisnachlass«, sagte sie munter.

Natalie riss Didi herum. »Wenn du auch nur einen Cent hierlässt, bei dieser bigotten Person, rede ich nie wieder auch nur ein Wort mit dir.«

»Wovon redest du überhaupt?«

»Sie hat sich geweigert, Kelly wegen ihres Aussehens zu bedienen.«

Die Verkäuferin schob trotzig das Kinn vor. »Na schön, sagen Sie Ihrer Freundin, sie kann zurückkommen. Ich verkaufe ihr das Hemd.«

»Sie können das Hemd behalten und alles andere auch. Offenkundig wollen Sie keine Lesben als Kundinnen haben.« Sie legte ihre Auswahl an Kleidern auf den Tresen und marschierte mit den anderen im Schlepptau hinaus. Ein rascher Blick die Straße hinauf und hinunter – keine Spur von Kelly. Als sie sich auf dem Gehweg zusammenfanden, war Natalie auf einen Wutanfall von Didi gefasst, die zur ihrer Überraschung jedoch die Gleichmut in Person war.

»Sie hat keine Zeit verloren zu verschwinden«, bemerkte Yvonne.

»Kann man ihr keinen Vorwurf draus machen.« Natalie wandte sich an alle. »Danke, dass ihr für Kelly eingetreten seid. Ich bin stolz darauf, solche Freundinnen zu haben.«

»Alle für eine und eine für alle«, kommentierte Didi sarkastisch.

»Auf dich ganz besonders.«

»Du hast mich unter Druck gesetzt. Ich hatte keine Wahl.« Sie grinste und wies mit dem Kopf auf den nächsten Laden. »Versuchen wir unser Glück woanders.«

Natalie war die Lust am Einkaufen vergangen, aber sie wollte die anderen nicht im Stich lassen, nachdem sie sich für Kelly starkgemacht hatten. Sie folgte ihnen von einem Geschäft ins nächste und griff in regelmäßigen Abständen nach Stephs Arm, um auf deren Uhr zu sehen.

Kelly atmete langsam aus, als sie die Hantel hinter ihrem Kopf ablegte. Da praktisch alle Gäste in St. Lucia an Land gegangen waren, hatte sie den Kraftraum für sich allein und konnte sich hemmungslos austoben. Es gab keine bessere Art, Dampf abzulassen. Was geschehen war, war eigentlich schon schlimm genug, aber dass Natalie und die anderen das Ganze mitbekommen und wahrscheinlich als höchst peinlich empfunden hatten, machte es noch schlimmer. Didi labte sich zweifellos noch immer daran.

Sie beendete ihren letzten Durchgang und wischte sich den Schweiß von Nacken und Brust. Ihre Muskeln würden am nächsten Tag jaulen.

Yvonne ging am Fenster vorbei und blieb unvermittelt stehen. Gleich darauf trat sie ein. »Hier versteckst du dich also! Natalie sucht dich auf dem ganzen Schiff.«

»Musste ein bisschen runterkommen. Tut mir leid, dass ich einfach so abgehauen bin.« Sie rollte das Handtuch zusammen und legte es sich um den Nacken. »Ich war verdammt nah dran, der Frau gegenüber die Beherrschung zu verlieren. Ich wollte euch nicht den Spaß verderben.«

»Tja, du magst die Beherrschung nicht verloren haben, Natalie hingegen schon. Sie hat der Frau richtig die Meinung gegeigt und uns allesamt aus dem Laden gescheucht, ohne etwas zu kaufen.«

»Im Ernst? Sogar Didi?« Kelly hörte ungläubig zu, als Yvonne ihr die Szene beschrieb. »Wow! Es war nicht meine Absicht, solchen Ärger heraufzubeschwören. Für mich war das nichts weiter. Es war mir nur unangenehm, dass ich euch da mit reingezogen habe.«

Yvonne schlug ihr auf die Schulter. »Ich werde Natalie sagen, dass ich dich gefunden habe. Vermutlich kommt sie dann hierher.«

»Sag ihr, ich bin in einer Stunde wieder in unserer Kabine. Ich glaube, ich gehe noch eine Weile ins Dampfbad.«

Sie ging zu ihrem Spind, zog ihre Sportsachen aus und griff nach einem großen Badehandtuch. Sie war versucht, nackt hineinzugehen, aber bei dem Glück, das sie an diesem Tag hatte, beschloss in diesem Moment wahrscheinlich die Hälfte der Frauen an Bord, dass sie unbedingt ein Dampfbad brauchten. Und siehe da – kaum war sie zehn Minuten drin, öffnete sich die Tür und im Nebel erschien eine Gestalt.

»Kelly?« Es war Natalie, die sich ein Handtuch um den Leib geschlungen hatte und ein zweites um den Kopf.

»Das ist ja eine nette Überraschung.« Ihr Puls sah das genauso.

»Gott, das ist ja hier wie in Mississippi.«

Kelly lachte und machte ein bisschen Platz auf der Bank. »Ich hatte nicht damit gerechnet, dass du mich suchen würdest.«

»Ich habe mir Sorgen gemacht.«

Kelly gefiel die Vorstellung, dass Natalie sich Gedanken machte, aber nicht wegen dieser Sache. »Ich habe Yvonne schon gesagt, dass es nicht der Rede wert war. Es war peinlich, aber ich darf nicht zulassen, dass solche Menschen mich aus dem Lot bringen. Ich bin lieber gegangen, um keine Szene zu provozieren.«

Natalie kicherte. »Die hat es dennoch gegeben.«

»Das hörte ich. Yvonne hat mir erzählt, dass du dich mit der Frau angelegt hast.«

»*Wir* haben uns mit ihr angelegt. Und das hat sie ein paar Tausend Dollar Umsatz gekostet, weil ich die anderen davon abgehalten habe, etwas zu kaufen.«

»Ich glaube, noch nie zuvor ist jemand so für mich eingetreten. Das war wunderbar.« Und wie süß von dir, nur in ein Handtuch gehüllt ins Dampfbad zu kommen. Kelly hätte schwören können, dass die Temperatur um mindestens zehn Grad gestiegen war.

»Es hat mich echt auf die Palme gebracht. Sie hatte kein Recht, dich so zu behandeln.«

»Natürlich nicht. Aber auf diesen Inseln hier haben viele Menschen für Schwule und Lesben nicht viel übrig. Das ist mir klargeworden, als ich hier stationiert war. Es hat mit ihrer Kultur zu tun ... Außer in Key West – das ist eine kleine Oase.«

»Du bist viel zu verständnisvoll. Niemand hätte es dir verübelt, wenn du sie ordentlich runtergeputzt hättest.«

Kelly lachte leise. »Ehrlich gesagt, Lust hätte ich schon gehabt. Aber ich weiß, was die Leute sehen, wenn sie mich angucken.« Es war schwer, sich auf das Gespräch zu konzentrieren, während sie zusah, wie der Schweiß an Natalies Hals hinunter in ihr Dekolleté rann. »Ich weiß, ich habe die Wahl. Ich kann mir die Haare länger wachsen lassen und ein bisschen Make-up auflegen, Capri-Hosen tragen und Tops mit Lochstickerei wie du und lange Ohrgehänge. Dann würde ich nicht so viele Menschen irritieren. Aber das alles passt überhaupt nicht zu mir. Ich bin lieber so, wie ich bin und nehme Leute wie diese Frau in Kauf. Ich versuche, mich nicht darüber aufzuregen. Es ist deren Problem, nicht meins.«

Natalie atmete tief aus und legte Kelly die Hand auf die nackte Schulter. »Ich weiß nicht, was andere Leute sehen, wenn sie dich angucken, aber ich sehe jemanden, die innerlich wie äußerlich wunderschön ist.«

»Danke.« Kelly erlaubte sich nicht, allzu viel in die Bemerkung hineinzulesen. Sie kannte den Unterschied zwischen jemand, die schlicht »wunderschön« war, und jemand, die »innerlich wie äußerlich wunderschön« war. Dennoch war es eines der nettesten Dinge, die eine Frau je zu ihr gesagt hatte, und weil die Frau Natalie Chatham war, bedeutete es ihr um so mehr.

»Ich weiß nicht, wie du diese Hitze aushältst.« Natalie zog ihr Handtuch ein Stück höher und stand auf. »Ich gehe in die Kabine zurück und mache mich fürs Abendessen zurecht. Wir treffen uns alle um halb sechs in der Observation Lounge zum Aperitif.«

»Dann sehen wir uns dort. Ich habe meine Sachen schon dabei.« Sie folgte Natalie zur Tür und blieb stehen. »Danke, dass du gekommen bist und mit mir geredet hast.«

»Das machen Freundinnen so.«

»Und diese Freundin verspricht dir, nie mehr davonzulaufen, so dass du dir Sorgen machen musst.«

»Dann brauchen wir die elektronische Fußfessel wohl doch nicht, die ich heute gekauft habe.«

Kelly zwinkerte ihr zu. »Behalt sie lieber – für alle Fälle. Man weiß nie, wann man so was mal gebrauchen kann.«

Die Zeitschaltuhr an der Dampfdusche tickte noch ein paar Sekunden lang und verstummte, während sich die Wassertropfen auf den Kacheln sammelten. Kelly stellte sie ein weiteres Mal an und kehrte zu der Bank zurück, um sich noch ein paar Minuten Hitze und stilles Alleinsein zu gönnen. Sie war gerührt, dass Natalie so beunruhigt gewesen war, dass sie nach ihr gesucht hatte, und vor allem, dass sie ihretwegen eine Protestaktion initiiert hatte.

Gleichzeitig war sie ein bisschen enttäuscht von dem, was sie zwischen den Zeilen gelesen hatte. Natalie hatte ihre Gefühle dargelegt, und sie waren rein freundschaftlicher Natur. Alles, was darüber hinausging, war reines Wunschdenken gewesen – sie hatte viel zu viel hineininterpretiert in Händchenhalten, WaveRunner-Fahrt und Morgenkaffee.

Sie schlappte aus dem Dampfbad in die Dusche und spülte sich den salzigen Schweiß ab. Die Sachen, die sie zum Abendessen tragen wollte, hingen im Spind: Die schwarze Hose, die sie bereits einmal angehabt hatte, sah tadellos aus – inklusive Bügelfalte. Sie strich gerade ihr weißes Tank Top glatt, als eine Frau den Raum betrat und irritiert nachsah, ob sie wirklich die Tür der Frauenumkleide geöffnet hatte. Kelly musste sich beherrschen, nicht ihr Top zu lüften, um ihr ihre nackten Brüste zu zeigen. Stattdessen wandte sie der Frau den Rücken zu und zog ihr neues Seidenhemd über, das sie in einem anderen Laden gekauft hatte, kurz nachdem sie aus dem ersten hinausgestürmt war. Es war nicht weiter ungewöhnlich – die leichte Lederjacke, die die Schaufensterpuppe darüber getragen hatte, hatte es so attraktiv gemacht. Kelly hatte das Gefühl, dass es Natalie gefallen würde. Verdammt – jede Wette, dass es sogar Didi gefiel.

15

Steph schlüpfte in die große runde Sitznische neben Natalie, die ein Glas Weißwein vor sich hatte.

»Ein Ginger Ale, bitte«, sagte sie zu der Kellnerin.

Natalie hob die Augenbrauen. »Ginger Ale?«

»Du weißt, wie ich bin. Zu viel Alk haut mich um, und Yvonne hat gedroht, mich über Bord zu werfen, falls ich heute Nacht auf ihr einschlafe.«

»Auf das Paar von nebenan hat es den gegenteiligen Effekt. Sie werden bloß laut.«

Steph schauderte. »Ich wette, es ist schwer, sich das anzuhören.«

»Es ist schwerer, sich das nicht anzuhören, aber Kelly hat mir Ohrstöpsel besorgt – wirken Wunder.«

»Hast du Kelly gesehen? Geht's ihr gut?«

Natalie machte eine wegwerfende Geste. »Ihr geht's gut. Als wäre nichts gewesen.«

»Fällt mir schwer zu glauben. Bist du sicher, dass sie nicht nur gute Miene zum bösen Spiel macht?«

»Ich glaube wirklich, dass alles okay ist. Ich habe sie überall gesucht, als wir zurückkamen, und ich war überzeugt, ich würde sie vor sich hin brütend in der Bar finden. Aber dann hat Yvonne mir erzählt, dass sie ein Dampfbad nimmt, also bin ich runtergegangen, um nach ihr zu sehen. Hat meiner Haut übrigens echt gutgetan. Wir sollten das in unsere Liste aufnehmen.« Sie schwieg einen Moment, als die Kellnerin Stephs Getränk brachte. »Wie dem auch sei, Kelly sagt, sie wäre es gewöhnt, dass manche Leute sie so behandeln, und es wäre deren Problem, nicht ihres.«

Steph schenkte ihr ein amüsiertes Lächeln.

»Was ist?«

»Du und Kelly – ihr wart zusammen im Dampfbad?«

»Wir haben bloß –« Dieses Detail hätte sie besser für sich behalten. »Wir waren in Handtücher gewickelt.«

»Klingt sexy.«

Du hast ja keine Ahnung. Natalie spürte, wie sie rot wurde, und geriet leicht in Panik, als Yvonne die Lounge betrat. Kelly würde wahrscheinlich jeden Moment folgen. »Reden wir über was anderes.«

»Zum Beispiel?«

»Mir egal. Totgefahrene Tiere.« Sie rückte beiseite, um den Neuankömmlingen Platz zu machen. »Das sieht übrigens hinreißend aus«, sagte sie und befühlte den Stoff von Stephs neuem Kleid – ein kleines Schwarzes mit einem silbernen Kettengürtel.

»Danke. Pamela hat einen guten Blick.«

In der Tat, dachte Natalie. Und ein Händchen dafür, den Stil der jeweiligen Frau anzupassen, statt alle Altersgruppen und Körpertypen in die aktuelle Mode zu stecken, wie es Didis Strategie entsprach. Didi war der Ansicht, Frauen müssten sich neuen Stilrichtungen anpassen oder aber sie riskierten, als altmodisch zu gelten. Das ließ nicht gerade viel Raum für individuellen Ausdruck. Null Raum sogar, was Frauen wie Kelly anbelangte.

Natalie behielt die Tür im Blick und überlegte, was Kelly wohl für diesen Festabend in petto haben mochte. Falls Didi es wagen sollte, eine unfreundliche Bemerkung zu machen, würde der Teufel los sein. Natalie würde nicht tatenlos zusehen, wie Kelly erneut in Verlegenheit gebracht wurde, nicht einmal aus Spaß.

Didi und Pamela erschienen in der Tür und ließen den Blick durch den Raum schweifen. Beide trugen Outfits, die sie in St. Lucia erworben hatten – Didi einen cremefarbenen seidenen Hosenanzug, Pamela ein blassoranges Cocktailkleid –, und sahen sensationell aus. Didi machte einen Umweg über die Bar, um ihre Getränkebestellung aufzugeben, während Pamela sich in die Sitznische zwängte.

»Pamela, die Farbe steht dir ausgezeichnet. Betont deine Sonnenbräune.«

»Danke, Natalie. Apricot ist immer riskant bei meinem Teint. Bei dir würde es phantastisch aussehen, aber bei deinem Hautton kannst du praktisch alles tragen.«

Natalie bemerkte, dass es Pamela stets gelang, etwas Nettes zu sagen und es ehrlich klingen zu lassen. Daran könnte Didi sich ein Beispiel nehmen. »Wie nett von dir.«

Didi setzte sich und funkelte eine nach der anderen an. »Ich will kein Wort davon hören. Ist das klar?«

Natalie schlug die Hand vor den Mund, um einen erschrockenen Aufschrei zu unterdrücken. Die Haut um Didis Augen, die am Tag zuvor verbrannt und verquollen ausgesehen hatte, begann sich nun zu pellen – hässlich und in großen Schuppen, die rote Flecken auf ihren Lidern und Wangen hinterließen. Das Make-up, das Didi aufgelegt hatte, um es zu kaschieren, machte es nur noch schlimmer, weil es den Kontrast betonte. »Tut es weh?«

»Nicht ein Wort!«, gab Didi schroff zurück. »Reden wir von was anderem. Was gibt's heute Abend für eine Show?«

»Ich weiß nicht genau«, erwiderte Steph, »aber ich hoffe, *was fürs Auge.«* Sie hob die Hand an den Mund, um ihr Grinsen zu verbergen.

»Ja, eine *Augenweide* wäre schön«, fügte Yvonne hinzu und musste ebenfalls ein Lachen unterdrücken.

Steph übernahm wieder, das Gesicht zu einer komischen Fratze verzerrt. »Ich hoffe nur, dass es nicht *ins Auge geht* und uns *wie Schuppen von den Augen fällt.«*

Nun explodierte alles in Gelächter, selbst Pamela, was Didi zum Kochen brachte. »O ja, sehr lustig seid ihr! Ihr könnt mich echt alle mal!«

»Ach, komm schon, Didi«, sagte Natalie. »Es ist nun mal, wie es ist. Du kannst genauso gut darüber lachen.«

Didi verzog das Gesicht. »Diese ganze Reise ist ein einziges Desaster. Wessen Idee war das eigentlich?«

»Meine«, antwortete Yvonne. »Und ich muss zugeben, dass du der Pechvogel in Person bist. Wir sollten dich zwingen, nicht ohne Schwimmweste herumzulaufen – nur für den Fall der Fälle.«

»Und vermutlich sollte ich meine persönliche Vorkosterin haben.«

Natalie lachte zusammen mit allen anderen, bis eine vertraute Gestalt in der Tür erschien und ihre Aufmerksamkeit gefangennahm. Alle wandten sich um, als Kelly sich dem Tisch näherte – sie sah umwerfend aus in ihrer schwarzen Bundfaltenhose und der superleichten Lederjacke. Ein dünner schwarzer Schlips war locker um den offenen Kragen des hellblauen Seidenhemdes gebunden, dessen winzige Perlmuttknöpfe dem ganzen Outfit einen subtilen femininen Touch gaben. Ihr Haar ließ eine Spur Gel erahnen, eben genug, um ihm Fasson und Struktur zu verleihen. Kelly vertrat nicht einfach den modischen androgynen Look – Kelly war androgyn. Und das fand Natalie bezwingend.

»Nun redet doch nicht alle durcheinander«, sagte Kelly, schob die Hände in die Taschen und wippte auf den Ballen vor und zurück.

»Komm, setz dich neben mich«, sagte Natalie, als sie ihre Stimme wiedergefunden hatte.

»Und wenn sie damit fertig ist, kann sie sich neben mich setzen«, flüsterte Steph Natalie ins Ohr.

Kelly atmete insgeheim erleichtert auf – die Wahl ihres Outfits für das Galadinner fand anscheinend Gnade vor den Augen der anderen, selbst vor Didis, die ihr schnippisch gratuliert hatte, wie gut sie »den Look rüberbrachte«. Das Kompliment hatte Kelly so überrascht, dass sie es unterließ, sich nach den unschönen schuppigen Flecken um Didis Augen zu erkundigen.

Für Kelly zählte allerdings nur eine Meinung – Natalies –, und obwohl diese noch keinen Kommentar abgegeben hatte, hatte Kelly doch beifällige Zustimmung gespürt, als Natalie sie von Kopf bis Fuß musterte. Jetzt wartete sie einen Moment, um mit ihr zusammen die Lounge zu verlassen.

»Heute Abend machen sie wieder Fotos«, sagte Yvonne.

»Von mir nicht – kommt nicht in Frage«, knurrte Didi. »Wir sehen uns am Tisch.«

Natalie wandte sich um und befingerte Kellys Jacke. »Didi hat recht«, sagte sie und hob schüchtern die Augen. »Dieser Look steht dir ausgezeichnet. Du solltest ein Foto von dir machen lassen.«

»Ich bin froh, dass er dir gefällt. Dann bin ich der Gesellschaft, in der ich mich befinde, einmal würdig.« Sie wies mit dem Kopf auf die Schlange bei der Fotografin. Der Weihnachtsbaum war fort; eine Naturszene bildete nun den Hintergrund. »Es wäre mir eine Ehre, wenn du neben mir stehen würdest. Das Kleid ist zu schön, um nur einmal betrachtet zu werden – und die Frau, die es trägt, ebenfalls.«

Es war ein billiges Kompliment, bewirkte aber das erhoffte Lächeln, und sie stellten sich in der Schlange an. Ein unbeholfenes Schweigen, das Dates zu High-School-Zeiten in Erinnerung rief, folgte, bis Kelly sich euphorisch dem Gefühl überließ, sie wären – für den Augenblick zumindest – ein Paar. Im Dampfbad hatte sich zwischen ihr und Natalie eindeutig etwas getan, und jetzt gab es eine Unterströmung zwischen ihnen, die zuvor nicht dagewesen war. Es war jedoch zu früh, um sie zu benennen, und Kelly wollte keineswegs voreilige Schlüsse ziehen und auf diese Weise vielleicht etwas ruinieren.

Als sie an der Reihe waren, bat die Assistentin der Fotografin sie, sich vor dem Hintergrund aufzustellen – einem Mondaufgang über dem Meer. »Zusammen?«

Kelly nickte und erlaubte der Assistentin, sie so zu dirigieren, dass ihre Hand auf Natalies Hüfte lag. Natalies Hand legte sie zu einer intimen Geste darüber, und die Fotografin drückte auf den Auslöser. »Das Foto wird Ihnen gefallen«, sagte sie.

Was Kelly anging, würde es bis ans Ende aller Zeiten ihr Lieblingsfoto sein.

Als sie an ihren Tisch traten, hatte Didis Stimmung den absoluten Tiefpunkt erreicht. Zickig beschwerte sie sich beim Ober über die Auswahl an Hauptgängen. In dem Licht erkannte Kelly das Ausmaß des Augenproblems, und sie konnte sich vorstellen, dass es Didi enorm zusetzte.

Yvonne rückte Steph den Stuhl zurecht und setzte sich auf den freien Platz neben Didi. »Du solltest dich beruhigen, Didi. Der Mist ist in ein, zwei Tagen vorbei, aber den Ober haben wir dann immer noch.«

»Und was geht dich das an, Yvonne?«, schnappte Didi.

»Shhhh«, sagte Steph und tätschelte Yvonne die Hand, bevor diese etwas erwidern konnte.

Didi schob ihren Stuhl zurück. »Da sie heute Abend ohnehin nichts Anständiges auf der Speisekarte haben, kann ich ebenso gut in meine Kabine zurückgehen und mir Chicken Fingers bringen lassen.«

Pamela machte Anstalten aufzustehen, aber Didi legte

ihr die Hand auf die Schulter. »Ich brauche keinen Babysitter.« Didi rauschte davon, und die anderen sahen sich betreten an.

»Tut mir leid«, sagte Yvonne.

Natalie schüttelte den Kopf. »Du kannst nichts dafür. Sie ist unglücklich, dass ihr Gesicht so aussieht.«

»Ja, aber ich hätte nicht darauf rumreiten sollen.«

»Ihr alle verhätschelt sie viel zu sehr«, sagte Pamela. »Wenn sie sich wie ein ungezogenes Gör aufführt, dann solltet ihr sie auch so behandeln.«

Die Frauen tauschten zweifelnde Blicke aus, dann begann die eine oder andere zu kichern. Steph hob sogar ihr Wasserglas, als wolle sie darauf trinken, aber Kelly wartete ab, wie Natalie reagieren würde, die das Ganze eher nicht amüsant fand. Sie selbst mochte sich zwar nicht zu Didis Verteidigung aufschwingen, wollte aber auch nicht noch eines drauflegen.

»Mir tut sie leid«, sagte Natalie schließlich. »Sie hat auf dieser ganzen Reise nichts als Pech gehabt. Du auch, Pamela. Keine von euch beiden hat sich entspannen und amüsieren können – erst wart ihr in eurer Kabine eingesperrt, dann habt ihr euch diesen schlimmen Sonnenbrand geholt. Ich möchte jetzt nicht auch noch Salz in die Wunde streuen.«

Pamela nickte zerknirscht und legte ihre Leinenserviette auf ihren Teller. »Ich sollte mal nach ihr sehen. Auch wenn sie sagt, sie brauche keinen Babysitter, wissen wir doch alle, dass sie das nicht so gemeint hat.«

»Versuch sie dazu zu bewegen, sich nachher die Show anzusehen.«

Auch Kelly tat Didi an diesem Abend leid, aber sie wollte sich von Didis Ausbruch nicht den Abend verderben lassen. Sie hoffte, dass die Szene Natalies Stimmung, die bis dahin so heiter gewesen war, nicht dämpfen würde.

Natalie war nicht nur guter Dinge gewesen – sie hatte sich auch ausgesprochen anhänglich gezeigt. Aber nun, wo Didi fort war, gab es keinen Grund mehr dafür.

Yvonne klopfte sich auf den Bauch, als sie sich im Theater niederließen. »Sobald wir wieder in Rochester sind, fange ich mit meiner Diät an.«

Steph hakte sich bei Yvonne ein. »Erwähne weder das eine noch das andere – weder Diäten noch Rochester. Ich habe noch fünf Tage Ferien.«

»Na gut, aber in meinem nächsten Leben möchte ich essen können wie Kelly.«

Natalie hatte den Platz neben Steph eingenommen und den Gangplatz Kelly überlassen, die kurz an ihrer Krawatte nestelte, als sie sich setzte. »Kannst du machen, wenn du jeden Morgen sechs Kilometer läufst, so wie sie. Ich glaube, sie macht das sogar gerne.«

»Ein Kilometer würde mein Energiepensum für die ganze Woche aufbrauchen«, erwiderte Steph. »Habt ihr euch auch den Mond angeschaut?«

»Es ist Vollmond heute«, sagte Kelly. »Hey, seht mal, wer da kommt! Sind noch zwei Plätze frei?«

Natalie grinste, als Pamela und Didi in der Reihe direkt vor ihr und Kelly Platz nahmen. Pamela hatte Wunder gewirkt, was Didis Laune anbetraf. »Schön, dass ihr gekommen seid, Mädels.«

Kelly beugte sich vor und tippte Didi auf die Schulter. »Ich hatte noch keine Gelegenheit, mich dafür zu bedanken, dass du in dem Laden heute für mich eingestanden bist. Ich weiß das wirklich zu schätzen.«

Didi schaute unbehaglich drein und schenkte Kelly nur ein schwaches Lächeln. Gut möglich, dass sie sich schuldig fühlte, dachte Natalie, denn es hatte ja einer Drohung bedurft, um sie zum Mitmachen zu bewegen. Schuld war ein neues Gefühl für Didi, und Natalie war tatsächlich ein wenig beeindruckt. Was sie allerdings noch mehr berührte, waren Kellys Dankesworte – eine großzügige Geste, wenn man bedachte, wie viele abfällige Bemerkungen Didi ihr gegenüber fallengelassen hatte. Die meisten anderen Menschen wären eingeschnappt gewesen, aber wie sie im Dampfbad gesagt hatte, ritt Kelly nicht auf kritischen Bemerkungen herum, was ihr Erscheinungsbild oder ihren Stil anging.

Natalie stimmte sich auf die Show ein, richtete ihre Aufmerksamkeit auf die Bühne und kuschelte sich in ihren Sitz. Dann bemerkte sie, dass ein kalter Luftzug über ihren Nacken und ihre Schultern strich. »Ich glaube, ich sitze direkt unter der Klimaanlage.«

»Hier, nimm die.« Kelly zog ihre Lederjacke aus und legte sie ihr um die Schultern. »Besser?«

Das Leder war weich und geschmeidig von Kellys Körperwärme. »Das nehme ich nur ungern an. Was ist, wenn dir kalt wird?«

»Dann schmiege ich mich in deine Wärme«, antwortete Kelly mit einem Lächeln. »Ich wollte sie sowieso gerade ausziehen.«

Didi musste die Bemerkung gehört haben, denn sie drehte sich um und warf Kelly einen schrägen Blick zu, den diese mit einem frechen Zwinkern quittierte.

Als sich der Vorhang hob, wandte Natalie ihre Aufmerksamkeit der Bühne zu. Doch so sehr sie sich auch auf die Tanzenden zu konzentrieren suchte, ihre Gedanken kehrten immer wieder zu Kelly zurück. Die höflichen Komplimente, mit denen sie großzügig bedacht wurde, verdichteten sich immer mehr zu einem handfesten Flirt. Kelly trug es mehr als dick auf, wenn Didi in der Nähe war, aber an diesem Abend hatte es den Anschein, als meine sie alles ernst, was sie tat und sagte.

Das erste Stück endete, und Natalie stimmte in den Applaus ein. Beim zweiten Stück begann sie das Objekt ihres Nachsinnens diskret zu studieren. Kelly saß entspannt da, ein Bein über das andere gelegt, Knöchel auf dem Knie, so wie ein Mann dasitzen würde. Ihre langen schmalen Hände ruhten auf ihren Schenkeln.

Wieder erklang Applaus.

Kelly hatte etwas Magnetisches an sich – eine unverfälschte animalische Anziehungskraft, wie Steph es beschrieben hatte. Vermutlich war sie eine phantastische Liebhaberin. Dieser wohlgeformte Hintern ... all diese Muskeln. Natalie verspürte einen heißen Stich zwischen den Schenkeln, als sie sich vorstellte, wie ihre Körper sich unter den Laken aneinanderpressten.

»Gefällt dir die Show?«, frage Kelly plötzlich, als das Publikum wieder in Applaus ausbrach.

»Ja, sehr.«

Nein, sie sollte nicht schwach werden und hier an Bord eine Affäre mit ihr anfangen. Das wäre Kelly gegenüber nicht fair. Kelly würde vielleicht mehr wollen als nur ein, zwei Nächte heißen, hemmungslosen Spaß. Das durfte Natalie ihnen beiden nicht antun – nicht solange die Sache mit Didi noch nicht endgültig geklärt war. Und nicht solange ihr Verstand sich immer wieder einschaltete und sie daran erinnerte, dass Kelly nicht ihrem Typ entsprach.

Noch zwei Stücke ... oder drei ... oder sieben ... Natalie wusste es nicht. Doch unversehens war es vorbei, und alle sprangen auf und applaudierten wie wild. Didi und Pamela huschten eilig aus dem Theater, ohne auch nur gute Nacht zu sagen. Wahrscheinlich damit Didi fort war, ehe die Lichter angingen.

»Möchtest du auf einen Drink in die Lounge gehen?«, fragte Kelly. »Oder wenn es dir lieber ist, können wir uns auch an Deck begeben und den Mond bewundern.«

Natalie hakte sich automatisch bei Kelly ein, und sie machten sich auf den Weg. Sie wollte wieder mit Kelly allein sein, um herauszufinden, ob der Flirt mehr zu bedeuten hatte oder ob sie sich das alles nur einbildete. Auf jeden Fall war es schön, sich zur Abwechslung mal selbst in der Aufmerksamkeit eines anderen Menschen zu sonnen.

»Ich frage mich, ob wir den Mond von unserem Balkon aus sehen können.«

»Gibt nur eine Möglichkeit, das herauszufinden.«

Als sie in ihrer Kabine ankamen, öffnete Kelly die Schiebetür, und vor ihnen lag ihr Balkon, gebadet im Licht des Mondes.

Natalie konnte es nicht lassen, um die Trennwand herumzulinsen. Es überraschte sie nicht, dass die Vorhänge nebenan zugezogen waren. Sie stützte sich mit den Ellenbogen auf die Reling und zog die Lederjacke enger um sich. »Es ist phantastisch hier draußen.«

»Finde ich auch.«

Sie wandte sich um und sah, dass Kelly sie direkt anblickte. »Du siehst dir gar nicht den Mond an.«

Kelly lachte leise und wandte den Blick ab. »Der Mond hat heute Abend ernsthafte Konkurrenz.«

»Falls du versuchst, Didi eifersüchtig zu machen – sie ist nicht auf dem Balkon.«

»Die Tatsache, dass du wunderschön bist, hat mit Didi nichts zu tun.«

Natalie ließ das Kompliment genüsslich auf sich wirken.

Kellys Aufmerksamkeit machte sie euphorisch. »Wie reizend von dir, das zu sagen.«

»Ich habe heute Abend Blut und Wasser geschwitzt, ob ich diese Krawatte tragen sollte. Ich fand, es sah ganz gut aus, aber ich war mir nicht sicher, wie du es finden würdest.«

»Du siehst umwerfend aus.« Kelly sah super sexy aus, aber das brachte Natalie nicht über die Lippen. Stattdessen fuhr sie mit dem Finger um Kellys Kragen.

»Danke.« Kelly hielt ihre Hand fest, führte sie an ihre Lippen und küsste sie zärtlich. »Und das hat auch nichts mit Didi zu tun.«

Natalie konnte dem fragenden Blick nicht ausweichen, als Kelly ihre Hand auf ihre Hüfte legte. Einen flüchtigen Moment dachte sie, dass Kelly sie vielleicht küssen würde.

»Ich möchte dir eine ernsthafte Frage stellen«, sagte Kelly.

»Vorsicht. Du könntest eine ernsthafte Antwort bekommen.«

»Warum bereitet es dir Unbehagen, Komplimente zu bekommen?«

Natalie überkam allein beim Reden über das Thema eine Welle des Unbehagens. »Ich bekomme nicht viele Komplimente, und schon gar nicht, seit Didi und ich uns getrennt haben.«

»Hat sie dir gesagt, wie wunderschön du bist?«

»Ich konnte immer darauf zählen, dass sie es mir gesagt hat, wenn ich gut aussah und wenn nicht.«

»Ich rede nicht von deinen Kleidern. Hat sie dir je gesagt, dass deine Augen strahlender sind als der Mond?« Mit einem Finger hob sie Natalies Kinn. »Oder dass dein Lachen ihr Herz höher schlagen lässt?«

Natalie spürte, wie ihr Herz höher schlug, als ihre Gesichter sich langsam näherten. Ihre Lippen trafen sich zu einem zarten Kuss, aber dann wich Kelly wie verunsichert zurück. Natalie schlang ihr den Arm um den Hals und zog sie wieder zu sich, und dieser Kuss war inniger, als ihre Lippen sich öffneten und ihre Zungen sich umspielten. Natalie spürte, wie kräftige Arme sie umfingen, und sie genoss das Gefühl und war bereit, sich dem zu überlassen, was ihr Körper schon den ganzen Abend gewollt hatte, als sich nebenan plötzlich die Balkontür öffnete.

»Du solltest dir diesen Mond ansehen, Didi. Er ist wunderschön.«

Natalie wich abrupt zurück, und Kelly wandte sich ab und stützte sich mit den Ellenbogen auf die Reling. Der Augenblick war vorbei.

»Hallo, ihr beiden«, sagte Pamela munter. »Romantisch, nicht?«

»Ja, wirklich«, erwiderte Kelly.

Natalies Hand zitterte, als sie nach der Reling griff. »Kelly und ich haben gerade darüber gesprochen, wie sehr uns die Show heute Abend gefallen hat. Wie fandest du sie?«

»Toll.« Pamela blickte über die Schulter, als Didi zu ihr trat.

»Ausgerechnet morgen sind wir den ganzen Tag auf See und die Wettervorhersage ist beschissen«, sagte Didi und schaute um die Trennwand herum. »Was meinst du, Nat, willst du mit mir in die Duty-Free-Shops auf Deck 5 gehen und sehen, ob sie irgendwas reduziert haben?«

Nein, wollte sie nicht. »Klar, klingt gut.«

»Das ist eine prima Idee«, mischte Pamela sich ein. »Wir sollten versuchen, um eins dort zu sein, gleich wenn sie öffnen, dann haben wir die beste Auswahl.«

Didi fauchte sie an: »Ich dachte, du wolltest um eins zu der Kunstauktion?«

»Allein will ich da nicht hin. Ich mache lieber was mit euch zusammen. Darum geht es doch bei dieser Reise, hast du gesagt: dass ich deine Freundinnen kennenlerne.«

Als Didi sich von Pamela abwandte und müde zu ihnen hinüberlächelte, sprang ein Funke Trauer in Natalie auf. Es war nur allzu offensichtlich, dass die Blütezeit des jungen Paares vorbei war, und obwohl es vorherzusehen gewesen war, dass Didi schließlich begreifen würde, dass sie und Pamela nicht zusammen passten, verschaffte es Natalie keine Befriedigung, ihre ehemalige Geliebte unglücklich zu sehen.

Kelly räusperte sich, wie um den anderen ihre Anwesenheit in Erinnerung zu rufen. »Wenn du gern Gesellschaft hättest, Pamela, dann würde ich dich begleiten. Eine Kunstauktion klingt für mich viel spannender als ein Einkaufsbummel.«

Pamela schob sich um Didi herum und grinste breit. »Das wäre toll! Die beiden hier können sich um die Schnäppchen streiten, während wir den Großinvestoren zuschauen.«

»Klingt gut.« Kelly tätschelte Natalie die Schulter wie einer alten Freundin und schickte sich an hineinzugehen. »Ich sehe euch alle morgen früh.«

Natalie köchelte vor Eifersucht und Zorn. Hatten sie sich nicht vor wenigen Minuten noch geküsst? Hatte sie sich nicht schon ausgemalt, Kellys nackte Haut an ihrer zu spüren? Und dann verabredete Kelly sich für den nächsten Tag mit Pamela!

Auch sie sagte gute Nacht und ging hinein. Kelly hatte ihre Krawatte bereits abgelegt und öffnete die Knöpfe ihres Hemdes. »Du bist also morgen mit Pamela unterwegs?«

Kelly zuckte die Achseln. »Sieht so aus, als entwickelten sich die Dinge genau so, wie du es geplant hast. Du und Didi – nur ihr beide. Das ist doch das, was du wolltest.« Der

Gleichmut in ihrer Stimme stand in scharfem Kontrast zu den gewisperten Intimitäten wenige Minuten zuvor.

»Habe ich das falsch verstanden, was da vorhin geschehen ist? Du hast gesagt, es hätte nicht das Geringste mit Didi zu tun.«

»Das hatte es auch nicht – zumindest nicht für mich. Aber du hast gerade ausgemacht, den Tag mit ihr zu verbringen, und ich weiß, dass es das ist, was du dir erhofft hattest, und deshalb werde ich die Dinge nicht für dich verkomplizieren.«

»Und damit nimmst du alles einfach so zurück?«

Kelly lächelte schwach und schüttelte den Kopf. »Ich nehme gar nichts zurück, Natalie. Jedes einzelne Wort, das ich zu dir gesagt habe, entsprach der Wahrheit, und der Kuss hat mir viel bedeutet. Aber ich werde nicht den Vollmond und ein paar süße Worte ausnutzen, wenn es doch offensichtlich ist, dass nicht ich diejenige bin, mit der du diese Dinge wirklich teilen möchtest. Ich habe Didis Gesichtsausdruck gesehen. Sie ist bereit, Pamela abzuservieren, und das ist doch genau die Chance, auf die du gewartet hast.«

Natalie hatte Didis Gesichtsausdruck ebenfalls gesehen, aber in dem Augenblick, als Didi sich wieder in Reichweite befand, war ihr plötzlich sehr zwiespältig zumute gewesen – von euphorischem Triumphgefühl keine Spur. »Was ist, wenn ich mir gar nicht mehr so sicher bin, ob ich Didi zurückhaben will? Wenn ich es wollte, hätte ich dann mit dir auf dem Balkon gestanden und dich geküsst?«

Kelly zog ihre Hose aus und hängte sie sorgsam in den Schrank. Sie so dastehen zu sehen, nur in Tank Top und Unterhose, war besonders quälend, seit Natalie ihren muskulösen Körper an ihrem gespürt hatte. »Mir ist es wichtig, dass du dir sicher bist. Mit dir ins Bett zu gehen wäre toll, aber ich will mehr – ich will, dass auch die Gefühle stimmen. Ich empfinde sehr viel für dich, und ich möchte nichts mit dir anfangen, um dann feststellen zu müssen, dass du es dir anders überlegt hast, weil du im Grunde doch Didi willst.«

Aber wenn sie das jetzt doch gar nicht entscheiden konnte? Konnten sie es denn nicht einfach mal ausprobieren? Natalie hatte nichts dagegen, mit jemandem zu schlafen und die Gefühlslage später zu sondieren – genau so hatte sie es mit Theresa und auch mit Didi gemacht –, solange das Ausprobieren mehr verhieß als nur Sex. Sie wollte zumindest das Gefühl haben, dass aus der Liebesnacht mehr werden könnte. »Solange ich noch etwas für Didi empfinde …«

»… können du und ich nur Freundinnen sein.«

Natalie setzte sich auf ihr Bett und zog ihre Pumps aus. Wenn sie zu lange zauderte, mit Kelly zu schlafen, würde sie es vermutlich nicht tun. Sexuelle Anziehung war flüchtig. Bloß im Moment nicht, wo Kelly halbnackt herumlief. »Warum muss alles in meinem Leben so kompliziert sein?«

Kelly lachte und verschwand im Bad. »Ein Haufen Frauen ist hinter dir her … Das hast du davon, dass du so sexy bist. Das sollte mir mal passieren.«

Kelly war froh, dass sie schon frühzeitig ihre Routine entwickelt hatten. Sobald sich abzeichnete, dass Natalies abendliches Badezimmerritual dreißig Minuten, ihr eigenes jedoch nur fünf dauerte, waren sie übereingekommen, dass Kelly als Erste dran war, damit sie schon mal ins Bett gehen konnte. Meistens schlief sie bereits, wenn Natalie fertig war. An diesem Abend würde das nicht der Fall sein.

Die nächsten dreißig Minuten – mindestens! – würde sie damit zubringen, sich selbst in den Hintern zu treten, weil sie nein zu der wahrscheinlich wunderbarsten Nacht ihres Lebens gesagt hatte. Natalies Reaktion auf ihren Kuss war unmissverständlich gewesen. Sie hatte ihn gewollt, und so wie Natalie sich an sie geschmiegt hatte, hätte sie noch weitaus mehr gewollt.

Das Problem war der Tag danach. Natalie hatte die Gelegenheit beim Schopf gepackt, als sich die Chance bot, den Tag mit Didi zu verbringen. Das war nicht gerade das, was man von einer Frau erwartete, nachdem sie die erste Nacht mit ihrer neuen Geliebten verbracht hatte.

So frustriert Kelly allein in ihrem Bett auch war – sie war stolz, dass sie der fast unwiderstehlichen Versuchung widerstanden hatte. Mehr noch als Natalies Körper wollte sie nämlich ihr Herz erobern.

16

Natalie linste über die Kleiderständer zu Didi hinüber, die die Tops auf der anderen Seite durchging. Ihrem Gesicht nach zu schließen, fand sie nichts, was ihr gefiel. Das war schade, denn bei dem rauen Wetter an diesem Tag blieben die meisten Passagiere in ihren Kabinen, und sie hatten praktisch freie Auswahl bei all den Sonderangeboten.

Warum um alles in der Welt hatte sie zugestimmt, den Tag in diesen idiotischen Läden zu verbringen? Damit hatte sie sich nicht nur am Abend zuvor selbst einen Strich durch die Rechnung gemacht, sondern auch die Chance vertan, den Tag müßig mit Kelly in ihrer Kabine zu verbringen. Irgendwas hätte sich vielleicht ergeben – irgendwas, das sehr viel interessanter war, als Didi aus der misslichen Lage zu befreien, in die sie sich selbst hineinmanövriert hatte.

Als sie um den Kleiderständer herumtrat, bemerkte sie das kleine Pflaster hinter Didis Ohr. Sie sprach Didi darauf an.

»Das gibt über längere Zeit kleine Dosen eines Wirkstoffs ab, der verhindert, dass ich das ganze Schiff vollkotze.«

»Ich hoffe, es funktioniert, zumindest solange ich mit dir zusammen bin. Du und die Krankenschwester – ihr seid mittlerweile wohl schon beim Du ...«

»Dagna heißt sie. Sie kommt aus Norwegen, und ich glaube, sie steht auf Frauen.«

»Wie kommst du darauf?«

»Das schließe ich aus dem Blick, den sie mir zuwarf, als sie Pamela sah und dann feststellte, dass wir unsere Betten zusammengeschoben hatten.«

»Hm.« Natalie hielt ein Top hoch, dann das nächste. Bisher hatte sie nichts gefunden, ohne dass sie nicht leben konnte.

»Das ist deines, Nat. Gute Farbe.«

»Meinst du?« Das limonengrüne Top hatte einen tiefen Ausschnitt und war so kurz, dass es ihren Bauch zeigte. Zwei Jahre zuvor hätte Natalie es allein aufgrund von Didis Empfehlung gekauft. »Ich glaube, dass passt besser zu einer Zwanzigjährigen.«

»Darum geht's doch. Welche Frau will schon aussehen wie ihre eigene Mutter?« Didi rümpfte angewidert die Nase, während sie den Rest des Kleiderständers durchging.

Natalie wollte keineswegs wie eine Seniorin aussehen, aber zwischen Seniorin und Teenagerin war eine Menge Raum. »Pamela hat einen wundervollen Blick. Sie hat gestern für jede von uns etwas Schönes entdeckt.«

»Du meinst die Sachen, die wir zurücklassen mussten?«

Nachsichtig unterdrückte Natalie ein Seufzen. »Ich meine, dass Pamela an jedem Ständer genau das Richtige gefunden hat. Sie kennt sich wirklich aus.«

Didi knurrte missbilligend und stemmte die Hände in die Hüften. »Soll das heißen, ich nicht?«

»Legst du's drauf an, mich auf die Palme zu bringen? Ich habe nichts dergleichen gesagt.«

»Du hast es durchblicken lassen.«

Natalie registrierte, dass eine Kundin in der Nähe zu ihnen herüberblickte und senkte die Stimme. »Keineswegs. Ich habe versucht, deiner Freundin ein Kompliment zu machen.«

Didi zog eine finstere Miene und widmete sich dem nächsten Ständer. »Kann sein, dass meine Tage mit Pamela gezählt sind. Manchmal sagt sie irgendwas und ich stelle fest, wie jung sie eigentlich ist.«

Und wie alt du bist, dachte Natalie, nahm aber die Verkündung des baldigen Endes nicht allzu ernst. Didi machte immer viel Gewese, wenn sie sich ärgerte, aber meistens war das nichts als heiße Luft. »Ich dachte, das wäre eines der Dinge, die dir an ihr so gefielen.«

»Ach, versteh mich nicht falsch. Sie ist wirklich hübsch anzusehen ... und im Bett ist sie echt heiß.«

»Bitte erspar mir die Einzelheiten.«

»Entschuldigung. Wenn es dich beruhigt – ich komme allmählich zu der Erkenntnis, dass Sex doch einigermaßen überschätzt wird. Ich weiß, dass war ein Problem bei uns.« Sie warf Natalie einen kleinlauten Blick zu. »Na gut, für mich war es ein Problem.«

Natalie trat in eine Ecke, außer Hörweite der anderen Kundin. »Für mich war das auch ein wichtiges Thema. Aber wir hätten nicht zulassen sollen, dass es zum Trennungsgrund wird.«

»Sex war nicht der Trennungsgrund, und das weißt du«, entgegnete Didi, und ihre Stimme wurde lauter vor Zorn. »Sondern dass du nicht die Wahrheit gesagt hast.«

Natalie biss die Zähne zusammen. »Ich werde dieses Gespräch hier nicht fortsetzen. Wenn wir wie zwei Erwachsene darüber reden wollen, dann lass uns irgendwo hingehen, wo wir unter uns sind.«

Didi sah sich im Laden um und zuckte die Schultern. »Hier gibt es sowieso nichts. Ich würde dich ja in meine Kabine einladen, aber von der habe ich für den Rest meines Lebens genug gesehen.«

»Lass uns nach oben in die Observation Lounge gehen«, schlug Natalie vor. Wenn sie ein für allemal reinen Tisch machten und klärten, warum sie sich getrennt hatten, dann würden vielleicht auch alle anderen Puzzleteile ihren Platz finden und sie konnten sich dem widmen, was auch immer anstehen mochte. Den Kopf in den Sand zu stecken, wie sie es die vergangenen beiden Jahre gemacht hatten, hatte schließlich nicht funktioniert. Natalie verließ den Laden und schickte sich an, den Gang hinunterzugehen.

»Nicht da lang. Da hinten ist die Kunstauktion. Lass uns außen rum gehen.«

»Der Weg hier ist kürzer.« Außerdem würde Kelly dort sein, und vielleicht ergab sich die Möglichkeit, ihr zuzuwinken.

»Ich möchte nicht, dass Pamela uns sieht. Vielleicht würde sie mitkommen wollen, und dann könnten wir nicht miteinander reden.«

Natalie zuckte die Achseln. Offensichtlich standen die Dinge mit Pamela wirklich nicht zum Besten. Sie folgte Didi die Treppen hinauf zum obersten Deck. Didi steuerte dieselbe Sitznische an, in der Natalie wenige Tage zuvor mit Kelly gesessen hatte. Ein Steward nahm ihre Getränkewünsche entgegen.

»Seit wann trinkst du Bier?«, fragte Didi.

»Ich habe es neulich mal probiert, als ich mit Kelly auf dem Boot war.«

»Lass das lieber nicht zur Gewohnheit werden. Wann hast du zum letzten Mal jemanden mit einem Weinwanst gesehen?«

»Ich trinke ja keine Unmengen«, erwiderte Natalie scharf. Die fortwährende Krittelei war nervtötend. »Außerdem bin ich im Urlaub. Ich kann tun, was immer ich will.«

Der Steward brachte ihre Getränke. Didi unterschrieb den Beleg und prostete Natalie zu. »Auf das Festland.«

Natalie zog ihre Flasche zurück. »Einigen von uns gefällt die Kreuzfahrt.«

»Hab bitte ein bisschen Mitleid. Ich habe mich in meinem ganzen Leben noch nie so mies gefühlt.«

Es war schwer, kein Mitleid mit ihr zu haben – Lebensmittelvergiftung, Sonnenbrand, Seekrankheit –, aber Natalie hatte den Eindruck, als seien das Didis geringste Probleme. Sie vermutete, dass die Situation mit Pamela ihr ernsthaft zu schaffen machte. »Abgesehen vom Ende der Reise – was braucht es, um dich glücklich zu machen?«

Didi seufzte. »Ich habe noch nie zuvor so viel Zeit mit Pamela verbracht. Es ist viel einfacher, wenn ich sie nur am Wochenende sehe.«

»Bist du nicht froh, dass ich nicht zugelassen habe, mit dem Geschäft nach New York überzusiedeln?«

»Das hat mit Pamela nichts zu tun. In New York spielt die Musik. New York war immer schon mein Traum, und das weißt du.«

Natalie hob die Hand. Das Gespräch nahm eine Wendung, die ihr nicht behagte. »Wir hatten uns darauf geeinigt, während der Reise nicht davon zu reden.«

»Du hast das Thema aufgebracht.«

»Mein Fehler.« Sie trank einen Schluck Bier und zupfte nervös an dem Etikett herum. Das Thema, das sie in der

Modeboutique angesprochen hatten, ging ihr immer noch durch den Kopf. »Worüber wir vorhin gesprochen haben ... Ich möchte dir noch einmal versichern – ich weiß, ich habe es schon mehrfach gesagt –, dass ich nicht gelogen habe, um dich zu verletzen. Im Gegenteil – es war genau andersrum.«

»Ich möchte nicht darüber sprechen. Es ist passiert. Ich bin darüber hinweg.«

Was Natalie anbetraf, war das die größte Lüge von allen. »Wir haben ein Dutzend Mal angefangen, darüber zu reden, aber wir sind nie weitergekommen als bis zu dem Punkt, an dem du mich als Lügnerin bezeichnest. Ist das wirklich alles, was du dazu zu sagen hast?«

»Warum glaubst du mir nicht, dass mir das inzwischen egal ist?« Didi wartete nicht auf Natalies Antwort. »Na schön, vielleicht macht es mir immer noch ein bisschen was aus. Ich habe mich geirrt, als ich dachte, es ginge um Sex. Jetzt weiß ich, dass das bloß ein Symptom war.«

Natalie war gespannt, worauf das hinauslief. »Und worum ging es deiner Meinung nach dann?«

»Vor einigen Nächten habe ich deinen kleinen Trick sozusagen übernommen. Ich war gelangweilt und wollte es hinter mich bringen.«

Natalie spürte, wie sie rot wurde, was fast immer passierte, wenn sie daran dachte, was zu ihrem Riesenstreit geführt hatte. Hätte sie doch bloß gelogen, als das Thema aufkam und Didi sie rundheraus gefragt hatte.

»Jedenfalls wurde mir an dem Punkt klar, dass es um mehr als bloß um Sex ging. Ich habe begriffen, dass du schon die ganze Zeit über unglücklich gewesen sein musstest, wenn deine Orgasmen nur vorgetäuscht waren.«

Natalie überlief ein Schauer. »Ich war nicht unglücklich. Und ich habe es nur ein paar Mal gemacht. Ich wollte ... ich wollte, dass du dich gut fühlst. Ich hätte es nicht tun sollen. Es tut mir wirklich sehr leid.«

»Und ich hätte vermutlich nicht so ein Drama draus machen sollen«, gab Didi kleinlaut zu.

Natalie verspürte eine Woge der Erleichterung – endlich hatte sie die Chance gehabt, sich zu entschuldigen –, und sie merkte, dass es Didi ähnlich ging. Sie schlug einen leichteren Ton an und brachte ein Lächeln zuwege. »Aber warum du an jeder Kleinigkeit, die ich tue oder lasse, herumkrittelst, kapiere ich nicht.«

»Das ist eben meine Art, meine Zuneigung zu zeigen«, antwortete Didi und grinste. »Ich würde es nicht tun, wenn du mir egal wärst.«

»Das stimmt nicht. Bei Kelly machst du es genauso, und sie ist dir völlig egal.«

»Sie ist ganz in Ordnung. Gestern Abend hat sie wirklich gut ausgesehen.«

»Ja, nicht wahr?« Natalies Magen verknotete sich vor Nervosität, als sie den Enthusiasmus in ihrer Stimme vernahm. Didi durfte auf keinen Fall mitbekommen, dass sie tatsächlich einen Funken Interesse für Kelly hegte. »Ich habe mich wirklich gefreut, dass ihr für die Show zurückgekommen seid.«

»Nun ja, die Alternative wäre gewesen, wieder in der Kabine aufeinanderzuhocken.«

Natalie nickte. »Wahrscheinlich hat man irgendwann das Gefühl, als rückten die Wände näher.«

»Das ist es nicht. Ich habe bloß alle Gesprächsthemen mit Pamela erschöpft«, knurrte Didi. »Wir haben Sex, bloß um die Zeit totzuschlagen.«

»Ich bezweifele, dass es Pamela gefallen würde, wenn sie wüsste, wie du die Sache siehst.«

»War das so für dich, Natalie – warst du gelangweilt dabei?«

Natalie wand sich unbehaglich. Wie sollte sie einer so direkten Frage ausweichen? »Ich habe mich nie mit dir gelangweilt, Didi. Ich bin bloß an den Punkt gekommen, wo ich mich selbst aus dem Blick verloren hatte. Ich war zu sehr auf dich konzentriert.« Dazu hätte es noch viel mehr zu sagen gegeben, aber die Details behielt Natalie lieber für sich. Die vergangenen drei Jahre ihres Lebens waren das beste Beispiel dafür, dass Ehrlichkeit nicht immer angeraten war.

Didi schwenkte ihr Glas und sah sich in der Lounge um, als wolle sie sich vergewissern, dass niemand ihnen zuhörte. »Die Chancen stehen gut, dass ich mit Pamela Schluss mache, wenn wir wieder zu Hause sind. Ich weiß nicht, was ich mir dabei gedacht habe.«

Natalie lehnte sich zurück und verschränkte die Arme. Sie rief sich in Erinnerung, dass Didi notorisch wankelmütig war, was ihre Wünsche anging. »Vielleicht kommt alles wieder ins Lot, wenn wir von Bord gehen und der Alltag uns wiederhat.«

»Ich weiß nicht, Nat. Ich mag Pamela, wirklich. Aber sie gehört zu diesen gefühligen Anfasser-Typen, die permanent kuscheln und über Gefühle reden wollen. Du weißt, was ich davon halte.«

Das wusste Natalie nur zu gut. Didi hatte nichts dagegen, Zuneigung zur Schau zu stellen, vor allem nicht bei entsprechendem Publikum, aber hinter geschlossenen Türen bestand sie auf ihrem persönlichen Freiraum. Manchmal dachte Natalie, dass Didi eigentlich keine Freundin brauchte, sondern eine Begleiterin.

»Wie dem auch sei – danke für dein offenes Ohr. Ich wusste immer schon, dass ich auf dich zählen konnte.«

Natalie nickte und brachte ein schwaches Lächeln zustande. Ihr war plötzlich klar geworden, dass sich etwas Entscheidendes verändert hatte. Das hier war doch das, was sie die ganze Zeit gewollt hatte: dass Didi ihr verzieh und dass sie erkannte, dass Pamela nicht die Richtige für sie war. Aber wo es nun danach aussah, als könnten sie beide wieder zusammenkommen, war sie von der Möglichkeit längst nicht so angetan, wie sie immer gedacht hatte. Im Gegenteil – zu ihrer eigenen Überraschung fand sie die Vorstellung sehr beunruhigend.

Kelly verfolgte voller Neugier, wie Pamela den Kunstexperten des Schiffes zu der eindrucksvollen Sammlung von Lithographien in limitierter Auflage befragte. Sie schien echtes Interesse zu haben, eine davon zu erwerben und machte sich Notizen in einem kleinen Tablet PC, den sie aus ihrer Handtasche zog.

»Für eine Modedesignerin scheinst du eine ganze Menge über Kunst zu wissen«, sagte Kelly.

»Mein Stiefvater ist Künstler. Er arbeitet im MoMA.« Pamela musste ihren verständnislosen Blick gesehen haben. »Im Museum of Modern Art in New York. Er arbeitet in der Abteilung Restaurierung, aber er redet für sein Leben gern über die Ausstellungen und die einzelnen Werke. Ich gehe oft dorthin – ihm macht es total viel Spaß, mir alles zu zeigen.«

»Dann hast du also Gelegenheit, von einem Fachmann zu lernen.«

»Ja, und ich genieße es, auf diese Weise ein bisschen Zeit mit ihm zu verbringen, vor allem wenn ich meine Mutter dazu bewegen kann, sich aus Long Island zu uns zu gesellen. Ich sehe meine Familie nicht mehr so oft, wo ich nun immer zwischen New York und Rochester pendele.«

Es war unmöglich, Pamela nicht zu mögen, und ebenso unmöglich war es zu verstehen, was sie in einer Frau wie Didi sah, wo sie unter den Lesben in New York doch wahrscheinlich nur wählen musste. Sie hatte alle Vorzüge auf ihrer Seite – Aussehen, Intelligenz, Charme und ein sonniges Gemüt, das einen scharfen Kontrast zu Didis eher säuerlicher Lebenseinstellung bildete.

»Oh, sieh mal. Es gibt Champagner«, sagte Pamela und durchquerte eilends die Galerie.

Kelly war eben rechtzeitig bei ihr, um dankend abzulehnen. »Von Champagner kriege ich scheußliche Kopfschmerzen. Am Neujahrstag habe ich böse dafür bezahlt.«

»Zumindest bist du aus gewesen. Wir waren in unsere Kabine verbannt.«

»Das war wirklich gemein. Du und Didi – ihr habt bislang keine sonderlich schöne Reise gehabt.«

Pamela lächelte flüchtig. »Ich sollte mich nicht beschweren. Wir brauchen diese Zeit miteinander. Es ist schwer, wenn man in verschiedenen Städten lebt.«

»Ich hatte den Eindruck, Didi ist wirklich sehr erpicht darauf, mit dem Geschäft nach New York umzuziehen.«

»Ich wünschte, sie täte es. Dann könnten wir zusammenziehen und dieses hektische Hin und Her an den Wochenenden wäre vorbei.«

Kelly nickte, war aber in Gedanken woanders. Was ihre gemeinsame Zukunft anbelangte, schien Pamela viel überzeugter zu sein als Didi. Falls Kelly Didis entnervte Miene am Abend zuvor richtig gedeutet hatte, dann stand ihre Liebesbeziehung mit Pamela kurz vor dem Aus. Von außen betrachtet war es schwer nachzuvollziehen, warum sich jemand von einer Frau wie Pamela trennen wollte. Sie war verdammt attraktiv, bildete sich aber nichts darauf ein, und nach dem, was Kelly bislang mitbekommen hatte, schien sie ein sehr angenehmes Wesen zu haben. Jede Frau, die eine Giftnudel wie Didi tolerieren, ja mehr noch: liebenswert finden konnte, musste etwas ganz Besonderes sein. »Wie lange seid ihr beide schon zusammen? Ein halbes Jahr?«

»Offiziell ja. Wir haben uns vor einem Jahr bei einer Modenschau in New York kennengelernt und angefangen, uns E-Mails zu schreiben und uns zu treffen – nur als Freundinnen –, wenn Didi beruflich nach New York kam. Ich stand schon immer auf ältere Frauen und hab mich ruckzuck« – sie schnippte mit den Fingern – »in sie verliebt.«

»Didi ist eine sehr attraktive Frau.«

Pamela fächelte sich Luft zu. »Das kannst du wohl sagen. Aber sie hatte immer noch Natalie im Kopf. Doch als sie einsehen musste, dass Natalie nie nach New York gehen würde, hat sie sic endgültig aufgegeben.«

»New York ist ihr also wirklich so wichtig?«

»Ja, und ich glaube nicht, dass Natalie das wirklich begriffen hat. Vermutlich wären sie wieder zusammengekommen, wenn Natalie mit dem Umzug einverstanden gewesen wäre. Aber ich will mich keineswegs beschweren. Ihr Verlust ist mein Gewinn.«

Kelly konnte ihre Neugier kaum bezwingen – was fand eine Frau wie Pamela an Didi? Aber sie war zu höflich, um direkt danach zu fragen. »Ich war überrascht, als ihr beide gestern Abend zu der Show gekommen seid. Didi war ziemlich aufgebracht, als sie den Speisesaal verließ.«

Pamela steuerte den Auktionsbereich an, wo vor einem Podium mit einer Präsentationsstaffelei ein paar Reihen Stühle aufgestellt waren. »Sie brauchte bloß ein paar Streicheleinheiten. Man würde es nicht für möglich halten, aber Didi ist im Grunde sehr unsicher.«

»Da hast du recht. Unsicher ist das letzte Wort, das mir zu ihr eingefallen wäre.« Kelly nahm den Stuhl am Rand, nachdem Pamela in eine Reihe geschlüpft war. »Sie macht immer einen sehr selbstbewussten Eindruck.«

»Didi ist sehr von sich überzeugt, was ihr Fachwissen angeht. Im Modebusiness ist sie einfach total bewandert. Aber das heißt nicht, dass sie persönlich selbstsicher ist. Sie macht sich die ganze Zeit Gedanken über ihr Haar, über ihre Haut – einfach alles. Egal, wie oft ich ihr versichere, wie schön sie ist – es ist nie genug.«

Kelly dachte an die Frage zurück, die sie Natalie am Abend zuvor gestellt hatte: ob Didi ihr Selbstbewusstsein mit Komplimenten gestärkt hätte. »Und was ist mit Didi? Ich wette, sie macht dir die ganze Zeit Komplimente.«

Pamela lachte leise und schüttelte den Kopf. »Das ist nicht ihr Stil. Keine Ahnung warum, aber sie macht kaum Komplimente, es sei denn, sie hat die Hand dabei im Spiel gehabt – wenn sie etwas zum Anziehen für mich ausgesucht hat oder so. Zum Glück habe ich damit kein Problem. Ich bin eigentlich sehr zufrieden mit mir, und für gewöhnlich merke ich, dass Didi stolz ist, mich an ihrer Seite zu haben. Sie muss mir das nicht den lieben langen Tag versichern.«

Das erklärte, warum Natalie so wenig mit Komplimenten umgehen konnte – von Didi war sie nicht gerade damit überschüttet worden.

»Sehr verehrte Damen und Herren, das erste Bild, für das Sie Ihr Gebot …«

Pamela wandte ihre Aufmerksamkeit dem Auktionator zu.

Zwar hatte Kelly gesagt, dass sie warten würde, bis Natalie die Sache mit Didi ein für allemal abgeschlossen hätte, aber warum den Gang der Dinge nicht ein wenig beschleunigen? Während der Auktionator fortfuhr, begann sie einen Plan zu schmieden.

Ein neues Spiel hatte begonnen.

Natalie legte letzte Hand an ihr Make-up und warf einen Blick auf ihren Wecker am Bett. Die Auktion hätte schon vor einer Stunde zu Ende sein sollen. Da Kelly nicht zurückgekommen war, hatte sie die zusätzliche Zeit allein genutzt, um sich noch einmal frischzumachen – was sie sonst nachmittags nie tat. Und heute tat sie es nur, weil – ja, sie gestand es sich ein – weil Kelly es sehr wohl bemerkte, wie sie aussah und ihr Komplimente machte.

Warum kehrte sie nicht in die Kabine zurück?

Kaum war ihr die Frage in den Sinn gekommen, hörte sie die Keycard im Türschloss. Sie eilte zur Couch, nahm das neue Tagesprogramm zur Hand und tat, als lese sie.

»Hey, Natalie! Habt ihr den Laden leergekauft, Didi und du?«

»Wir haben nicht viel gefunden. Den Großteil des Nachmittags haben wir in der Observation Lounge verbracht. Wie war die Kunstauktion?«

»Interessant. Ich hatte ja keine Ahnung, dass Pamela auf dem Gebiet so bewandert ist. Sie weiß alles über Kunst – auf jeden Fall mehr als einige der Leute, die die Auktion durchgeführt haben. Es hat sich herausgestellt, dass ihr Stiefvater ...«

Die Worte waren wie weißes Rauschen, während Natalie zusah, wie Kelly ihre Sandalen abstreifte, ihre Taschen leerte und sich auf ihrem Bett ausstreckte. Den ganzen Tag über hatte sie immer wieder daran gedacht, wie es gewesen war, als Kellys Arme sie am Abend zuvor umfangen hatten und ihre Lippen sich zu einem Kuss fanden. Kelly zu küssen war vollkommen anders als Theresa oder Didi zu küssen – es war ein ganz anderes Gefühl. Doch was genau daran so anders war, hätte sie nicht sagen können …

»Kannst du mit Kunst etwas anfangen?«

Die Frage riss Natalie aus ihren Gedanken. Sie versuchte sich an Kellys letzte Worte zu erinnern. Höchstwahrscheinlich hatten sie etwas mit Kunst zu tun gehabt. »Wer nicht?«

»Ich früher nicht. Mein Vater hatte keinen Sinn dafür. Unter Kunst verstand er diese Landschaften, die man im Möbelgeschäft kauft und sich übers Sofa hängt. Ich habe am Community College in Buffalo einen Kurs in Kunstbetrachtung gemacht, und rate, was passiert ist: Ich habe angefangen, Kunst schätzen zu lernen.«

»Vielleicht können wir im Frühling zusammen zum ART-Walk gehen.«

»Das wäre schön.« Kelly stützte sich auf den Ellenbogen. »Ich mag Pamela wirklich. Sie ist ziemlich bodenständig für jemanden aus einer so schnelllebigen Branche. Und wenn eine Frau so toll aussieht wie sie, rechnet man damit, dass sie sich was darauf einbildet, aber das tut sie nicht.«

Natalie gefiel der Tenor dieser neuen Einsichten ganz und gar nicht. Zum einen störte es sie, dass Kelly, was hübsche Frauen anging, mit anerkennenden Worten so freigebig war und ihre Komplimente am Abend zuvor vielleicht nur abgedroschene Phrasen gewesen waren. Doch schlimmer noch war die Möglichkeit, dass Pamela Kelly den Kopf verdreht haben könnte.

»Wie ich hörte, soll das Wetter morgen besser werden«, sagte Kelly. »Weißt du schon, was du auf der Privatinsel machen willst?«

»Welche Möglichkeiten gibt es denn?« Eben noch hatte sie die verschiedenen Angebote im Tagesprogramm überflogen, aber ihr Geist hatte nichts davon aufgenommen.

»Es gibt einen Strand, der für Erwachsene reserviert ist. Dort soll es ruhig und entspannt zugehen. Ich bezweifele, dass Didi Lust verspürt, sich überhaupt in die Sonne zu begeben, aber Pamela vielleicht schon. Wir könnten uns einen Sonnenschirm leihen, so wie auf Antigua. Solange wir Didi nicht –«

»Vielleicht sollten wir beide etwas allein unternehmen. Die Kreuzfahrt ist bald zu Ende, und wir hatten noch gar nicht so recht die Chance, uns näher kennenzulernen.«

Kelly setzte sich auf und stützte ihre Unterarme auf die Schenkel. Ein kaum wahrnehmbares Lächeln umspielte ihre Lippen. »Sehr gern. Also nur wir zwei.«

»Nur wir zwei.« Natalie holte tief Luft, während eine warme Röte ihren Nacken hinaufkroch. Kellys Lächeln war breiter geworden, und nun lächelte auch sie.

17

Kelly spähte über die Reling und sah zu, wie die Tenderboote die Passagiere zu der Privatinsel hinüberbrachten. »Wir fahren heute mit den Rettungsbooten, Natalie!«, rief sie durch die offene Balkontür.

Natalie erschien neben ihr, wieder für einen Strandtag gekleidet: Badeanzug, Shorts, Wickeltop. »Schön zu wissen, dass sie schwimmtüchtig sind.«

Kein Zweifel – Kelly hatte sich unversehens der perfekte Plan eröffnet, und er entwickelte sich prächtig. Pamela hatte unwissentlich das fehlende Stück beigetragen und Natalie die Dringlichkeit vor Augen geführt, sich ein für allemal zu entscheiden und in die Zukunft zu blicken.

»Vergiss deine Sonnenbrille nicht«, sagte Kelly zu Natalie, als sie im Begriff waren zu gehen.

Natalie wirbelte herum und pflückte ihre Sonnenbrille vom Bett. »Sieht so aus, als wäre das unsere letzte Gelegenheit, ein bisschen Sonne zu tanken, bevor wir zu Eis und Schnee zurückkehren.«

Didi hatte das ganze Abendessen über geschmollt, als die anderen über ihren Tag auf der Privatinsel sprachen, wo sie sich sonnen und entspannen wollten. Natalie hatte sich schließlich erboten, in Nassau, an ihrem letzten Tag im Hafen, mit ihr einkaufen zu gehen. Kelly hatte prompt reagiert und Pamela gefragt, ob sie Lust hätte, auf einer Kutschfahrt die Insel zu erkunden. Als sie zustimmte, hatte Natalie nicht locker gelassen und Didi genötigt, die Einkaufspläne aufzugeben und sich den anderen anzuschließen. Mehr hatte Kelly nicht gebraucht, um zu wissen, dass sie auf dem richtigen Weg war.

Ihre Strategie, Natalie für sich zu gewinnen, war zweigleisig. Erstens zeigte sie eine Spur Interesse für Pamela, was vermutlich Auslöser für Natalies Vorschlag, an diesem Tag allein mit ihr auf die Insel zu fahren, gewesen war. Zweitens nutzte sie ihre frischgewonnenen Einsichten in Natalies und Didis Beziehungsdynamik aus: Kelly vermutete, dass es Natalie gefallen würde, zur Abwechslung mal selbst im Mittelpunkt der Aufmerksamkeit zu stehen.

Kelly hatte beobachtet, dass Didi viel eher Komplimente zu Kleidern als zu Menschen machte, und wollte selbst eine andere Botschaft vermitteln. »Wo wir gerade von Sonnenbrillen reden, der petrolfarbene Badeanzug bringt deine Augen wunderbar zur Geltung. Sie sind sowieso wunderschön, aber in dem Badeanzug scheinen sie ganz besonders strahlend.«

Natalies freudiges Lächeln sagte ihr, dass sie die richtige Saite zum Klingen gebracht hatte. »Ich glaube, es liegt an der

Sonne, von der ich inzwischen gar nicht mehr genug kriegen kann.«

Auf der Treppe begegneten sie Steph und Yvonne.

»Ihr habt Didi und Pamela gerade verpasst«, sagte Steph. »Didi ist dick mit Sunblocker eingecremt und trägt einen gigantischen Hut.«

Zu Kellys Enttäuschung – und ebenso zu Natalies, wie ihre verdrossene Miene verriet – war aus ihrem Tête-à-tête nun ein Gruppenausflug geworden.

»Gehen wir. Sie halten uns einen Platz im Tenderboot frei. Oh, und danke für die Bücher, Kelly.«

Natalie sah die beiden verwundert an. »Was für Bücher?«

»Heute Morgen bin ich Jo begegnet, und sie hatte noch zwei weitere Bücher ausgelesen, und deshalb habe ich zwei von Stephs geholt und gegen ihre eingetauscht.«

»Du bist abhängig von dem Zeug, stimmt's?«

»Tja, was soll ich sagen? Ich steh nun mal auf Liebesgeschichten«, erwiderte Steph.

Kelly bildete die Nachhut, als sie zu Deck 2 hinuntergingen und zu den Davits traten, um in das Boot zu steigen. Sie bezweifelte, dass Didi Wert darauf legte, den Tag mit ihnen allen zusammen zu verbringen. Wenn Kelly ihr Verhalten in den vergangenen beiden Tagen richtig interpretierte, dann wollte Didi einzig und allein mit Natalie zusammensein.

Ihre Theorie bestätigte sich, als sie das Boot erreichten und Didi und Pamela auf einer langen Bank sitzen sah – vier freie Plätze zwischen sich. Didi winkte Natalie sofort zu, sich neben sie zu setzen. Statt an Natalies anderer Seite Platz zu nehmen und mit Didi um ihre Aufmerksamkeit zu konkurrieren, setzte Kelly sich neben Pamela und überließ die beiden Plätze in der Mitte Steph und Yvonne. »Ich bin froh, dass du dich entschieden hast mitzukommen«, sagte sie laut genug, dass Natalie es hören konnte. »Die Zeit unter Freundinnen wird bald vorüber sein.«

»Das bezweifele ich«, erwiderte Pamela liebenswürdig. »Ich glaube, wir werden uns oft sehen, wenn wir wieder zu Hause sind.«

»Ich möchte gern nach New York kommen, damit du mir all die Kunstmuseen zeigen kannst.«

»Das würde mir Spaß machen.« Ganz die charmante Gastgeberin beugte Pamela sich vor und lud Steph und Yvonne ein, sich ihnen anzuschließen.

Natalie runzelte die Stirn, aber dann hellte sich ihr Gesicht auf. »Kelly, wenn du Lust hast, ins Eastman House zu gehen, würde ich total gern mitkommen. Es ist eines meiner Lieblingsmuseen.«

Ja, ihr Plan entwickelte sich prächtig. Mit Natalie zusammen ins Museum für Fotografie und Film gehen ... »Nenn mir einfach einen Tag, Natalie. Ich bin dabei.«

Sie erreichten die Insel und machten sich inmitten all der anderen Gäste auf zum Erwachsenenstrand, der in einer beschaulichen Bucht lag. Didi schnappte sich sofort eine schattige Hängematte, und Yvonne und Steph schleppten mehrere Strandkörbe herbei, so dass sie alle beisammensitzen konnten.

Kelly flitzte zu der Verkaufsbude hinüber und lieh sich zwei Luftmatratzen aus. Als sie mit ihnen zurückkehrte, hatten die anderen bei einem Kellner bereits eine Getränkebestellung aufgegeben.

»Ich habe zwei Bier für uns bestellt«, sagte Natalie.

»Prima! Und ich habe uns zwei Fluchtmatratzen besorgt.« Kelly hielt sie hoch.

»Du kannst Gedanken lesen.«

Kelly ging mit den Luftmatratzen voran in das klare warme

Wasser. »Ich weiß, wir haben uns eingecremt, aber wir müssen uns dennoch in Acht nehmen, uns keinen Sonnenbrand zu holen. Es wäre ein Jammer, wenn deine schöne Bräune unter Blasen und pellender Haut verschwinden würde.«

»Wie bei einer Frau, die wir kennen?«

»Genau.«

»Du bist gern mit Pamela zusammen, stimmt's?«

Obwohl die Frage wie beiläufig klang, wusste Kelly doch genau, woran sie war. Natalie ärgerte sich, dass Kelly sich auf der Überfahrt so gut mit Pamela unterhalten hatte. »Sie ist wirklich einer der nettesten Menschen, die mir je begegnet sind.«

Natalie runzelte die Stirn und griff sich eine der Luftmatratzen. »Ich weiß. Ich habe versucht, sie nicht zu mögen, aber es ist mir nicht gelungen.«

Kelly kicherte und zeigte sich gnädig. »Aber wenn ich mich für nur eine einzige Frau entscheiden dürfte, mit der ich zusammensein möchte, dann wäre das nicht Pamela.«

»Nein?«

»Nein, ich bin ganz zufrieden mit der aktuellen Lage – danke. Ich habe die schönste Frau des ganzen Strandes von ihren Freundinnen fortgelockt. Und nun binde ich unsere Flöße aneinander, und wir segeln los. Klingt das gut?«

Natalie lächelte, streckte sich auf ihrer Luftmatratze aus und keuchte auf, als das Wasser über ihren Bauch schwappte. »Ich wollte, dass wir diesen Tag ganz für uns haben.«

Kelly ließ sich auf ihre Luftmatratze sinken und steuerte sie der Länge nach neben Natalies, so dass ihre Gesichter nah beieinander waren. »Das wollte ich auch. Und wo wir nun ganz allein hier draußen sind, könntest du mich eigentlich ein bisschen unterhalten. Erzähl mir, was dir im Kopf herumgeht.« Sie stützte das Kinn in die Hand.

»Ich glaube, Didi ist im Begriff, sich von Pamela zu trennen.«

Ein Gefühl von Übelkeit ergriff Besitz von ihr, und sie ließ die Worte einige Sekunden lang unkommentiert stehen. »Das ist doch das, was du gewollt hast, oder?«, sagte sie dann.

»Das habe ich immer gedacht.« Natalie starrte auf ihre Finger, die sie sachte durchs Wasser gleiten ließ. »Ich dachte, es würde mich in Hochstimmung versetzen. Stattdessen macht es mich einfach nur traurig für sie.«

»Traurig genug, um zu ihr zurückzukehren?«

Natalie griff nach Kellys Luftmatratze, um sie am Davontreiben zu hindern. »Ich war stets für sie da und habe ihr gegeben, was immer sie gebraucht hat.«

»Ist sie auch für dich dagewesen, Natalie?«

»Meistens – aber nicht immer. Vor langer Zeit waren wir ziemlich glücklich, aber mittlerweile denke ich, dass diese Zeit nie mehr zurückkommen wird.« In Natalies Stimme schwang ein melancholischer Unterton mit, aber daneben auch eine gewisse Entschlossenheit. »Ich glaube, ich könnte sie überzeugen, die Idee mit New York fallenzulassen, aber warum sollte ich sie davon abhalten, wenn doch ihr Herz daran hängt?«

»New York spielt nur eine untergeordnete Rolle bei der ganzen Sache. Die entscheidende Frage ist doch, ob du sie liebst oder nicht. Und ob du dein Leben mit ihr verbringen möchtest.«

Natalie blickte sie mit traurigen Augen an. »Ja auf die erste Frage. Nein auf die zweite. Ich werde sie immer lieben, aber ich glaube, wir sind beide besser dran, wenn wir nur Freundinnen und Geschäftspartnerinnen sind.«

Kelly hätte ihrem Glück gern zugelächelt, aber es gefiel ihr nicht, dass Natalie so trübsinnig aussah. »Was hat es mit New York auf sich?«

»Wenn Didi sich von Pamela trennt, spielt New York vielleicht nicht mehr so eine große Rolle.«

Falls Pamela recht hatte, würde sich Didis Traum, ihr Geschäft nach New York zu verlegen, keineswegs in Luft auflösen. Aber es mochte die Sache leichter machen, wenn Natalie ihre Gefühle außen vor ließe und zu einer Entscheidung gelänge, die für ihr Geschäft am besten wäre.

»Da ist der Kellner mit unseren Getränken«, sagte Natalie. »Ich würde lieber noch ein bisschen hier auf dem Wasser treiben, aber Yvonne hat uns das Bier ausgegeben, und es wäre besser, es uns zu holen, solange es noch kalt ist.«

»Bleib, wo du bist.« Kelly glitt ins Wasser und schob beide Luftmatratzen auf den Strand zu. Als das Wasser nur noch knietief war, hielt sie an und half Natalie beim Aufstehen.

Natalie griff nach Kellys Handgelenk, als sie zu ihren Freundinnen zurückkehrten. »Warum holen wir uns nicht unser Bier und machen einen Strandspaziergang?«

»Ich habe eine bessere Idee. Du wartest hier, und ich bringe die Luftmatratzen zurück und hole unser Bier.« Kelly hatte die Absicht, wie der Blitz kehrtzumachen, ehe irgendjemand sich ihnen anschließen konnte.

Natalie starrte Kelly hinterher. Irgendwie waren weite Shorts an einer Frau in den vergangenen elf Tagen plötzlich sexy geworden. Oder vielleicht waren es die Muskeln, die in Kellys Waden spielten, als sie durch den Sand stapfte. Nein, es war die Art, wie besagte Shorts den festen Hintern umschmeichelten. Oder die breiten Schultern ... die Selbstsicherheit, die Kelly ausstrahlte ... das Gesamtpaket.

Mit jeder Minute, die verstrich, wusste Natalie besser, was sie wollte – und was sie nicht wollte. In den vergangenen vierundzwanzig Stunden hatte sie sich vorgestellt, wie es wäre, wenn sie ihr altes Leben zurückbekäme. Dank Didis wenig subtilen Avancen waren ihre Gefühle, was das Wiederauflebenlassen ihrer Beziehung anging, ziemlich lebhaft gewesen. Jedes Mal, wenn sie in Gedanken einen Schritt in diese Richtung getan hatte, sah sie sich von Zweifeln und dunklen Vorahnungen erfüllt. Zu Didi zurückzukehren hieße, zu einem Leben zurückzukehren, das langweilig und wenig erfüllend war – für sie beide. Sie hatten mehr als genug Lebenszeit in ihre Beziehung investiert. Ihre Liebe würde andauern, aber ihre Beziehung war vorbei.

Sie beobachtete voller Besorgnis, wie Didi Anstalten machte, aus der Hängematte herauszuklettern, als wolle sie sich Kelly anschließen. Doch dann legte Pamela ihr die Hand auf die Schulter, und sie ließ sich zurücksinken.

Wenige Augenblicke später reichte Kelly ihr ein Bier und lenkte ihre Schritte in die entgegengesetzte Richtung. »Wir hätten beinahe Gesellschaft bekommen.«

»Hab ich gesehen.«

»Komisch, dass Pamela gar nicht eifersüchtig zu sein scheint. Didi macht kein Geheimnis daraus, dass sie am liebsten da wäre, wo du bist.«

»Didi ist ein komplizierter Mensch. Vermutlich sendet sie Pamela auch noch andere Botschaften. Sie muss immer alles um sich herum im Griff haben.« Natalie trank einen Schluck Bier, als sie in die sanft ans Ufer leckenden Wellen wateten. »Das klingt wahrscheinlich, als wäre sie ein Kontrollfreak, aber das stimmt nicht. Sie vertraut nur nicht darauf, dass anderen ihre Interessen am Herzen liegen, also versucht sie alle, die ihr nahestehen, zu manipulieren.«

»Es muss schwer gewesen sein zu spüren, dass einem nicht vertraut wird.«

Natalie verspürte Scham, als sie daran dachte, dass Didi ihr zu recht kein Vertrauen geschenkt hatte. Aber es war Kelly gegenüber nicht fair, das zu sagen und mit den demütigenden Details dann nicht herauszurücken. »Ich verstehe schon, warum sie so ist, auch wenn ich es nicht immer gutheißen konnte.« Sie setzten ihren Spaziergang einige Minuten schweigend fort, bis Natalie ihre Neugier nicht mehr bezwingen konnte. »Du bist auf einmal so still?«

»Ich habe versucht, mir zu überlegen, wie ich etwas sagen soll, ohne zu klingen, als wolle ich dir vorschreiben, was du tun sollst.«

Natalie lachte. »Ich denke, wenn ich aufhören würde, mich von anderen an der Nase herumführen zu lassen, dann wäre das kein Thema.«

»Ich verspreche, dass ich das nicht versuchen werde.« Kelly trank einen großen Schluck Bier. »Ich habe daran gedacht, dass du noch vor wenigen Tagen gesagt hast, dass du Didi zurückhaben möchtest. Jetzt sagst du, du willst das nicht mehr, und während ein Teil von mir vor Freude am liebsten einen Luftsprung machen würde, macht sich ein anderer Teil Sorgen darüber, wie du es dir mal so, mal anders überlegst.«

Natalie atmete erleichtert auf – Kelly hatte soeben bestätigt, dass sie immer noch interessiert war. Andererseits war es ihr peinlich, ihre Wankelmütigkeit so klar aufgezeigt zu bekommen. »Normalerweise bin ich nicht so flatterhaft. Es ist bloß so, dass ich inzwischen gemerkt habe, dass meine Gefühle sich geändert haben. Ich glaube, ich wollte wohl nur zu etwas Vertrautem zurückkehren.«

»Das passiert manchmal. Es ist das Vorrecht einer Frau, ihre Meinung zu ändern. Wenn man es recht bedenkt, ist es erstaunlich, dass eine Handvoll Lesben sich je auf etwas einigt.«

»Passiert dir das auch? Dass du etwas so dringend willst, dass du an nichts anderes mehr denken kannst, und wenn du es dann hast, ist es gar nicht so toll, wie du es dir vorgestellt hast.«

»An dem Punkt kommt der Volksmund ins Spiel, demzufolge das Gras auf der anderen Seite immer grüner ist.«

»Vielleicht liegt es daran. Vor ein paar Tagen hat mir jedoch jemand gezeigt, dass das Gras auf dieser Seite auch ziemlich grün sein kann.« Sie blickte auf und sah ein breites Grinsen auf Kellys Gesicht. Diese Grübchen waren einfach bezaubernd. »Ich weiß nicht, warum ich gestern losgezogen bin und den ganzen Tag mit Didi verbracht habe. Ich glaube, ich bin es einfach gewohnt zu tun, was sie sagt. In Wirklichkeit hätte ich den Tag am liebsten mit dir verbracht.«

»So wie ich den Tag lieber mit dir als mit Pamela verbracht hätte.«

»Tritt mir das nächste Mal einfach auf den Fuß oder so.«

»Ich hoffe, es kommen noch viele nächste Male. Also heißt das, ich kann mich nun entspannen und wieder charmant sein? Ich habe versucht, es zu unterdrücken.«

Natalie lachte aus vollem Herzen. Es war schön, den ernsten Ton abzustreifen. »Ich wette, das könntest du gar nicht, und wenn du dich noch so bemühst.«

Unterdessen hatte Kelly sie überholt und lief rückwärts vor ihr her. »Genauso wenig wie du es verhindern kannst, den Leuten den Kopf zu verdrehen«, erwiderte sie, wieder voll im Flirtmodus.

Natalie ließ den Blick über die anderen Strandgäste schweifen, von denen niemand zu ihnen herübersah. »Ich glaube, das bildest du dir ein.«

»Mir zumindest hast du ihn verdreht.«

Natalie stapfte neben Steph ins Wasser, bis es ihnen bis zur Taille ging. »Versuchen wir mal, uns draufzulegen, ohne wie die Tollpatsche ins Wasser zu fallen.«

»Wie hast du das vorhin geschafft?«

»Kelly hat mir geholfen. Aber dich kann ich nicht um Hilfe bitten – du bist die Einzige, die ich kenne, die noch tollpatschiger ist als ich.«

»Danke – sehr charmant!« Steph ließ sich unbeholfen auf ihre Luftmatratze fallen und strampelte herum, bis sie genau in der Mitte lag. Ihr langes lockiges Haar war streng zurückgebunden, doch eine verirrte Strähne sog das Wasser auf wie ein Schwamm. »Alle beobachten uns und warten nur darauf, uns auslachen zu können.«

»Ich weiß.« Natalie erklomm ihre Luftmatratze und beugte sich vor, bis sie auf dem Bauch zu liegen kam. »Ha! Geschafft!«

»Wenn das kein Leben ist …! Danke, dass du mitgekommen bist.«

»Ich wundere mich, dass Yvonne nicht mitkommen wollte.«

»Wollte sie. Aber ich muss erst mit dir reden. Ich habe eine gute und eine schlechte Nachricht.« Steph verrenkte den Hals, um an Natalie vorbei zum Strand zu spähen.

Natalie stöhnte. »Schlechte Nachrichten kann ich nicht gebrauchen.«

»Du erfährst sie dennoch. Als Pamela und Yvonne die Handtücher geholt haben, hat Didi mir erzählt, dass sie deine kleine Scharade mit Kelly durchschaut hat. Ich habe sie gefragt, warum sie meint, dass es eine Scharade wäre, und sie hat geantwortet, dass es undenkbar sei, dass du dich für jemanden wie Kelly interessieren könntest. Sie findet, dass du ein echtes Miststück bist, weil du Kelly so benutzt – das fand Yvonne übrigens auch, bis ich ihr erzählt habe, dass Kelly in die Sache eingeweiht ist.«

Die schlechte Nachricht war nicht so schlecht, wie sie befürchtet hatte. Im Grunde war sie nicht von Bedeutung, denn sie hatte Kelly ja von Anfang an reinen Wein eingeschenkt. Und was Didi davon hielt, kümmerte sie nicht weiter. »Und die gute Nachricht?«

»Die gute Nachricht ist, dass es funktioniert. Didi hat gesagt, ich zitiere: Allmählich glaube ich, dass es für alle das Beste wäre, wenn ich wieder mit Natalie zusammen wäre. Zitatende.«

»Hm.« Die gute Nachricht in Kombination mit der schlechten Nachricht ergab sehr schlechte Nachrichten. Jetzt musste sie Didi signalisieren, dass sie kein Interesse mehr hatte, und die einzige Möglichkeit, ihr das zu vermitteln, bestand darin, es ihr unumwunden zu sagen.

»Das sind doch gute Neuigkeiten, oder?« Selbst Steph hatte Mühe, enthusiastisch zu klingen.

»Ich nehme an, sie weiß, dass du mir das gerade erzählst?«

»Ja, sie wollte, dass ich mit dir rede. Sie möchte warten, bis wir alle wieder zu Hause sind, bevor sie mit Pamela Schluss macht, aber sie hat mich gebeten, dir das schon mal zu sagen, damit du nicht so viel mit Kelly rumhängen musst.«

»Damit ich nicht mit Kelly rumhängen muss! Das ist echt lustig.« Natalie lachte leise und schüttelte den Kopf. »Was ist, wenn ich mit ihr herumhängen *möchte?«*

Ein zufriedenes Lächeln erschien auf Stephs Gesicht. »Wusste ich's doch!« Sie bespritzte Natalie mit Wasser. »Du und Kelly!«

»Es ist noch nicht offiziell, aber ich neige schwer dazu. Du hattest recht.«

»Natürlich hatte ich recht! Didi mag was von Mode verstehen, aber ich verstehe was von heißen Frauen. Erzähl mir alles!«

»Es gibt nichts zu erzählen, außer dass ich neulich Abend festgestellt habe, wie toll sie küssen kann.« Natalie war noch nicht soweit, ihre Gefühle für Kelly in Worte zu fassen. »Sie ist einfach anders. Ich weiß nicht recht, wie ich es beschreiben soll.«

»Sie ist eine Top. Du bist noch nie mit einer Top zusammengewesen.«

»Pah! Tops und Bottoms – das ist doch alles dummes Zeug. Ich mag Frauen, die gern Frauen sind, nicht Frauen, die eigentlich Männer sein wollen.«

»Darum geht es nicht bei einer Top. Denkst du, Yvonne will eigentlich ein Mann sein?«

»Natürlich nicht.«

»Glaub mir, Yvonne ist eine Top, und ich möchte es gar nicht anders haben. Das heißt nicht, dass ich nicht ab und zu sage, wo's langgeht, aber meistens gefällt es mir, wenn sie das Sagen hat, und ihr gefällt das auch.«

»Eine Beziehung sollte aber gleichberechtigt sein. Didi und ich haben keine Rollen gespielt.«

»Weil ihr beide Bottoms seid. Das hat für Gleichheit gesorgt. Ich wundere mich, dass ihr nicht dem lesbischen Bettentod erlegen seid. Das passiert ja schnell, wenn sich keine zuständig fühlt.«

»Mit unserem Sexleben war alles in Ordnung.« Noch während ihr das über die Lippen kam, wusste sie, dass es eine Lüge war. »Es war nicht immer großartig, aber zumindest hatten wir regelmäßig ... oder wenigstens halbwegs. Und es war –« Befriedigend, hatte sie sagen wollen, aber das war die größte Lüge von allen. »Okay, also es war nicht so toll. Um die Wahrheit zu sagen, es war ziemlich öde, vor allem nach dem ersten Jahr.«

»Wer von euch hat beim Sex die Initiative ergriffen?«, fragte Steph behutsam.

Natalie seufzte und verzog das Gesicht. »Ich fasse es nicht, dass wir über so intime Sachen reden.«

»Komm schon, Nat. Wir sind seit achtzehn Jahren dicke Freundinnen. Früher haben wir dauernd über Sex geredet.«

»Ja, früher – als das alles noch spannend und aufregend war. Heute ist das nur eine weitere Sache, die Stress macht.«

»So sollte es nicht sein. Fühlst du dich von Kelly sexuell angezogen?«

Zählte lustvolles Ziehen in der Leistengegend? »Ich glaube schon.«

»Und von Didi?«

Natalie wandte den Kopf und sah zu den anderen am Strand hinüber. Didi lag in der Hängematte und schaute in ihre Richtung. »Das ist kein fairer Vergleich.«

»Stimmt, weil Kelly neu und aufregend ist. Aber wenn Didi dich nicht mehr anmacht, dann wäre es besser, wenn ihr bloß Freundinnen seid, oder?«

»Vermutlich.« Das war genau das, was Didi zwei Jahre zuvor bei ihrer Trennung gesagt hatte. Damals hatte Natalie gedacht, sie hätte das Interesse an Sex verloren. Jetzt schien es ihr, als hätte sie bloß das Interesse an Sex mit Didi verloren.

»Wirst du Didi sagen, was Sache ist, oder soll ich das tun?«

»Ich denke, dass muss ich selbst tun. Was Kelly angeht, will ich es auf jeden Fall langsam angehen lassen, aber ich möchte nicht, dass Didi weiterhin glaubt, dass ich bloß auf sie warte.«

Steph paddelte vom Strand weg. »Okay, ich bin fertig mit dir. Kehrst du zu den anderen zurück und schickst mir meine Freundin?«

»Nicht dass du versuchst, mich loszuwerden …«

18

Auf dem Balkon legte Kelly gegen die Sonne schützend die Hand vor die Augen, während das Schiff die Spitze der Insel umrundete und auf das offene Meer zuhielt. Selbst mit der ganzen Gruppe im Schlepptau war ihr Tag mit Natalie auf der Privatinsel beinahe perfekt gewesen, und das Beste überhaupt war, dass Natalie kein Interesse mehr daran hatte, wieder mit Didi zusammenzukommen. Die einzige Frage, die jetzt noch offen war, lautete, ob dies der richtige Zeitpunkt war, um dort anzuknüpfen, wo sie neulich Abend aufgehört hatten. Kelly fand ja, hielt es aber für klug, es behutsam angehen zu lassen. Nicht weil sie sich Sorgen machte, dass Natalie es sich anders überlegen könnte, sondern weil sie beide keinen Fehler machen sollten. Sie wollte mehr als nur ein kurzes Abenteuer an Bord, und sie hoffte, dass es Natalie auch so ging.

Natalie erschien an der Schiebetür. Sie war zum Abendessen umgezogen und trug eine legere Bluse mit Tropenmuster zu schlichten Hosen und Sandalen. Um ihre Schultern lag ein hellbrauner Pullover, dessen Ärmel sie vor der Brust umeinandergeschlungen hatte.

»Sehr schön.«

»Gefällt dir meine Aufmachung?«

»Ja, aber an dir würde selbst ein Kartoffelsack gut aussehen.« Kelly schob den Liegestuhl beiseite, um für sie beide Platz an der Reling zu schaffen. »Ich kann es kaum glauben, dass wir schon über eine Woche an Bord sind und du immer noch Sachen hast, die du noch nicht getragen hast.«

»Ich habe viel zu viel dabei. Wahrscheinlich muss ich mich von nun an drei Mal am Tag umziehen, um alles einmal angehabt zu haben.«

»Ich hoffe, ich kriege die Chance, auch deine Wintergarderobe zu bewundern, wenn wir wieder zu Hause sind.« Es war eine wenig originelle Überleitung, aber immerhin. Wenn Natalie über ihre gemeinsame Zukunft sprechen wollte, dann war die Tür geöffnet.

»Aber unbedingt.«

Kelly wandte sich zu ihr um und freute sich an Natalies kleinem Lächeln. »Heißt das, was ich denke, dass es heißt? Wird es mir gelingen, dich zu einem Date zu bewegen, wenn wir wieder im eisigen Norden sind?«

»Ist es das, was du möchtest?«

»Das ist erst der Anfang. Ich hoffe auf zahlreiche Verabredungen.« Sie zog Natalies Kopf sachte zu sich und gab ihr einen zarten Kuss. »Aber ich möchte nichts überstürzen. Wenn ich zu fordernd bin, musst du mich bremsen.«

»Ich werde dir ein bisschen Gestaltungsspielraum lassen.«

Ihre Augen begegneten sich in einem verheißungsvollen Blick, der zu einem weiteren Kuss hätte führen können, wenn Didi nicht plötzlich auf dem Balkon nebenan erschienen wäre.

»Können wir gehen?« Didis Lächeln nach zu schließen, genoss sie jede Gelegenheit, einen intimen Augenblick zwischen Kelly und Natalie zu stören. Eifersüchtig wie sie inzwischen war, würde sie noch anstrengender sein als zuvor – zumindest bis Natalie ihr reinen Wein einschenkte.

»Ja«, antwortete Natalie. »Wir sehen uns gleich im Speisesaal«, sagte sie zu Kelly. »Ich muss noch kurz mit Didi reden.«

»Ich sage ihr, dass sie auf dich warten soll und gehe mit Pamela schon mal vor.« An der Tür blieb Kelly stehen. »Bist du dir sicher, Natalie?«

»Bin ich.«

Nachdem Kelly verschwunden war, holte Natalie tief Luft und öffnete die Tür zum Gang. Didi lehnte mit verschränkten Armen an der Wand und hatte ein zufriedenes Lächeln aufgesetzt. »Wie mir scheint, hast du meine Botschaft erhalten.«

»Hab ich.« Sie schwieg, bis ein älteres Paar vorbeigegangen war. »In der Hängematte hast du ausgesehen, als hättest du dich gut amüsiert. In Mississippi hatten wir eine bei uns im Garten, bis der Hund von den Nachbarn das Seil an dem einen Ende angefressen hat und meine arme Tante Maureen auf ihrem Allerwertesten gelandet ist und ein Glas Eistee auf ihrem Osterkleid verschüttet hat. Mama war der Meinung, dass der Hund nichts damit zu tun hatte und dass –«

»Lass das Geplapper, Nat. Wie denkst du über das, was Steph dir erzählt hat?«

Natalie bereute, dass sie sich auf das Gespräch eingelassen hatte, ohne vorher genau geplant zu haben, was sie sagen wollte. Es war nicht so einfach zu erklären, dass sie ihre alte Beziehung nicht wiederaufleben lassen und dass sie auch keinen Neuanfang unter geänderten Vorzeichen wollte. Weil ihr die Worte fehlten, schüttelte sie bloß den Kopf.

»Was willst du damit sagen?«

»Ich will damit sagen, dass ich darüber nachgedacht habe und der Meinung bin, dass wir besser nur noch Freundinnen sind.«

Didi warf ihr einen wütenden Blick zu, bevor sie sich ein Lächeln aufs Gesicht klebte. »Dass ist genau das, was ich auch möchte – eine Geliebte und eine Partnerin, die gleichzeitig meine Freundin ist. Ich habe einen Fehler gemacht, okay? Ich gebe es zu. Wir hätten uns eine kleine Auszeit geben und dann wieder zusammenkommen sollen. Aber dann ist Pamela aufgetaucht. Nenn es Midlife-Crisis oder wie auch immer. Ich war eine Idiotin, aber das ist nun vorbei.«

Dagegen konnte Natalie nichts einwenden, aber Didis Erklärung enthielt nicht den geringsten Hinweis darauf, dass ihr künftiges gemeinsames Leben besser werden würde als das alte. Und selbst wenn, so hatte sie doch eine neue Erkenntnis gewonnen, und zwar in Form von Kelly Ridenour. Im Grunde ging es nicht nur um das, was sie in Kelly sah. Es ging um das, was sie in sich selbst entdeckt hatte, nämlich das Bedürfnis nach einer anderen Art von Beziehung – einer Beziehung, in der sie sich nicht ständig genötigt fühlte, Eindruck zu schinden. »Ich bin nicht mehr dieselbe wie vor zwei Jahren … oder auch nur vor einer Woche.«

»Hör mal, wenn du dir Gedanken wegen Pamela machst – ich verspreche dir, das Ganze auf Eis zu legen und mich von ihr zu trennen, sobald der Flieger gelandet ist. Ich möchte ihr nur die Reise nicht verderben, weißt du.«

Wie gewöhnlich hatte Didi gar nicht zugehört. »Es geht nicht um Pamela. Es geht nicht einmal um dich. Es geht um mich. Ich möchte nicht zu dem zurückkehren, was wir hatten.«

Didi ergriff ihren Ellenbogen, und sie blieben vor dem Eingang zum Speisesaal stehen. »Was genau willst du denn? Was soll ich anders machen?«

»Nichts, Didi. Du bist ein wundervoller Mensch, so wie du bist, und ich ebenfalls. Aber wir passen nicht mehr zusammen.« Sie steuerte auf ihren Tisch zu, ohne Didis Antwort abzuwarten. Wenn Didi nicht zuhören wollte, dann würde sie einen anderen Weg finden müssen, um klarzustellen, dass sie fertig miteinander waren. Das Naheliegendste wäre es, ihre neuen Gefühle für Kelly offener zu zeigen, aber jetzt, wo ihre gegenseitige Faszination nicht länger gespielt war, kam es Natalie falsch vor, Kelly einzuspannen, um ihren Standpunkt zu verdeutlichen.

Kelly hielt die Tür gegen den steifen Wind auf, und Natalie trat auf das Promenadendeck hinaus. »Ganz schön kühl hier draußen. Wir kommen anscheinend weiter nach Norden.«

Natalie zog sich ihren Pullover über und hakte sich bei Kelly unter. Während des Abendessens war sie sehr still gewesen und nicht auf Stephs Vorschlag, sich anschließend noch einen Film anzusehen, eingegangen.

»Alles in Ordnung?«, fragte Kelly.

»Ja.« Ihr Gesicht war ausdruckslos.

»Wie ist dein Gespräch mit Didi gelaufen?«

Natalie zuckte die Achseln. »Ich habe gesagt, was ich sagen wollte, aber das heißt nicht, dass sie zugehört hat.«

War Natalie also so still, weil Didi ihren Standpunkt dargelegt und sie überzeugt hatte, oder war sie frustriert, weil die endgültige Trennung schwieriger war als angenommen? »Ich glaube, niemand akzeptiert ein Nein auf Anhieb. Man glaubt wohl immer, dass man die andere umstimmen kann, wenn man bloß das Richtige sagt oder tut.«

»Didi sollte es besser wissen. Sie bearbeitet mich schon seit einem Jahr, nach New York überzusiedeln, und ich habe nicht einen Fingerbreit nachgegeben.«

Kelly hoffte, dass Natalie auch jetzt keinen Fingerbreit nachgeben würde. Falls sie auch nur den kleinsten Hinweis entdeckte, dass Didis Worte auf fruchtbaren Boden fielen, würde sie sich zurückziehen und den beiden Zeit lassen, miteinander ins Reine zu kommen. »Ich möchte dich nicht bedrängen, Natalie. Ich habe es ernst gemeint, als ich gesagt habe, dass wir nichts überstürzen sollten. Ich laufe ja nicht davon, und wenn du Zeit brauchst, die Dinge für dich zu sortieren, dann solltest du sie dir nehmen.«

»Ich gehe mit dir auf dem Promenadendeck spazieren, nicht mit Didi, und ich habe mich bei dir untergehakt.«

»Ja, das stimmt.«

»Ich habe den Großteil des Tages darauf verwendet, mich mit dir – nicht mit Didi – in einer romantischen Lagune treiben zu lassen. Und wenn ich mich nicht irre, warst du diejenige, die ich vor dem Essen auf dem Balkon geküsst habe.«

Kelly kapierte langsam, was Natalie ihr sagen wollte, und lächelte.

»Außerdem bin ich siebenunddreißig und damit alt genug, um zu wissen, was ich will und wann und mit wem.«

»Yes, Ma'am.« Sie hatten das Heck des Schiffes erreicht, wo der abnehmende Mond einen von den Wellen gebrochenen Lichtschein warf. Kelly legte Natalie den Arm um die Taille und steuerte auf die Reling zu. »Ich glaube, das ist unser Mond.«

»Was macht ihn zu unserem Mond?«

»Das hier.« Kelly neigte den Kopf und wartete auf Natalies Lippen. Als sie sich fanden, schlang sie die Arme um Natalie und zog sie an sich. Die weichen weiblichen Rundungen von Natalies Körper ließen sie bis ins Innerste erbeben, und ihr wurde blitzschnell heiß.

Natalie musste ähnlich empfinden, denn sie schmiegte sich hingebungsvoll an Kelly und schlang die Arme um ihren Nacken.

Das Geräusch sich nahender Schritte bewog sie, ihre Lippen voneinander zu lösen, aber sie hielten sich weiterhin umschlungen. Ihre Blicke ließen einander nicht los, und sie merkten kaum, dass ein weiteres Paar an ihnen vorüberging. Kelly sah ihr eigenes Begehren in Natalies Augen gespiegelt. »Hast du eine Ahnung, was es in mir auslöst, wenn du mich küsst?«

»Ich glaube schon.« Natalie trat einen Schritt zurück und ergriff Kellys Hand. »Lass uns in unsere Kabine gehen.«

Natalies Puls beschleunigte sich, als Kelly die Tür verriegelte und sich mit lustvollem Gesichtsausdruck zu ihr umwandte. Gleich darauf wurde sie von Kellys starken Armen hochgehoben, und Kellys Mund senkte sich auf ihren. Die Empfindungen liefen pfeilschnell von einer Stelle zur anderen, als ihr Körper unter Kellys Händen erwachte, die von ihren Hüften zu ihren Schulterblättern glitten. Das instinktive Mahlen ihrer Hüften lud zu weiteren Erkundungen ein und verscheuchte für beide jeden noch so leisen Zweifel an ihrem Ziel.

Die Sekunden wurden zu Minuten, als ihr Kuss leidenschaftlicher wurde. Dann lösten sich Kellys Lippen von ihren, wanderten zu der weichen Stelle unter ihrem Ohr und schickten ihr einen Schauer über den Rücken. Natalie ließ den Kopf in den Nacken sinken und bot Kellys heißem Mund ihre Kehle dar.

»Du duftest so gut.«

Natalie vermerkte in Gedanken, welches Parfüm sie sich hinter die Ohren und in die kleine Kuhle unter ihrem Hals getupft hatte. Was immer Kelly mochte, war fortan ihr Lieblingsparfüm.

Kelly musste wissen, was Natalie empfand, aber sie schien sich zurückzuhalten, als warte sie auf etwas. Auf Natalies Erlaubnis … auf Natalies Nachgeben … Natalie war es egal, selbst wenn es ein Gnadenerweis gewesen wäre, solange sie nicht damit aufhörten. Schließlich merkte sie, wie an ihrem Reißverschluss gezogen wurde, und sie reagierte, indem sie die drei Knöpfe an Kellys Hemd öffnete.

»Im Bett wäre das Ganze sehr viel besser«, meinte Kelly.

Natalie schlüpfte aus ihrem Kleid und wartete befangen auf Kellys Reaktion. Ein leises anerkennenden Pfeifen folgte. Sie würde sich noch mehr schwarze Spitzendessous kaufen, die zu ihrem Parfüm passten.

»Natalie Chatham, du bist wahrhaftig eine schöne Frau.« Kelly folgte ihr zum nächstbesten aufgedeckten Bett – es war Natalies –, und zog rasch Hemd und Hose aus. Ihre Brustspitzen zeichneten sich durch ihr weißes Tank Top ab.

Als Natalie auf dem Bett lag, setzte Kelly sich rittlings auf sie und schob einen Arm unter ihren Nacken. Weitere Küsse folgten, und bald lag Kelly der Länge nach halb auf Natalie. Noch nie zuvor war sie so gründlich geküsst worden, und noch nie zuvor von einer Frau, die ihren weiteren dringenden Bedürfnissen gegenüber so unempfänglich schien.

Natalie legte ihre Hände auf Kellys Hüften und staunte über die harten Muskeln unter ihren Fingerspitzen. Keine der Frauen, mit denen sie je zusammengewesen war, hatte sich so angefühlt, und keine hatte je mit einer solchen Autorität und Entschlossenheit Besitz von ihr ergriffen. Sie hob sich ihr schamlos entgegen, als Kellys Mund ihren verließ, um wieder ihren Hals zu erkunden.

Natalie verlor fast den Verstand vor Lust. Sie packte den Saum von Kellys Top und zog es hoch. Kelly fügte sich, ließ einen Moment von ihr ab und streifte sich das Tank Top ab. Natalie erhaschte nur einen kurzen Blick auf Kellys kleine braune Brustknospen, dann beugte Kelly sich schon wieder zu ihr hinunter, um ihre Zärtlichkeiten fortzusetzen.

»Bitte berühre meine Brüste«, murmelte sie und lenkte Kellys Hand zu ihrem trägerlosen schwarzen Spitzen-BH.

Kelly ließ sich Zeit auf dem Weg nach unten, bis ihre Zungenspitze schließlich erst über die eine, dann über die andere Brustknospe glitt. Die Hand unter Natalies Rücken löste mühelos den Verschluss, und die andere nahm den BH ab, während Kellys Lippen zu Natalies Mund zurückkehrten.

Als sie spürte, wie ihre warmen Brüste aufeinandertrafen, wurde Natalie noch heißer. Sie war fast so weit, um mehr zu betteln, als Kelly mit der Hand eine ihrer Brüste umfasste und drückte.

»Ich habe noch nie zuvor etwas so Vollkommenes berührt.« Kelly benutzte jeden Teil ihrer Hand – ihre Fingerspitzen, ihre Innenfläche, ihre Knöchel –, um Natalies aufgerichtete Brustspitzen zu liebkosen. Schließlich senkte sie ihren Mund und zog eine steife Brustknospe zwischen die Lippen.

Ein Stich durchfuhr Natalie bis in die Klitoris, die sie mit kreisförmigen Bewegungen an Kellys Schenkel rieb. Sie war nur noch Momente von ihrem Höhepunkt entfernt, als Kelly ihre Dringlichkeit spürte und ihr Bein fortzog. »Ich muss dich anfassen.«

Natalie stöhnte, als das Bein fortgezogen wurde, aber die Enttäuschung schwand gleich wieder, als Kellys Finger unter ihren Tanga glitt, was bedeutete, dass ihr geheimer Haarwirbel nicht viel länger geheim bleiben würde. Stück für Stück glitt das elastische Spitzendessous von ihrer Hüfte … über ihre Schenkel … und landete auf dem Boden.

»So wunderschön …«, murmelte Kelly, und ihre Finger folgten der Spur des kunstvollen Wirbels in die Nässe darunter. Und glitten noch tiefer, bis sie sich schließlich an die hintere Wand ihrer Vagina pressten. Dann glitten sie nach vorn, durch den Spalt zwischen ihre Lippen bis kurz vor ihre Perle. Und wieder zurück. Und wieder nach vorn. Und wieder … Es war die himmlischste Tortur, die Natalie sich nur vorstellen konnte.

»Du machst mich verrückt!« Ihr übriger Körper war wie ausgeblendet, während sie sich auf Kellys Berührungen konzentrierte. Als Kellys Mund wieder zu ihrem fand, steigerten sich die Empfindungen noch und zogen wellenförmige Kreise ausgehend von ihrem innersten Mittelpunkt. Sie musste zwischendurch Luft holen, aber Kelly blieb nah bei ihr; ihre Lippen waren beieinander, und ihr Atem wurde rau und stoßweise. Schließlich glitt Kelly wieder in sie und löste ein unvergleichliches Beben aus. »O Gott …«

Kelly murmelte etwas, aber Natalie hörte es nicht. Sie wurde von mächtigen Wellen geschüttelt und barg ihr Gesicht an Kellys Hals, während sie laut aufschrie.

»… wunderschön …« Kellys Lippen glitten über ihr Kinn, als sie ihre Hand schließlich zurückzog.

Natalie hatte jeden Impuls genossen, und selbst im Nachhall ihres Höhepunkts war ihr Zentrum noch höchst empfänglich. Plötzlich wurde ihr bewusst, dass ihre Hände sich unter Kellys Shorts befanden und ihre festen Pobacken umfassten. Was um alles in der Welt sagte man in Augenblicken wie diesem? Danke? Keine Ahnung.

Statt Worte zu benutzen versuchte sie ihre Gefühle mit einem weiteren Kuss auszudrücken – einem Kuss, der sich lange hinzog. Als sie sich schließlich voneinander lösten, sah sie, dass Kelly ihr forschend in die Augen blickte. »Das war sagenhaft.«

Kelly öffnete den Mund, um etwas zu erwidern, aber dann schüttelte sie nur den Kopf. »Ich habe keine Worte dafür.«

»Es klingt noch immer in mir nach.«

Eine warme Hand umfing ihren Venushügel, und sie hob sich ihr entgegen.

»Mehr?«

Natalie schüttelte den Kopf. »Nein, ich kann nicht mehr. Halt mich einfach bloß fest.« Sie ließ das Gummiband von Kellys Shorts schnappen. »Zieh sie aus.«

Kelly tat, wie geheißen, schmiegte sich an Natalie und zog die Bettdecke über sie beide.

»Ich glaube, wir sind noch nicht fertig«, meinte Natalie, während sie die frisch enthüllten Pobacken streichelte. »Dein Hintern ist fest wie Felsgestein.«

»Das kommt vom Joggen.«

»Prachtvoll«, erwiderte Natalie. Sie zeichnete die Kurven und den Spalt nach. »Wie stelle ich es an, damit du so kommst, wie ich gerade?«

Kelly lachte leise und küsste sie auf die Nasenspitze. »Ich muss nächstens wohl ein bisschen lauter sein.«

»Was soll das heißen?«

»Dass ich schon gekommen bin – ungefähr zehn Sekunden vor dir.«

Natalie blieb der Mund offenstehen. Das war das Erstaunlichste, was sie je gehört hatte. »Ich habe dich doch nicht mal berührt.«

»Aber ich habe dich berührt. Mehr brauchte es nicht«, erwiderte Kelly und knabberte zart an Natalies Ohrläppchen. »Du hast mich angetörnt wie niemand zuvor. Du kannst mit mir machen, was du willst oder wir bleiben einfach so liegen, bis wir einschlafen. Ich könnte nicht zufriedener sein, als ich jetzt bin.«

Natalie hatte nie zuvor Sex mit einer Frau gehabt, die ihr Vergnügen daraus zu ziehen schien, ihr Lust zu bereiten. Die Einladung, zu tun, was sie wollte, war verlockend, aber einfach in Kellys Armen zu liegen und den wärmsten Nachglanz zu genießen, den sie je erlebt hatte, nicht minder.

Sie schaute ihr nach, als Kelly aus dem Bett glitt, ihr nackter Körper schlank und geschmeidig. Stück für Stück sammelte Kelly ihre Kleider auf und legte sie ordentlich auf die Couch. »Alte Gewohnheit aus der Navy. Ich hasse bügeln.« Dann machte sie das Licht aus und kehrte ins Bett zurück.

»Du hast einen unglaublichen Körper.«

»Nichts im Vergleich zu dir, Lady. Ich habe in Phantasien geschwelgt, seit ich dich das erste Mal auf See gesehen habe, wie du in deinem Badeanzug auf das Pooldeck gekommen bist.«

Natalie kicherte und stieß sie leicht in die Rippen. »Hast du nicht!«

»Hab ich doch! Ich habe meine Sonnenbrille aufgesetzt, damit du es nicht merkst, und dich beobachtet. Als die rothaarige Australierin dich angebaggert hat, war ich total eifersüchtig.«

»Julie ... Ich habe diese Reise nicht gebucht, um mich auf ein Abenteuer einzulassen.« Sie verstummte, als sie begriff, was sie da eben gesagt hatte. So fing es immer an – erst der Sex, und die Liebe folgte. Weder sie noch Kelly hatte sich bisher dazu geäußert, aber sie hoffte, dass es Kelly nicht bloß um Sex ging.

Kelly liebkoste ihren Nacken. »Gut. Ich hoffe, das heißt, dass du mehr willst als bloß ein Abenteuer.«

»Mmmmhhh.« Natalie entspannte sich und lächelte in sich hinein. Kelly musste ihre Gedanken gelesen haben. Es war viel zu früh, um diesem neuen Gefühl einen Namen zu geben, aber ihr gefiel die Richtung, die das Ganze nahm, und sie drückte Kelly warm und voller Zuneigung an sich.

Die langsamen, gleichmäßigen Atemzüge zeigten, dass Natalie tief und fest schlief.

Kelly war weniger glücklich. Sie lag wach da und fragte sich, warum sie auf ihre Frage keine Antwort bekommen hatte. Vielleicht hatte Natalie das gar nicht als Frage begriffen. Ihre einzige Reaktion war eine Umarmung gewesen, die Kelly genossen hätte, wenn sie ihr nicht wie ein Ausweichmanöver vorgekommen wäre.

Egal, was nach dieser Nacht passieren würde, Natalie zu lieben war eine der schönsten Erfahrungen ihres Lebens – köstlich, befriedigend und voller Verheißung. Und obschon sie nichts mehr wünschte, als dass aus diesem Erlebnis gegenseitige Liebe wurde, war doch nicht zu leugnen, dass sie und Natalie nur sehr wenig gemeinsam hatten. Wenige Dinge waren unterschiedlicher als Bauwesen und Mode. Das Einzige, was sie von Mode verstand, war, dass Natalie phantastisch aussah, was immer sie auch trug. Das hieß nicht, dass sie nicht bereit wäre, sich über die wichtigsten Dinge in Natalies Leben schlau zu machen, obwohl es schwer vorstellbar war, dass sie ein echtes Interesse entwickelte, das über das hinausging, was Natalie anbetraf.

Trotz ihrer Unterschiede gab es jedoch eine Sache, die für sie beide sprach, und das war die Chemie zwischen ihnen – wenn man von dieser Nacht ausgehen konnte. Die Frage war, ob das für eine dauerhafte Beziehung ausreichte. In mancher Hinsicht war das das Allerwichtigste, denn wenn Natalie die Chemie zwischen ihnen ebenfalls spürte, dann war das Ansporn genug, auch den Rest in Angriff zu nehmen. Aber das war auch das Flüchtigste von allem, die Sache, die sich am leichtesten verlieren konnte, sobald sie das romantische Ambiente, in dem sie sich im Moment befanden, erst einmal verlassen hatten.

Kelly schloss die Augen und versuchte sich ihr gemeinsames Leben in einem Monat vorzustellen … in drei Monaten … einem Jahr. Es war schön, sich auszumalen, wie sie Plastikplanen vor die Türen in Natalies Flur hängte, bevor sie die Küche herausriss. Vor ihrem geistigen Auge sah Natalie ihr aufgeregt und voller Neugier zu, wie sie ihre bauhandwerklichen Fähigkeiten unter Beweis stellte. Sie würden ein eisgekühltes Bier miteinander trinken und sich zwischen Küssen über neue Armaturen und Gestaltungsmöglichkeiten austauschen. Dann würde sie Natalies Hand nehmen …

19

Natalie regte sich und begriff auf Anhieb, dass sie allein im Bett war. In der Nacht war sie mehrmals erwacht, hatte zufrieden festgestellt, dass sie an Kellys Brust geschmiegt dalag und sich gefragt, was der Morgen bringen würde. Dann hatte sie kurz geseufzt, sich noch enger angeschmiegt und war wieder in den Schlaf geglitten, von Kellys starken Armen beschützend umfangen. Sie war überzeugt, dass dies ein wunderbarer Neubeginn war, eine Chance, eine Beziehung mit einer Frau aufzubauen, die sie als den Menschen schätzte, der sie war, egal was für Kleider sie trug oder wie sie aussah.

Als sie feststellte, dass Kelly fort war, wurde ihr unbehaglich zumute. Ja, Kelly joggte jeden Morgen. Und ja, gewöhnlich brachte sie ihnen beiden Kaffee mit, damit sie noch ein paar Minuten in ihrer Kabine oder auf ihrem Balkon entspannen konnten, bevor sie dem Rest der Welt entgegentraten. Es war wirklich süß von Kelly, dass sie das jeden Morgen tat … aber nach dem, was sie in der vergangenen Nacht miteinander erlebt hatten, wäre es noch schöner gewesen, in Kellys Armen aufzuwachen.

Kelly hatte gesagt, sie wolle mehr als nur ein Abenteuer ... oder so was in der Art ... und genau das wollte Natalie auch. Sie hatte bisher nur zwei sexuelle Begegnungen gehabt, die sie als Abenteuer bezeichnen würde. Beide hatten Spaß gemacht, ohne dass jedoch große Gefühle im Spiel gewesen wären. Diesmal hatte sie mehr erwartet. Es war zu früh, um irgendetwas als gegeben zu nehmen, und so fühlte sie sich an diesem Morgen von Kelly alleingelassen.

Es war ja keineswegs so, als hätte sie selbst nicht auch Bedenken. Sie und Kelly waren so unterschiedlich wie Tag und Nacht. Und dann war da auch noch das Bild, das sie beide zusammen in der Öffentlichkeit abgaben – ihr ausgeprägter Femme-Look und Kellys Butch-Erscheinung.

Wahrscheinlich waren ihre Hormone schuld. Oder die Tatsache, dass sie über zwei Jahre keinen Sex gehabt hatte. Egal aus welchem Grund ihre Vernunft ausgeschaltet gewesen war und ihre Lust die Oberhand gewonnen hatte – die Sache mit Kelly hatte vermutlich nicht die leiseste Chance, in eine Beziehung zu münden. Es stimmte, mit Theresa und Didi war sie dem Muster gefolgt, zuerst mit einer Frau zu schlafen und dann eine Beziehung mit ihr anzufangen, die auf ihrer körperlichen Anziehung basierte. Das würde in diesem Fall nicht funktionieren, egal wie gut der Sex mit Kelly auch gewesen war ... und er war sehr, sehr gut gewesen. Sexuelle Übereinstimmung reichte nicht aus, um ihre Vorbehalte auszuschalten.

Nachdem sie zu diesem Schluss gekommen war, schwang sie die Beine aus dem Bett und ging schnurstracks ins Bad, wo sie voller Entsetzen ihr verschmiertes Augen-Make-up erblickte. Es sah ihr nicht ähnlich, ins Bett zu gehen, ohne sich abzuschminken und die beiden Schichten Feuchtigkeitslotion aufzutragen. Natalie ließ die Tür einen Spaltbreit offen, um mitzubekommen, wenn Kelly zurückkam, und machte sich an ihre Morgentoilette: Gesicht waschen, kurz duschen, Zähne putzen. Als sie sich schließlich in der Lage fühlte, den Tag anzugehen, trat sie aus dem Bad und war zunehmend irritiert von Kellys langer Abwesenheit. Was trieb sie so lange? Vielleicht fühlte auch sie sich unbehaglich angesichts der vergangenen Nacht, joggte sich ihren Frust aus dem Leib und traute sich nicht so recht, in ihre Kabine zurückzukehren.

Eine Brise setzte die Gardine in Bewegung, und Natalie stellte fest, dass die Balkontür offen war. Sie zog ihren Morgenmantel fester um sich und lugte hinaus: Kelly lag auf dem Liegestuhl ausgestreckt, die Augen geschlossen, barfuß und mit dem Tank Top und den Boxer-Shorts vom Abend zuvor bekleidet. Sie war offenkundig gar nicht joggen gewesen.

Natalie spürte, wie ihr ein Schauer über den Rücken lief, während sie die langgestreckte, entspannt daliegende Gestalt betrachtete. Noch wenige Stunden zuvor war sie vor Energie geradezu übergesprüht, einzig darauf konzentriert, ihr Vergnügen zu bereiten. Die Hände, die jetzt schlaff von den Armlehnen herabhingen, waren höchst lebendig gewesen und hatten sich an ihrem Körper zu schaffen gemacht, als wüssten sie genau, was Natalie gebraucht hatte. In ihrer Mitte erwachte ein Pochen, passend zu ihren lustwandelnden Gedanken, und sie verscheuchte sie schleunigst. Die Situation verlangte eine gewisse Selbstbeherrschung. »Kelly?«

Kelly schlug prompt die Augen auf. Sie richtete sich auf, und ein strahlendes Lächeln erschien auf ihrem Gesicht. »Hey, ich habe gar nicht gehört, wie du aufgestanden bist.«

»Bist du schon lange hier draußen?«

»Ja, ich bin schon vor einer ganzen Weile aufgewacht. Ich wollte nicht, dass du die Augen aufschlägst und siehst, wie ich dich anstarre, also bin ich aufgestanden und hier raus gegangen. Möchtest du, dass ich uns Kaffee hole?«

»Du bist gar nicht joggen gewesen?«

»Machst du Witze? Keine zehn Pferde hätten mich heute hier weggebracht. Das Einzige, was ich tun konnte, war, mich aus dem Bett loszueisen, um dich nicht zu wecken.«

Es war erstaunlich, wie schnell Natalies Gefühlspendel ausschlug – von höchster Freude, als sie die Augen aufschlug, zu Enttäuschung und Zweifel, als sie gedacht hatte, Kelly wäre fort. Und nun strahlte sie, als hätte sie im Lotto gewonnen.

»Also, wie ist das nun mit dem Kaffee?«

Natalie musterte sie von Kopf bis Fuß. »Ich weiß nicht, ob der Rest des Schiffes für den Anblick von dir in Unterwäsche gerüstet ist.«

»Beschwerst du dich gerade über meine Aufmachung oder ist das ein Flirtversuch?«

Natalie hob die Augenbrauen und lächelte. »Der einzige Grund, warum ich mich über deine Unterwäsche beklage, liegt darin, dass ich dich lieber ohne sähe.«

Kelly griff nach dem Gürtel von Natalies Morgenmantel, während sie aus dem Liegestuhl aufstand. »Gefallen dir die hier? Sie sind meine Lieblingsboxershorts.«

»Die sind sehr schön. Ich habe schon überlegt, mir selbst so welche zu kaufen.«

»Nein, nein. Frauen wie du sind der Grund, warum es Seide und Spitze gibt.« Kelly zog den Morgenmantel auseinander und schob eine Hand hinein. »Und es gibt nichts, was ich lieber tue, als dir Seide und Spitze abzustreifen.«

Eine Hitzewelle durchschoss Natalie, als Kelly sich an sie presste. Ihr langsames Mahlen begann von neuem, und ihre Lippen fanden sich zu einem zarten Kuss, bei dem Kelly sanft an Natalie knabberte. »Wo hast du gelernt, so zu küssen?«

»Das ist kein Küssen«, antwortete Kelly. »Das ist Liebe machen.«

Natalies Aufmerksamkeit war so auf Kellys Lippen und Zunge gerichtet, dass sie sich kaum bewusst war, dass sie halbnackt draußen auf dem Balkon stand. Ihr Morgenmantel öffnete sich ganz, als Kelly ihre Pobacken umfasste. »Ich denke, wir sollten das drinnen fortsetzen.«

»Tut mir leid. Ich kann nicht anders, zumal ich deinen wundervollen Körper nun näher kennengelernt habe. Ich glaube, das Frühstück beim Kabinenservice zu bestellen wäre eine gute Idee.«

»Und das Mittagessen ebenfalls«, erwiderte Natalie und strich über den zarten Flaum unten an Kellys Rücken. »Und das Abendessen vielleicht auch.«

»Wenn wir den Balkon nicht auf der Stelle verlassen, verschlinge ich dich hier und jetzt.«

Natalie entzog sich ihr, schloss ihren Morgenmantel und versuchte ihr Begehren in den Griff zu bekommen. »Wer hätte gedacht, dass du so ein Tier bist?«

»Wenn du willst, bin ich ein ganzer Zoo.«

Kelly trat einen Schritt zurück und reckte sich – eine Bewegung, die ihren festen Bauch enthüllte und Natalie tief Luft holen ließ. Sie machte einen Schritt beiseite, um Kelly in die Kabine treten zu lassen, und fuhr zusammen, als die warmen Lippen an ihrer Schläfe eben jene Empfindungen wachriefen, die fast schon verklungen gewesen waren.

»Ich sollte wohl mal kurz duschen. Dauert keine Minute«, sagte Kelly. Sie streifte Top und Shorts ab und stopfte sie in den Wäschebeutel im Schrank. Dann verschwand sie im Bad.

Natalie ließ sich auf die Couch fallen und barg das Gesicht in den Händen. Sie besaß überhaupt keine Selbstbeherrschung. Na und?

Irgendwas stimmte nicht mit Natalie an diesem Morgen, aber Kelly hatte keine Ahnung, was das sein könnte. Unbehagen am nächsten Morgen war natürlich nichts Ungewöhnliches, aber in diesem Fall schien es sich um etwas anderes zu handeln. Zum Glück war Natalie inzwischen ein bisschen entspannter als gleich nach dem Aufstehen.

»Du kannst das letzte Muffin haben«, sagte Natalie und legte die Füße auf die Reling. Sie hatten das meiste Brot gegessen, eine ganze Platte Obst vertilgt und eine große Kanne Kaffee getrunken.

»Ich bin mehr als satt. Auf dem Zimmer zu frühstücken war eine prima Idee. Ich wünschte, ich wäre darauf gekommen.«

Natalie schlug spielerisch mit der Leinenserviette nach ihr. »Sehr witzig. Ich wundere mich, dass du nicht mal für eine Weile raus aus der Kabine wolltest.«

»Was könnte mich da draußen reizen, wenn ich hier bei der hinreißendsten Frau auf dem ganzen Schiff sein kann?«

»Du kannst mit dem Flirten aufhören, weißt du. Nach letzter Nacht ist das wohl überflüssig.«

»Wer sagt denn, dass ich flirte? Ich sage bloß all die Dinge, die mir durch den Sinn gehen, seit wir uns begegnet sind.«

»Und was ist dir während des dummen Schauspiels durch den Kopf gegangen, das wir aufgeführt haben, um Didi eifersüchtig zu machen?«

Kellys neckendes Lächeln verschwand. »Ich war nur bereit, dir zu helfen, weil du mich darum gebeten hast. In Wahrheit wäre es mir viel lieber, wenn du mit mir glücklich wirst.«

Natalie wandte den Blick ab und schüttelte den Kopf. »Ich sage es höchst ungern, aber ich bin nicht der Hauptgewinn, für den du mich hältst.«

»Das zu beurteilen musst du schon mir überlassen.« Kelly rückte mit ihrem Stuhl näher und ergriff Natalies Hand. »Für mich bist du der größte Gewinn, den ich mir überhaupt vorstellen kann. Vielleicht klingt das verrückt, aber wenn ich mit dir zusammen bin, kann ich ich selbst sein. Nein, es ist noch mehr. Ich habe das Gefühl, ich kann diejenige sein, die ich sein möchte. Es gefällt mir, wie wir beide miteinander sind.«

Als sie nickte, verriet das Lächeln auf Natalies Gesicht, dass es ihr ebenso ging. »Mir gefällt es auch, wie ich bin, wenn wir zusammen sind.«

»Wie bist du mit mir? Was empfindest du dann?«

»Du schenkst mir Aufmerksamkeit. Ich habe das Gefühl ... Ich weiß nicht, du schaffst es, dass ich mich wohl fühle in meiner Haut.«

»Das solltest du auch, Natalie. Wenn du meinen Arm nimmst, dann spüre ich, wie mich alle anderen hier beneiden.«

Natalie errötete bescheiden, genoss Kellys Kompliment aber in vollen Zügen. »Weißt du, die Menschen, die mir am nächsten sind, nennen mich Nat.«

»Genau das möchte ich: dir nahe sein. Wirklich nahe.«

Für einen langen, leidenschaftlichen Moment sahen sie sich tief in die Augen. Dann drückte Natalie Kellys Hand. »Ich glaube, wir sollten den Balkon verlassen.«

Kelly sammelte die Überreste ihres Frühstücks ein und folgte Natalie durch die Glastür hinein. Sie stellte das Tablett draußen auf den Gang und hängt das »Bitte nicht stören!«-Schild an den Türknauf. Als sie in die Kabine zurückkehrte, hatte Natalie bereits die Vorhänge zugezogen, um ihnen mehr Privatsphäre zu verschaffen, und nur einen schmalen Spalt offengelassen, durch den das Sonnenlicht hereindrang. Sie saß auf dem ungemachten Bett und hatte den Gürtel ihres Morgenmantels gelöst.

»Bist du müde, Natalie?«

»Komm her – du!«

Kelly ließ sich auf die Knie sinken und fuhr mit den Armen unter Natalies Morgenmantel, um die warme nackte Haut zu genießen. »Du bist unwiderstehlich.«

»Ich möchte dich berühren. Lässt du mich?«

»Ich gehöre dir.« Kelly zog sich das Tank Top aus und warf es auf das andere Bett. Gleich darauf folgten ihre Boxer-Shorts.

Als sie nackt dastand, musterte Natalie sie mit offenkundigem Vergnügen von Kopf bis Fuß. »Du hast einen unglaublichen Körper.« Sie rückte ein Stück und winkte Kelly, sich zu ihr zu legen. Dann schlüpfte sie aus ihrem Morgenmantel und streckte sich neben Kelly aus.

»Ich kann mir nichts Schöneres vorstellen als das hier.« Kelly konnte es nicht lassen, ihre Hände von Natalies Hüften zu ihrem Hintern gleiten zu lassen und ihre Pobacken zu umfangen.

»Ich möchte, dass du dich einfach entspannst. Letzte Nacht hatte ich keine Gelegenheit hierzu.« Sie strich sanft über Kellys Bauch und hielt kurz vor ihren Brüsten inne. »Was hast du am liebsten?«

»Was immer du tust.« Sie schnappte nach Luft, als Natalie mit den Fingernägeln über ihre Brustknospen strich. »Das ist schon mal nicht schlecht.«

Natalies Lippen fanden ihren Mund, und ihre Lippen verschmolzen zu einem Kuss. Eine warme Hand wanderte von

Kellys Brüsten zu der Kuhle ihrer Kehle und wieder zurück, aber ihre Lippen lösten sich nicht voneinander.

Kelly fand es nicht leicht, sich der zärtlichen Attacke einfach nur hinzugeben. Natalie hatte sich die Kusslektion zu Herzen genommen und erkundete Kellys Mund mit ihren Lippen, ihrer Zunge, ihren Zähnen. Schließlich tastete sich ihre Hand weiter nach unten und fuhr durch die feinen Haare von Kellys Venushügel, und Kelly öffnete instinktiv die Schenkel. Schon bei der ersten Berührung merkte sie, dass sie nass und bereit war.

Natalie merkte es ebenfalls und schob ihre Finger zwischen die prallen Falten hindurch. »Ich hätte mir denken können, dass dieser Teil von dir auch hart ist.«

Bevor Kelly antworten konnte, wurden ihr die Lippen mit einem weiteren Kuss verschlossen, diesmal fordernd und entschlossen. Natalies Streicheln wurde schneller, als ihre Leidenschaft überfloss, und Kelly hob die Hüften, um noch mehr Kontakt zu bekommen. Sie beide stöhnten verzückt, als Natalie mit den Fingern in sie eindrang und ihr Daumen Kellys Klitoris liebkoste. Kelly war hin- und hergerissen – sie wollte Natalies Hand noch tiefer in sich spüren und gleichzeitig ihren runden Hintern umfassen, um sie noch enger an sich zu ziehen. Ihr eigenes Verlangen gewann die Oberhand, und sie griff nach Natalies Hand, um sie bei ihrem intimen Vorstoß anzutreiben. Natalie keuchte heftig in einem Rhythmus, der mit ihrer Handbewegung im Einklang war, und ihr Mund lag dicht an Kellys Ohr.

Die erste tiefe Welle baute sich auf und wuchs sich langsam zu einem mächtigen Zusammenziehen aus. »O Gott! Fühl doch … fühl doch bloß, was du da tust!«

»Kelly …«, flüsterte Natalie und schlang die Arme fest um sie. Wieder barg sie ihr Gesicht an Kellys Hals.

Kelly strich Natalie zärtlich über den Kopf. »Ich will dir ja keinen Schrecken einjagen, aber wenn du die nächsten fünfzig Jahre so Liebe mit mir machen willst, dann darfst du das.«

Natalie lächelte, während der Abspann des rührseligen Hundefilms lief, den sie und Kelly auf dem Familienkanal des Schiffsfernsehens gefunden hatten. Ihr einziger Ausflug nach draußen – ein Spaziergang ums Promenadendeck, damit der Steward ihre Kabine neu herrichten konnte – war von einem plötzlich einsetzenden Sturm abgekürzt worden, der sich nun in Schlagregen äußerte. Das Wetter hatte sie wieder in ihre Kabine zurückgetrieben, wo sie erneut der Versuchung erlegen waren.

Der Film hatte ihnen eine angenehme Atempause verschafft und den Nachmittag verstreichen lassen. Als Natalie Kelly ihren Schoß als Kopfkissen angeboten hatte, hatte Kelly nicht nein gesagt. Jetzt war sie tief und fest eingeschlafen, und Natalie hatte keine andere Wahl, als sich den nächsten Film anzusehen, ohne sich groß zu rühren. Nicht dass sie etwas dagegen gehabt hätte. Nah beieinander zu sein hatte auch seine Vorteile.

Ihre Finger strichen über das Haar gleich hinter Kellys Ohr. Es war weich und babyzart, wie Satin. Sie hätte sich nie träumen lassen, dass »weich« und »zart« auf so vieles an Kelly zutraf: ihr Haar, ihre Haut, ihre Lippen und vor allem: ihre Berührung. Aber nicht das machte ihr Liebesspiel so aufregend und befriedigend. Wichtiger noch als alle körperlichen Empfindungen war die Art und Weise, wie Kelly ihr zärtliche Worte zugeflüstert hatte, Zärtlichkeiten, die Natalie das Gefühl gaben, die begehrteste Frau auf Erden zu sein. Und die Tatsache, dass Kelly wieder allein beim Miterleben von Natalies Lust gekommen war ... Natalie hatte von so etwas gehört, es aber nicht wirklich für möglich gehalten – und dann auch noch mit ihr.

Sex war nie zuvor so aufregend gewesen. Nicht dass sie nicht auch früher schon mächtig gekommen wäre. Aber meistens dann, wenn sie selbst Hand anlegte, und auch das nur nach langer Übung. Der Hauptunterschied mit Kelly war, dass sie sich als Objekt der Begierde der anderen erlebte. Weder Theresa noch Didi hatten solch einen Hunger nach ihr gezeigt wie Kelly. Sie beide hatten sich entweder auf ihre eigene Lust konzentriert oder auf ihre sexuellen Fertigkeiten. Seit sie und Kelly sich letzte Nacht geküsst hatten, hatte sie gespürt, dass es nur um sie ging.

»Woran denkst du?«

Natalie fuhr zusammen, als sie Kellys Stimme hörte, und die funkelnden blauen Augen schienen ihre unzüchtigen Gedanken lesen zu können. »Ich glaube, ich mache von meinem Aussageverweigerungsrecht Gebrauch.«

»Hm. Klingt ja sehr interessant. Bist du sicher, dass du das nicht näher ausführen möchtest?«

»Ganz sicher.« Trotz ihres Bemühens, ihre Gedanken unter Kontrolle zu bekommen, strich ihre Hand immer noch über Kellys Haar. »Ich kann kaum glauben, wie flaumig dein Haar ist. Ich wünschte, meines wäre so.«

»Nein, tust du nicht. Deines ist so schön dick und wellig. Und ich liebe die Farbe.«

Wieder war es Kelly gelungen, ihr Gespräch in eine Reihe von Komplimenten zu verwandeln. »Du tust meinem Ego so gut.«

»Ich bin außerdem stubenrein.«

»Wenn du bloß kochen könntest.«

»Das kann ich lernen. Was ist dein Lieblingsgericht?«

»Alles mit Shrimps. Aber du brauchst dir ums Kochen keine Sorgen zu machen, denn ich koche gern.«

»Und ich esse gern. Siehst du, worauf das hinausläuft?« Kelly setzte sich auf und grinste. »Wir sind füreinander geschaffen. Das Leben wäre perfekt.«

Natalie lachte. Ihr spielerisches Geplänkel hatte keine Spur der Ernsthaftigkeit, die der Nachglanz des Liebesspiels mit sich brachte, aber die Botschaft war die gleiche. Kelly wollte, dass es hielt. »Und was würdest du tun, während ich mich am heißen Herd abrackere?«

»Ich wäre vollauf damit beschäftigt, irgendwo Kacheln anzubringen oder ich stünde auf einer Leiter und schlösse eine neue Lampe an.«

»Meinst du das wirklich ernst, dass du all die anstehenden Arbeiten in meinem Haus ausführen willst?«

»Wenn du das möchtest?«

»Ich weiß nicht mal genau, ob ich mir dich leisten kann.« Natalie erwischte sich dabei, wie sie Kelly anstarrte, als die aufstand und ihren straffen Bauch zeigte. »Wir müssen über deine Haut sprechen – ich meine, über dein Honorar. Das meinte ich – Honorar.« Sie schlug die Hände vors Gesicht, als sie spürte, wie sie errötete.

»Du darfst gern über meine Haut sprechen, Natalie.« Sie hob ihr Hemd ein Stück höher. »Und streichen ... Nur zu ...«

Natalie fächelte sich Luft zu. »Junge, Junge, es ist plötzlich so warm hier ...«

»Das liegt daran, dass du ein Eis brauchst. Ich gehe und hol dir eines.«

Natalies Augenbrauen hoben und senkten sich neckisch. »Und was fangen wir mit diesem Eis an?«

»Schwer zu sagen. Der Möglichkeiten gibt es viele ...«

20

Voller Energie sprang Kelly die Stufen zur Eisdiele hinauf. Komisch, dass ein Tag, den sie damit verbrachte, einfach faul abzuhängen, sich als der bislang beste der ganzen Kreuzfahrt entpuppte. Keine Frage – sie und Natalie hatten beide das Gefühl, etwas ganz Besonderes zu erleben.

»Wo brennt's?«

Sie drehte sich nach der vertrauten Stimme um und wartete, bis Yvonne bei ihr war. »Hallo, Fremde! Was macht ihr beide denn heute so?«

»Ich war den ganzen Nachmittag im Casino und habe die achtzig Dollar verloren, die ich gestern gewonnen habe. Steph ist nach dem Mittagessen wieder mit einem der Bücher ins Bett gegangen, die du für sie getauscht hast. War übrigens ein Rettungsanker.«

»Ja, das fand Jo auch. Sie wusste gar nicht, was sie ohne neues Buch die nächsten drei Tage anfangen sollte. Hast du Didi oder Pamela gesehen?«

»Seit heute Morgen nicht mehr. Sie waren in der Fotogalerie und haben sich die Bilder von dem Dinner neulich angesehen.«

Kelly lächelte, als sie daran dachte, wie sie mit Natalie für ihr Foto posiert hatte. »Die hatte ich ganz vergessen. Ich muss mal zusehen, dass ich unser Foto finde.«

»Ich weiß, dass es eines gibt, denn Didi hat es schon entdeckt. Wundere dich bloß nicht, wenn sie dir Hörner und einen Schnurrbart verpasst hat.«

»Warum sollte sie?«

»Sag du's mir. Vielleicht hat sie heute Morgen das Frühstückstablett draußen vor eurer Kabine gesehen und das ›Bitte nicht stören!‹-Schild.«

Kelly lachte leise in sich hinein. »Soweit dazu, sich diskret zu verhalten.« Es war ihr keineswegs peinlich, dass die anderen sich denken konnten, wie sie und Natalie den Vormittag verbracht hatten, aber bei dem Gedanken, dass es Didi verletzen mochte, wurde ihr unbehaglich. Dies war eine ganz besondere Zeit für sie und Natalie, und sie wollte nicht, dass Didi sie mit einem dramatischen Auftritt ruinierte. Und noch weniger wollte sie, dass Natalie sich plötzlich eines anderen besann, nur weil Didi beschlossen hatte, sich wieder ins Spiel zu bringen.

Yvonne stieß sie mit dem Ellbogen an und zwinkerte ihr wissend zu. »Also, wie sieht's aus? Seid ihr beide nun ein Paar oder amüsiert ihr euch bloß ein bisschen?«

Kelly mochte nicht viel erzählen, aber es war zu spät, so zu tun, als wäre gar nichts passiert. »Ich kann nicht für Natalie sprechen, aber ich habe das Gefühl, das große Los gezogen zu haben. Wir müssen einfach jeden Tag von neuem sehen, wo es hinführt.«

Yvonne schüttelte den Kopf »Ich bin nur froh, dass es letztendlich doch gefunkt hat zwischen euch. Ich habe mit Steph gewettet, dass es so kommen würde, und nun muss sie blechen. Was auch gut so ist, denn ich habe mein ganzes Geld am Würfeltisch verspielt.«

»Schön, dass wir von Nutzen sein konnten.«

»Ich muss dich allerdings warnen. Steph hat in Sachen Didi enorm viel Geduld bewiesen, aber ein zweites Mal wird sie nicht dasitzen und zusehen, wie ihre beste Freundin in einer Beziehung unglücklich wird. Sie würde dir die Hölle heißmachen.«

»Braucht sie nicht. Ich habe die Absicht, Natalie anzubeten, solange sie mich lässt.«

»Das hat sie auch verdient. Didi allerdings ist im Moment

so durch den Wind, dass sie vermutlich gar nicht genau weiß, was sie will. Ich hoffe bloß, dass Natalie nicht wieder in das Feuer zurückspringt, sobald Didi auch nur mit den Fingern schnippt.«

Das hoffte Kelly auch. »Was genau ist damals eigentlich passiert?«

Yvonne schüttelte den Kopf. »Das weiß niemand. Irgendwas, das Natalie ziemlich peinlich war, vermute ich, denn sie hat es nicht mal Steph erzählt. Sie hat nur gesagt, dass Ehrlichkeit nicht immer die beste Strategie ist. Wir haben keine Ahnung, was sie damit gemeint hat.«

Das war in etwa auch das, was Natalie ihr gesagt hatte. »Was auch immer es gewesen ist, Didi war schön dumm, sie gehen zu lassen. Frauen wie Natalie begegnet man nicht alle Tage.«

»Sie ist ein Goldschatz. Ein Jammer, dass die beiden einzigen Frauen, mit denen sie bisher zusammen war, sich selbst für den Mittelpunkt des Universums hielten.« Yvonne wandte sich wieder der Treppe zu. »Ich muss Steph beichten, dass mich das Glück im Casino verlassen hat und dass sie mir Geld schuldet. Wir sehen uns beim Abendessen.«

Kelly sann über Yvonnes Worte nach, während sie in der Schlange am Eisstand vorrückte. Vielleicht war es an der Zeit, dass Natalie erlebte, wie es war, für jemand anders den Mittelpunkt des Universums zu bilden.

Natalie atmete tief ein, bevor sie die Glastür aufschob und in die kühle Luft auf dem Balkon hinaustrat. Der Regen hatte für den Moment aufgehört, aber die Sonne war dennoch nicht in Sicht. Natalie war kaum an die Reling getreten, als die Tür von Didis und Pamelas Kabine sich öffnete.

»Da bist du ja«, sagte Didi kurzangebunden. »Ich habe

mich schon gefragt, ob du dich wohl daran erinnerst, dass es uns andere auch noch gibt.«

»Kelly ist los, um Eis zu holen. Bei dem Wetter ist es schön, sich drinnen ein bisschen zu entspannen.«

Didi warf ihr einen finsteren Blick zu. »Klar, wir haben gehört, wie ihr beide euch entspannt habt. Hast du nicht mitgekriegt, was für eine Show ihr abgezogen habt, oder ging es genau darum?«

Natalie spürte, wie sie rot wurde, aber Didis empörter Ton machte sie eher wütend als verlegen. »Das musst du gerade sagen! Zumindest weißt du jetzt, wie es für uns war, euch beiden zuhören zu müssen.«

»Ach, darum geht es also? Du wolltest es mir heimzahlen, indem ihr so tut, als wärt ihr zwei rollige Katzen?«

»Bild dir bloß nichts ein! Was ich mit Kelly mache, hat mit dir nicht das Geringste zu tun!«

»Quatsch!« Didi verdrehte die Augen. »Du stolzierst schon die ganze Woche Arm in Arm mit ihr herum und siehst zu, dass ich auch ja jedes Lächeln, jede noch so kleine Geste mitbekomme.«

Natalie war ziemlich sicher, dass Steph Didi von ihrer Scharade erzählt hatte, also war es sinnlos zu leugnen, dass genau das ihre Absicht gewesen war – bis vor zwei Tagen. »So hat es angefangen, das stimmt. Ich dachte, wenn du mich mit einer anderen siehst, würdest du vermissen, was wir einmal zusammen hatten, aber dann …« Sie blickte sich um für den Fall, dass Kelly bereits wieder im Anmarsch war. »Ich habe mich so gut mit ihr amüsiert, Didi. Ich verstehe jetzt, wie es dir mit Pamela geht. Du hast eine Frau gebraucht, die dir gibt, was ich dir nicht geben konnte. Ich glaube, so ging es mir auch.«

»Also hast du ihr auch nur was vorgespielt?«

Die Worte trafen sie bis ins Mark. Abrupt wandte sie sich um, um hineinzugehen.

Didi beugte sich um die Trennwand und erwischte sie beim Handgelenk. »Es tut mir leid. Ich wollte dich verletzen.«

»Das hast du.«

»Ich weiß nicht, warum ich das gesagt habe.«

Natalie wusste es sehr wohl. Weil es stets dicht unter der Oberfläche lag – eine fortwährende Erinnerung an all die Dinge, die in ihrer Beziehung schiefgelaufen waren. Wenn sie noch mal in derselben Situation wäre, würde sie an der Lüge festhalten – nämlich dass Didi die beste Liebhaberin der Welt wäre. Das war schließlich alles, was für Didi zählte – und nicht etwa dass Natalie ihre Liebe auf eine intime Weise ausgedrückt hatte, die sie beide einander hätte näher bringen können.

»Ich möchte doch nur, dass du begreifst, dass du doch was viel Besseres haben kannst als Kelly.«

»Da bin ich mir nicht so sicher.« Natalie wusste, dass Didi sie immer noch liebte, und sie wollte gern glauben, dass Didi nur ihr Bestes im Sinn hatte. »Ich bin noch nie einer Frau wie ihr begegnet.«

»Hm. Du kennst eine Menge Männer, Natalie.«

Zorn flammte in ihr auf, aber sie hielt ihn in Schach. »Glaub mir, sie ist eine Frau, durch und durch.«

Didi erschauderte sichtlich und beugte sich näher, als fürchte sie plötzlich, Pamela könne sie hören. »Ich sage doch nur, dass die Leute euch beide sehen und denken werden, dass dies die Art Frau ist, auf die du stehst. Willst du das?«

»Warum sollte ich mich darum scheren, was die Leute denken? Das ist ganz allein meine Sache und geht niemanden sonst was an.«

»Es geht alle an, wenn du so auf dem Präsentierteller bist,

wie wir bei unserer Arbeit. Wie sollen wir Frauenmode verkaufen, wenn unsere Kundinnen dich mit jemandem im Schutzhelm sehen?«

»Nicht alle Menschen beurteilen andere anhand ihrer Kleidung.«

»Unsinn! Du kannst mir doch nicht erzählen, dass du dich nicht abgestoßen gefühlt hast, als du Kelly das erste Mal begegnet bist. Du hast hier oben auf diesem Balkon gestanden und gesagt, sie sähe aus wie ein Mann.«

»Ganz so habe ich es nicht formuliert.« Natalie erinnerte sich vage an ihr Gespräch und musste zugeben, dass sie bestürzt gewesen war. »Ich erinnere mich, dass ich anfangs ein wenig befremdet war, aber je besser ich Kelly kennenlerne, desto besser gefällt mir, was ich sehe. Wir wollen doch alle sein dürfen, wie wir sind. Sie ist zufrieden mit dem, wie sie ist, und ich bin es auch.«

»Aber du findest sie doch nicht im Ernst attraktiv?«

Sie wusste nicht, ob Didi ihre Frage ernst meinte oder sie bloß provozieren wollte, aber sie hatte sich geschworen, Didi nie mehr anzulügen. »Sie ist nicht so glamourös wie du oder Pamela, aber sie gibt mir das Gefühl, eine Göttin zu sein.«

Didi seufzte und sah aufs Meer hinaus. »Das Gefühl könnte ich dir auch vermitteln, Natalie.«

»Didi, ich –«

»Lass mich ausreden. Ich werde mich von Pamela trennen, sobald wir Freitagabend wieder zu Hause sind – unabhängig davon, was wir sonst noch beschließen. Was danach geschieht, hängt von dir ab. Wenn die Sache mit New York für dich so unvorstellbar ist, dann lassen wir den Plan einfach fallen. Ich bin lieber mit dir zusammen in Rochester als irgendwo sonst ohne dich. War es das, was du hören wolltest?«

Das war das, was sie drei Tage zuvor noch hatte hören wollen, aber seitdem war alles anders geworden. Außerdem bezweifelte sie, dass Didi ihre guten Absichten in die Tat umsetzen würde. »Ich bin auf jeden Fall dafür, die Sache mit New York fallenzulassen, aber tu das nicht um meinetwillen. Tu es, weil es sinnvoller ist, mit dem Laden in Rochester zu bleiben und ihn dort auszubauen. Ich möchte nicht alles, was wir aufgebaut haben, riskieren, indem wir irgendwo hinziehen, wo neue Modeboutiquen wie Pilze aus dem Boden schießen und gleich wieder schließen.«

Didi blickte ihr wieder über die Schulter. »Vergiss das Geschäft. Versprich mir einfach, dass wir alles wieder so machen wie früher.« Sie musste Natalies ungläubigen Blick gesehen haben, denn sie fügte rasch hinzu: »Nur besser.«

Für Natalie war dies der Augenblick der Wahrheit: Sie musste der Frau, die sie die letzten acht Jahre mehr oder weniger geliebt hatte, offen gestehen, dass sie nicht mehr wollte. »Das Versprechen kann ich dir nicht mehr geben. Die Dinge haben sich geändert, und nicht nur für mich. Wir beide wollten das, was wir lange Zeit gehabt haben, aber das ist jetzt nicht mehr so. Wir sind nicht mehr diejenigen, die wir damals waren, und das war doch der Grund, warum wir uns getrennt haben.«

»Das stimmt nicht. Wir haben uns getrennt, weil du mir gegenüber nicht mehr ehrlich warst.«

»Nein, der wahre Grund war, dass ich mir selbst gegenüber nicht mehr ehrlich war, denn ich hatte mir eingeredet, dass das, was wir miteinander hatten, mir genügte. Das hat es aber nicht – ich war nicht glücklich und du warst es auch nicht.«

»Woher willst du wissen, dass ich nicht mehr glücklich war?«

»Weil es dir so leicht gefallen ist, mich gehen zu lassen, Didi. Du wolltest mehr, als ich dir gegeben habe – oder vielleicht wolltest du auch weniger. Ich weiß nur, dass unser Sexleben bloß ein Symptom dafür war, dass es zwischen uns nicht mehr gestimmt hat.«

»Und jetzt ziehst du mit Bella Bohrmaschine los?« Didi wies mit dem Kopf auf die Tür in Natalies Rücken.

Natalie verdrehte die Augen und widerstand der Versuchung zurückzukeifen. Didi teilte nur aus, weil sie merkte, wie ihr die Sache entglitt. »Ich weiß nicht genau, was wir machen.«

»Junge, Junge, das kannst du wohl sagen.«

»So habe ich das nicht gemeint, und das weißt du auch. Ich meinte, dass ich nicht genau weiß, wo das alles hinführt.« Diesmal warf sie Didi einen wütenden Blick zu. »Sieh mal, Kelly ist mir wichtig. Sie hat mir die Augen für eine Seite an mir geöffnet, von der ich bis dahin gar nichts wusste. Vielleicht ist sie die Frau meines Lebens, Didi.« Ihr stockte der Atem, als ihr diese Worte über die Lippen kamen, und Didi entglitten die Gesichtszüge. »Vielleicht auch nicht. Wenn wir zurück in Rochester sind, fasse ich mich vielleicht an den Kopf und frage mich, was ich mir dabei gedacht habe. Im Moment weiß ich nur, dass es sich phantastisch anfühlt und ich es durchziehen muss.«

Es schockierte sie, dass Didi sich doch tatsächlich eine Träne aus dem Augenwinkel wischen musste. »Schön, Nat. Tu, was du tun musst. Aber wenn sich das Ganze als Strohfeuer entpuppt, werde ich immer noch da sein. Und weil das so ist, weiß ich, dass es wahre Liebe zwischen uns ist, und du solltest das ebenfalls wissen.«

Natalie ergriff Didis Hand und drückte sie fest. »Hör zu. Eine Sache kann ich dir auf jeden Fall versprechen, und zwar dass ich dich für den Rest meines Lebens lieben werde, egal was mit dir oder mir auch geschieht. Die Sache mit Kelly oder wem auch immer wird daran nichts ändern.«

»Also bekomme ich irgendwann eine neue Chance?«

Natalie empfand Mitleid bei Didis verzweifelter Bitte. Didi brauchte eine Rettungsleine, etwas, woran sie sich festhalten konnte, bis sie sich mit der Tatsache, dass es vorbei war, abgefunden hatte. Und dennoch konnte Natalie sich nicht dazu durchringen, etwas zu sagen, was nicht der Wahrheit entsprach. Sie hatte auf die harte Tour gelernt, dass es manchmal besser war, gar nichts zu sagen.

Hinter Didi war zu hören, wie eine schwere Glastür aufgeschoben wurde. Pamela trat auf den Balkon hinaus.

Didi wandte sich nicht um, um Pamela zu begrüßen. Stattdessen sagte sie mit lautloser Stimme: »Ich liebe dich, Nat.«

Natalie drückte ihr noch einmal die Hand und kehrte in ihre Kabine zurück.

Kelly schob ihr feuchtes Haar gegen den Strich zurück. Das Ergebnis war genau der leicht strubbelige Look, den sie haben wollte, seit Natalie ihn an dem Abend, als sie ihr Outfit mit der Krawatte trug, bewundert hatte. Alles, um ihr zu gefallen.

»Geht das so?«, fragte Natalie, als sie hinter dem Spiegel hervortrat. Sie war leger gekleidet und trug Capri-Hosen und eine langärmelige Tunika aus Rayon, die sie um die Hüften mit einem Webgürtel aus San Juan zusammengerafft hatte.

»Du siehst phantastisch aus!«

Natalie bohrte ihr den Finger in den Rücken. »Du hast gar nicht geguckt!«

»Brauchte ich nicht. Du siehst immer phantastisch aus.«

Kelly wandte sich um und musterte sie von Kopf bis Fuß. Dann ließ sie den Finger kreisen, damit Natalie sich drehte. »Ich hatte recht.«

»Ich bin sicher, dass Didi es mich wissen lässt, falls ich etwas falsch gemacht habe.«

Kelly griff nach dem Türrahmen, als das Schiff sich zur Seite neigte. »Scheint, als hätten wir wieder eine raue Nacht vor uns.«

»Im Fernsehen haben sie von fünf Meter hohen Wellen gesprochen. Gut, dass wir nicht seekrank werden.«

»Wie manch andere«, erwiderte Kelly und wies mit dem Kopf auf die Kabine nebenan. Sie reichte Natalie ihre Delphinkette. »Kannst du mir dabei helfen? Mein Outfit braucht noch einen Hingucker.«

»Du machst dich über mich lustig.«

»Tu ich nicht. Ich prahle mit dem Einzigen, was ich über Mode weiß.«

Im Tagesprogramm der *Emerald Duchess* hieß es »legere Kleidung« zum Dinner, und deshalb trug Kelly wie üblich ein Tank Top unter einem weißen Hemd und dazu Chinos. »Wenn wir morgen nach Nassau kommen, können wir die Kutschfahrt ja vielleicht ein bisschen abkürzen und du kannst mir helfen, ein tropisch-buntes Hemd zu finden, das ich an unserem letzten Abend tragen kann.«

»Die Kutschfahrt dauert nur zwei Stunden. Wahrscheinlich haben wir also Zeit genug für beides.« Natalie hatte ihre Halskette angelegt und nun griff sie nach dem Pendant an Kellys Hals. »Noch ist es nicht zu spät, es dir anders zu überlegen und doch irgendwas Wassersportartiges zu machen. Deine letzte Chance.«

»Und es ist deine letzte Chance einzukaufen, und ich möchte mit dir zusammensein.«

»Was in diesem Fall heißt, auch mit Didi und Pamela.«

»Solange du dabei bist, ist mir das egal.«

Natalie betrachtete sie mit unverhohlener Neugier. »Warum um alles in der Welt gibst du etwas auf, das dir Spaß macht, nur um mit uns einkaufen zu gehen? Du magst keine Einkaufsbummel.«

Sie waren bereit, zum Abendessen zu gehen. Kelly hielt ihr die Tür auf. »Ich habe beschlossen, meinen Horizont zu erweitern.«

Als sie an dem langen Spiegel am Eingang zum Speisesaal vorbeikamen, erhaschte Natalie einen Blick auf das Lächeln, das schon den ganzen Tag auf ihrem Gesicht lag. Und warum sollte sie nicht lächeln? In den vergangenen vierundzwanzig Stunden hatte sie fünf Orgasmen gehabt und bei keinem davon hatte sie selbst Hand angelegt.

»Ich glaube, wir kommen zu spät«, meinte Kelly und dirigierte Natalie mit der Hand an ihrem unteren Rücken zu ihrem Tisch.

»Das liegt daran, dass du mich immer wieder ins Bett zurückgezogen hast«, flüsterte diese anzüglich.

»Du kannst von Glück sagen, dass du überhaupt hier bist.«

»Das nennst du Glück? Ich wollte fragen, ob sie uns das Abendessen nicht einpacken können.«

Als sie ihren Tisch erreichten, bemerkte Natalie, dass Didi ihren Platz mit Pamela getauscht hatte und nun neben Yvonne statt neben Kelly saß. Falls das als Beleidigung gemeint war, so war es nicht besonders subtil, und Natalie parierte den Affront, indem sie Kellys Platz einnahm statt ihres angestammten.

Kelly lächelte Didi über den Tisch hinweg an, als sie Natalies Stuhl zurechtrückte. »Geht es dir trotz des ganzen Stampfens und Schlingerns gut?«

Didi sah an ihr vorbei zu Natalie hinüber. »Die Hose steht dir gut, Nat. Die ist aus der Frühjahrskollektion von vor zwei Jahren, richtig?«

Natalie sah das leere Highball-Glas neben Didis Teller und überlegte, dass es mindestens ihr zweiter sein musste, ihrem manierierten Ton nach zu schließen. »Richtig. Ich liebe diese Passform.«

»Ich liebe sie auch.«

Natalie warf einen unbehaglichen Blick zu Pamela hinüber, die sich an der Bemerkung nicht zu stören schien. Vielleicht war es doch nur ein unschuldiger Kommentar gewesen und keineswegs plumpe Anmache, wie sie zunächst gedacht hatte. Als sie wieder zu Didi schaute, bemerkte sie den Verband an ihrem Daumen. »Was ist mit deiner Hand passiert?«

»Hab mich am Lockenstab verbrannt«, knurrte Didi.

Der Sommelier erschien und zeigte Didi eine Flasche Cabernet Sauvignon. Sie nickte, und er entkorkte den Wein und schickte sich an, sechs Gläser zu füllen.

»Ich dachte, wir sollten ein bisschen feiern, wo wir doch nur noch einen Tag auf diesem verdammten Schiff sind«, sagte Didi und ihre Worte klangen ein wenig verschliffen.

Natalie schüttelte den Kopf und seufzte. Keine Frage, für Didi war die Reise scheußlich verlaufen, und es war nur zu verständlich, dass sie das Ende feiern wollte. »Auf gute Freundinnen«, sagte sie und prostete Didi zu.

»Und Geliebte«, fügte Didi hinzu. Sie stieß so heftig mit Natalie an, dass ihr Wein überschwappte und sowohl Pamela als auch Natalie einiges davon abbekamen. »Ups!«

Pamela schob rasch ihren Stuhl zurück und betupfte ihr Top mit der Serviette. »Oje, das gibt Flecken.«

»Tut mir leid. Hab ich dich auch vollgespritzt, Nat?«

»Nur ein bisschen. Ich glaube, wenn ich mich beeile, kriege ich es raus. Komm, Pamela. Gleich um die Ecke vom Speisesaal ist eine Damentoilette.« Kurz darauf betrat sie mit Pamela im Schlepptau die Toilette. »Sieht aus, als hätte Didi zeitig mit der Happy Hour angefangen.«

»Die Arme«, sagte Pamela und zog die Nase kraus, als sie im Spiegel die Flecken auf ihrem Top sah. »Alles, was auf dieser Reise schieflaufen konnte, ist schiefgelaufen. Lebensmittelvergiftung, Sonnenbrand, Seekrankheit und jetzt noch die Hand verbrannt. Ich glaube, wenn die Reederei ihr einen Gutschein für eine komplette Kreuzfahrt geben würde, würde sie ihn in den Schredder stecken.«

»Ich bin sicher, sie ist froh, wieder nach Hause zu kommen.« Natalie tupfte mit einem feuchten Papiertuch auf dem Weinfleck auf ihrer Hose herum.

»Ich sage das nur ungern, aber ich glaube, mein Top ist ruiniert. Ich laufe rasch in unsere Kabine und ziehe mir etwas anderes an. Ich bin in ein paar Minuten zurück.«

Natalie fand es beeindruckend, wie Pamela nach Didis Missgeschick die Ruhe bewahrt hatte und dass ihr Zickenalarm bei Didis Gebaren nicht ausschlug. »Ich sage den anderen Bescheid.«

»Und – wie sieht's aus, Spike?«, fragte Didi, ihr Gesicht zu einer grienenden Maske verzogen.

»Nicht schlecht«, erwiderte Kelly. Didi war offenkundig betrunken, und Kelly verspürte keineswegs den Wunsch, ihr unübersehbares Leid noch zu vergrößern. »In Nassau soll das Wetter schön sein. Vielleicht wird sich die See ein bisschen beruhigen, wenn wir darauf zuhalten.«

»Amüsierst du dich gut mit Natalie?«

Ihr Ton verriet, dass dies keine freundlich gemeinte Frage war, und allmählich war Kelly mit ihrer Geduld am Ende. »Prächtig. Ja, es könnte gar nicht besser sein.«

»Genieß es, solange es dauert. Sie spielt nur ein Spiel mit dir. Sobald wir wieder in Rochester sind, ist es aus und vorbei.«

Yvonne drohte Didi mit dem Finger. »Hör auf damit, Didi. Und trink nicht so viel Wein. Du landest noch mit dem Gesicht im Teller.«

»Halt du dich da raus. Das geht dich einen Scheiß an.«

»Mir egal, wen das was angeht«, mischte Steph sich ein. »Du bist betrunken und du weißt nicht, was du redest.«

»Ha – von wegen! Du hast doch gehört, was Natalie gesagt hat. ›Da könnte man ja genauso gut mit einem Mann zusammensein.‹ War es nicht so?«

Kelly war innerlich zusammengezuckt und wartete gespannt auf Stephs Reaktion. Es dauerte nur einen Moment, bis sie begriff, dass Didi die Wahrheit gesagt hatte.

Steph fühlte sich offensichtlich gar nicht wohl in ihrer Haut. »Sie hat das nicht so gemeint, Kelly. Es war nur …«

Yvonne ergriff das Wort. »Natalie hat nicht viel Erfahrung mit Butches. Ich glaube, sie war anfangs ein bisschen überrascht.«

Didi trank ihren Wein aus und knallte das Glas hart auf den Tisch. »Sie hat das genau so gemeint, also red dir nicht ein, dass du mehr als ein Fick für sie bist. Die Frau ist zwei Jahre lang nicht flachgelegt worden. Als du ihr heute ein Eis geholt hast, hat sie mir gesagt, dass sie keine Ahnung hat, worauf das hinauslaufen soll. Und zu deiner Information: Sie hat mir auch gesagt, dass sie mich liebt und dass sich daran nichts ändern wird.«

Kelly wurde flau im Magen. So gern sie Didis betrunkenes

Geschwätz ignoriert hätte, es klang doch plausibel genug, um auf fruchtbaren Boden zu fallen. Als sie sah, wie Didi hochschaute und lächelte, wusste sie, dass Natalie hinter ihr aufgetaucht war, und am liebsten wäre sie aufgestanden und gegangen und hätte die ganze Bande hier zurückgelassen. Sollten sie doch unter sich ausmachen, wer was gesagt hatte.

»Mein Fleck ist rausgegangen, aber Pamela hatte nicht so viel Glück. Sie musste in ihre Kabine zurück und sich umziehen.«

Kelly widerstand dem Impuls, Natalie mit ihrem Stuhl behilflich zu sein.

»Warum seid ihr alle so still?«

»Didi konnte die Klappe nicht halten«, moserte Yvonne.

»Was heißt das?«

Didi zuckte die Achseln und tat unschuldig. »Ich habe Kelly nur erzählt, was du heute Nachmittag gesagt hast, weißt du, also dass du dir an den Kopf fassen wirst, wenn du nach Hause kommst, weil du nicht alle Sinne beisammen hattest.«

Natalie wurde tomatenrot, und sie sah nervös zu Kelly hinüber. »Das habe ich nicht gesagt.«

»Komm schon, Natalie. Du hast gesagt, wenn du mit so jemandem zusammensein wolltest, dann könnte es genauso gut ein Mann sein.«

»Das habe ich nicht gesagt.« Sie griff unter dem Tisch nach Kellys Hand. »Ich habe vielleicht gesagt, dass ich dachte, sie wäre ein Mann, als ich sie zum ersten Mal sah, aber das war nur deshalb, weil sie hinter Yvonne stand und ich sie nicht genau erkennen konnte.«

»Quatsch! Kannst du nicht einmal im Leben ehrlich sein?« Didi schaute in die Runde. »Ihr habt doch auch gehört, wie sie das gesagt hat, oder nicht?«

Yvonne funkelte sie über den Tisch hinweg an. »Didi, du bist ein richtiges Miststück!«

Mehr Bestätigung brauchte Kelly nicht. Sie löste ihre Hand aus Natalies Griff und stand auf. »Ich bin sicher, dass man über die Bedeutungsnuancen debattieren kann, aber ich glaube, die Kernaussage habe ich verstanden.«

»Hey, Nat. Weiß sie, dass du's manchmal nur vorspielst? Hast du ihr erzählt, dass du das schon öfter gemacht hast?«

Kelly wartete die Antwort nicht ab.

»Ich fasse es nicht, wie gemein du bist!«, sagte Natalie und ihre Stimme bebte vor Zorn. »Ich hoffe, du bist stolz auf dich.«

»Habe ich ein Wort gesagt, das nicht der gottverdammten Wahrheit entspricht?«

Sie war drauf und dran, Didi ihren Wein ins Gesicht zu schütten und hätte es vielleicht auch getan, wenn Steph und Yvonne nicht dabeigewesen wären. So stand sie auf und beugte sich über den Tisch vor. »Wie wäre es mit dieser Wahrheit: Wenn wir wieder daheim sind, setzen wir uns mit Anwälten und Steuerberatern zusammen und machen den Papierkram fertig. Ich verkaufe dir meine Hälfte des Ladens und du kannst damit nach New York ziehen. Oder besser noch nach Mississippi … oder gleich nach Timbuktu.«

Didi schob trotzig das Kinn vor. »Ach, komm schon. Ich hab dir bloß die Mühe erspart, ihr zu sagen, dass sie sich verpissen soll. Du weißt genauso gut wie ich, dass sie nicht gut genug für dich ist.«

»Was ich weiß, ist, dass sie mich nach zehn Tagen besser kennt als du in all den Jahren, weil ich ihr wichtig genug war, um herauszufinden, wer ich bin. Dir hingegen ist niemand wichtig – außer du selbst!« Sie warf ihre Serviette auf ihren

Teller und beugte sich noch ein wenig weiter vor, um mit einem leisen Zischen ihren letzten Giftpfeil abzuschießen. »Und nur zu deiner Information: Ihr muss ich nichts vorspielen, weil sie im Bett tausendmal besser ist als du.«

21

In der Innenkabine war es pechfinster, aber Kellys beleuchtete Armbanduhr zeigte ihr die Zeit an: kurz nach sieben. Sie lagen bereits eine Weile im Hafen, denn die Schiffsmotoren waren schon lange verstummt, und vor wenigen Augenblicken hatte sie die gedämpfte Ansage vernommen, dass die Gangway nun geöffnet war. Sie band ihre Schnürsenkel und tastete im Dunkeln nach ihrer Sonnenbrille.

Die Gestalt im anderen Bett regte sich. »Hey, Kumpel, du kannst ruhig Licht machen, wenn du willst.«

»Tut mir leid, dass ich dich geweckt habe. Danke, dass du mich hier hast schlafen lassen.«

Jo setzte sich auf und knipste die Nachttischlampe an. »Kein Problem. Julie will jede Sekunde mit ihrer neuen Freundin auskosten und kommt wahrscheinlich erst zum Packen zurück.«

»Du bist ganz schön viel allein gewesen.«

»Kein Problem. Ich meine, wenn ich mit meiner Freundin oder so hier wäre, dann würde ich auch die ganze Zeit mit ihr zusammensein wollen, aber wenn ich mit Julie unterwegs bin, macht mir das Alleinsein nichts aus. Ich möchte, dass sie sich gut amüsiert.«

»Na, wer weiß ... Vielleicht kannst du Sarah überreden, die nächste Kreuzfahrt mit dir gemeinsam zu machen, und dann schiebt ihr eure Betten zusammen ...«

Obwohl sie verlegen grinste, schien Jo die Vorstellung sehr zu gefallen. »In meinen Träumen vielleicht …«

»Fang lieber an, deine Träume in die Tat umzusetzen, Jo. Du darfst nicht zulassen, dass das Leben an dir vorüberzieht.«

»Ja, klar … Aber du lebst deine Träume auch nicht gerade, sonst hättest du nicht hier bei mir Unterschlupf gesucht.«

»Ich habe sie gelebt, aber es war nicht von Dauer.« Kelly sammelte ihre Siebensachen ein und stopfte sie in ihre Sporttasche. »Aber ich bereue nichts.«

»Und was hast du heute vor?«

»Vor ein paar Jahren, als ich bei der Navy war, war ich schon mal hier, und ich erinnere mich an eine Küstenstraße, die bis zum Flughafen geht. Ich dachte, ich laufe eine richtig schöne lange Strecke und sehe zu, dass ich den Kopf freikriege. Ich komme gegen Mittag zurück und packe meine Sachen, bevor meine Kabinengenossin zurück ist.«

»Du kannst deinen Kram hier unterstellen, wenn du willst. Und die Chancen stehen ziemlich gut, dass Julie auch heute wieder bei ihrer Süßen übernachtet.«

»Danke, Kumpel.« Kelly gefiel es, die lockere Aussie-Anrede zu benutzen. »Kann sein, dass ich darauf zurückkommen muss.«

»Was ist denn zwischen dir und Natalie vorgefallen? Als ich euch das letzte Mal zusammen sah, schien alles in Butter zu sein.«

»Tja, das dachte ich auch. Aber es hat sich rausgestellt, dass wir unterschiedliche Vorstellungen haben.«

»Tut mir leid, dass es nicht funktioniert hat.«

»Mir auch. Aber wie gesagt, ich bereue nichts.« Sie verstaute ihre Tasche im Schrank. »Die hole ich später.«

In den Gängen war noch alles ruhig, als Kelly sich auf den

Weg zu Deck 2 machte. Die Ausflugstouren begannen um acht Uhr, was hieß, dass Natalie und die anderen vermutlich beim Frühstück waren. Kelly hatte sich die halbe Nacht lang Strategien überlegt, wie sie jeden weiteren Kontakt mit den anderen vermied. Es wäre schön, wenn sie noch eine Nacht bei Jo unterschlüpfen könnte, aber notfalls würde sie auch in einer der Lounges schlafen – sie würde alles tun, um Natalie nicht wiedersehen zu müssen.

Sie folgte den Schildern zum Zoll der Bahamas und zeigte kurz ihren Ausweis und ihre Schlüsselkarte vor. Dann ging sie an einer Reihe von Läden vorbei die Pier entlang und begann zu laufen. Wenn die Karte stimmte, waren es rund zwanzig Kilometer bis zum Flughafen und zurück. Ein gutes Workout und sie wäre dennoch rechtzeitig wieder an Bord, bevor Natalie von ihrer Kutschfahrt zurückkam.

»... hat nicht hier geschlafen. Ich habe keine Ahnung, wo sie abgeblieben ist, aber ihre Sachen sind noch hier.« Natalie lief hin und her, soweit es das Telefonkabel zuließ. »Nein, du und Yvonne – ihr solltet wie geplant nach Atlantis fahren. Gibt keinen Grund, warum sonst noch jemand durchhängen sollte. Ich werde hier warten, bis sie zurückkommt.«

Sie legte auf und beschloss, vom Balkon aus zuzusehen, wie die Passagiere an Land gingen. Sie bezweifelte, dass Kelly allein von Bord gehen würde, aber es konnte nicht schaden, nach ihr Ausschau zu halten. Ein lautes Klopfen an der Tür ließ sie innehalten. Der Kabinensteward klopfte gewöhnlich leise und kündigte sich an, also konnte das nur eines heißen: Didi war aufgewacht, hatte einen Kater und bereute ihr gemeines Verhalten zutiefst. Pech aber auch.

Doch es war Pamela, nicht Didi, die vor dem Türspion

stand. »Was um alles in der Welt ist gestern Abend passiert, Natalie?« Sie sah sehr besorgt aus.

»Das musst du dir von Didi erzählen lassen ... sofern sie sich daran erinnern kann. Leute, die sich so betrinken wie sie, haben gewöhnlich das Glück, dass ihnen die meisten Erinnerungen erspart bleiben.« Sie ließ Pamela eintreten.

»Sie hat keinen Ton gesagt, aber ich wusste gleich, dass etwas faul ist. Ich habe sie ihren Rausch ausschlafen lassen und ihr heute Morgen gesagt, dass es mir reicht, dass sie immer so tut, als könnte sie machen, was immer sie will und dass dies auch mein Urlaub ist. Sie ist verschwunden, als ich in der Dusche war.«

»Sieh mal, ich mag dich wirklich, Pamela, und ich möchte nicht, dass du mich falsch verstehst. Ich weiß, ich bin nicht immer sehr nett zu dir gewesen, weil ich, ehrlich gesagt, eifersüchtig war. Aber glaub mir, das ist mittlerweile vorbei. Du kannst sie haben – meinen Segen hast du.« Es war nicht ihre Aufgabe, Pamela zu sagen, dass Didi vorhatte, sie abzuservieren, sobald sie wieder in Rochester waren. Sollte Didi ihre Drecksarbeit selber machen.

»Ich weiß, dass du eifersüchtig warst, Natalie. Und ich habe mitgekriegt, dass du versucht hast, sie eifersüchtig zu machen, indem du dich an Kelly gehängt hast, aber ich fand, dass du dein Glück ruhig versuchen solltest. Wenn du nämlich diejenige bist, mit der Didi wirklich zusammensein will, dann ist es besser, wenn ich das jetzt herausfinde. Ich liebe Didi von ganzem Herzen, aber ich möchte, dass sie glücklich ist – egal wie und mit wem.«

Natalie seufzte und ließ sich auf die Couch sinken. Pamela war ein weit besserer Mensch als sie und Didi – und außerdem entschieden reifer. »Viel Glück. Ich verspreche, dir keinen Kummer mehr zu bereiten.«

»Danke. Hilfst du mir, sie zu finden, bevor sie irgendwas richtig Dummes tut – zum Beispiel von Bord zu gehen und ohne ihre Sachen nach Hause zu fliegen?«

»Ich helfe dir, Didi zu finden, wenn du mir hilfst, Kelly zu finden. Sie ist gestern vom Abendessen aufgestanden und gegangen, und seitdem habe ich sie nicht mehr gesehen.«

»Ah, darum ging es also. Didi hat Kelly mit einer ihrer kleinen Modekritiken gepiesackt.«

»Es war wesentlich schlimmer, aber die grobe Richtung stimmt.«

Pamela ging zur Tür. »Ich suche das ganze Schiff ab und sehe zu, ob ich eine von ihnen finde. Und ich werde Didi eine Nachricht hinterlassen, dass sie dich aufsuchen und mit dir reden soll, wenn sie in die Kabine zurückkommt.«

»Ich möchte eigentlich nicht mit ihr reden, Pamela. Was immer gesagt werden muss, müsst ihr beide miteinander ausmachen.«

Sie tauschten einen grimmigen Blick. »Das muss ja eine ziemliche Szene gewesen sein. Schade, dass ich sie verpasst habe.«

»Ich wünschte, wir alle hätten sie verpasst.«

Der lange Lauf war genau das, was Kelly brauchte – die Möglichkeit, ihren Körper zu quälen und ihre Gedanken von den Geschehnissen am Vorabend abzulenken. Wie um alles in der Welt hatte sie je glauben können, dass jemand wie Natalie sie attraktiv fände? Oder auch nur annehmbar? Sie kannte ihre Grenzen. Frauen fanden ihre galante, zuvorkommende Art höchst charmant, nicht aber ihr Aussehen. Die Schönheiten – Frauen wie Natalie – waren außerhalb ihrer Reichweite.

Sie lief nun schon fast eine Stunde am Strand entlang, und

eine Maschine im Sinkflug bewies, dass der Flughafen ziemlich nah war. Sie wünschte, sie könnte einfach in einen Flieger nach Miami steigen und dort an Bord gehen, nachdem die anderen ausgecheckt hatten. Dann könnte sie ihre Sachen packen und allein einen späteren Flug nach Rochester nehmen. Ihre Hoffnungen, Freundschaften zu schließen, hatten sich zerschlagen. Um nichts in der Welt wollte sie zu einem Kreis gehören, der Menschen wie Natalie und Didi einschloss. Was fiel denen ein, alle anderen um sie herum abzuurteilen?

Von Didi hatte sie nichts anderes erwartet, aber dass Natalie keinen Deut besser war, hatte sie wirklich schockiert. Anscheinend waren Täuschungsmanöver ihre Stärke. Wenn das, was Didi gesagt hatte, stimmte, dann war auch ihr Liebesspiel wahrscheinlich nichts als Theater gewesen.

Von allen Dingen, die ihr in den Sinn kamen, während sie über den von Muscheln durchsetzten Sand neben der Straße trabte, war Sex mit Natalie das Letzte, worüber sie nachdenken mochte. Wenn Natalie ihr wirklich etwas vorgemacht haben sollte, dann war sie eine ziemlich gute Schauspielerin. Die leisen Seufzer und der sich windende Leib ... ihre atemlosen Küsse und zuckenden Hüften ... ihr pochendes Inneres ... Es war unmöglich. Nicht die beste Schauspielerin der Welt brachte das fertig.

Kelly lächelte zufrieden – an dem Punkt jedenfalls hatte Didi unrecht gehabt. Nur weil Natalie ihr was vorgespielt hatte, hieß das nicht – »Autsch!« Sie war mit dem linken Fuß in ein tiefes Loch getreten und hatte sich den Knöchel verstaucht.

Sie humpelte ein paar Meter weiter zu dem porösen grauen Streifen Korallengestein, der die Straße vom Strand trennte. Sie war so weit von ihrem Schiff entfernt wie überhaupt nur möglich, und das war Natalies Schuld. Wenn sie nicht so damit beschäftigt gewesen wäre, in den lebhaften Erinnerungen an ihr Liebesspiel zu schwelgen, dann hätte sie das Loch gesehen und wäre nicht hineingetreten.

Einige Minuten vergingen, und der Schmerz ließ nach, doch als sie versuchshalber einige Schritte machte, war klar, dass es mit dem Joggen an diesem Tag vorbei war. Ihr blieb keine andere Wahl, als langsam zum Schiff zurückzuhumpeln, wobei sie jedes Mal zusammenzuckte, wenn sie den verletzten Fuß belastete. Wenn sie dieses Tempo beibehielt, würde sie für die rund neun Kilometer ... anderthalb Tage brauchen.

Natalie starrte angestrengt über die Reling auf die vertraute Gestalt in der Ferne. Es war kaum zu fassen: Als hätte sie nicht die geringsten Sorgen der Welt, hatte Didi in Nassau einen Einkaufsbummel unternommen. Es war nur ein schwacher Trost, dass ihre Haltung erkennen ließ, dass sie keineswegs glücklich war, als sie mit ihren Einkaufstüten zum Schiff zurückkehrte.

Und immer noch keine Spur von Kelly. Vermutlich versteckte sie sich irgendwo auf dem Schiff, denn sie war nicht bei den Abenteuertouristen gewesen und sie hatte ganz bestimmt keinen Einkaufsbummel gemacht oder an der Kutschfahrt teilgenommen. Pamela hatte jedes Deck mehrfach nach Didi und Kelly abgesucht und es schließlich aufgegeben. Jetzt war es nach zwei, und in ungefähr einer Stunde sollten sich alle Passagiere wieder an Bord eingefunden haben.

Natalie kehrte in ihre Kabine zurück und wählte die Nummer der Nachbarkabine. »Ich dachte, es interessiert dich vielleicht, dass Didi gerade wieder an Bord kommt und eine Menge Einkaufstüten dabei hat. Sie sollte in wenigen Minuten hier sein … Nein, keine Spur von Kelly. Ich denke, ich gehe los und suche selbst nach ihr.«

Didi würde den Fahrstuhl in der Mitte des Schiffes nehmen, und deshalb wandte Natalie sich nach links, um ihr nicht zu begegnen. Kelly konnte überall sein, und so begann Natalie mit einer gründlichen Durchsuchung der Gemeinschaftsbereiche. Sie erwartete halbwegs, Kelly in der Observation Lounge auf dem obersten Deck zu finden, weil das einer ihrer liebsten Aufenthaltsorte war. Doch die Lounge war leer, und so nahm sie sich als Nächstes das Fitnesscenter vor und schaute in den Geräteraum, das Spa und die Duschen.

Als sie das Pooldeck überquerte, entdeckte sie in einem schattigen Liegestuhl ein vertrautes Gesicht. »Hallo, Jo!«

Die junge Frau nickte und lächelte. Offenkundig freute sie sich, Natalie zu sehen. »Ich habe mich schon den ganzen Tag hierher zum Lesen verkrochen. Es ist fast so, als hätte ich das ganze Schiff für mich allein.«

»Tut mir leid, dich zu stören. Hast du vielleicht meine Freundin Kelly gesehen? Ich suche sie schon den ganzen Tag.« Als sie Jos skeptischen Gesichtsausdruck sah, begriff Natalie sofort, dass Jo etwas wusste. »Wo steckt sie?«

»Ich bin nicht sicher, dass sie möchte, dass du das erfährst.«

Natalie riss ihr den Roman aus der Hand und wich zurück. »Wenn du wissen möchtest, wie die Geschichte ausgeht, dann mach den Mund auf.«

Jo sprang auf und versuchte sich ihren Roman zurückzuholen. »Hey, gib her!«

»Rede!« Natalie hielt das Buch über den Pool.

»Sie hat gesagt, sie wolle laufen, um einen klaren Kopf zu kriegen. Und sie wollte gegen Mittag zurück sein, um ihre Sachen aus meiner Kabine zu holen.«

Natalie schüttelte den Kopf. »Sie ist aber nicht zurückgekommen. Ich habe vom Balkon aus Ausschau nach ihr gehalten.«

»Was anderes kann ich dir auch nicht sagen. Sie hatte ihre Turnschuhe an und Shorts und ein Tank Top. Sie hat irgendwas von einer Küstenstraße zum Flughafen gesagt und dass sie die von ihrer Zeit in der Navy her kennt.«

Zehn Minuten später stieg Natalie in ein Taxi. »Gibt es eine Straße, die an der Küste entlang zum Flughafen führt?«

»West Bay Road«, antwortete der alte Mann in singsangartigem Ton.

»Die nehmen wir. Ich suche eine Freundin, die da entlangjoggen wollte.«

Sie schlängelten sich durch den Verkehr in Nassaus Einkaufsviertel und kamen schließlich auf eine zweispurige Schnellstraße, die parallel zur Küste verlief. Natalie hielt links und rechts Ausschau nach einer Joggerin und behielt dabei voller Sorge die Uhr am Armaturenbrett im Auge, um sicherzugehen, dass sie rechtzeitig wieder beim Schiff sein würde. Als sie sich dem Flughafen näherten, musste sie einsehen, dass ihre Suche vergeblich gewesen war. Kelly musste sich irgendwie wieder an Bord gemogelt haben, denn wenn eine Joggerin dreißig Minuten vor Ablegen des Schiffes so weit weg war, dann hatte sie nicht die geringste Chance, rechtzeitig zurückzusein.

»Ich denke, wir kehren besser um. Sie scheint nicht –«

»Ist das Ihre Freundin?«

Sie folgte seinem Blick zu einer einsamen Gestalt, die auf einem Felsen am Rand des Wassers saß, und ihr Herz tat einen Sprung. »Anhalten!«

Leider war das Wasser am Ufer zu warm, um die Schwellung zu lindern. Mit wachsender Besorgnis untersuchte Kelly die bläuliche Verfärbung der aufgedunsenen Haut um ihren Knöchel. Sie hatte schon schlimmere Verstauchungen gehabt, aber Joggen konnte sie für die nächsten zwei, drei Wochen auf jeden Fall von ihrer Liste streichen.

Und die Rückreise mit der *Emerald Duchess* ebenfalls, wie ein Blick auf die Uhr ihr bestätigte. In rund dreißig Minuten zogen sie die Gangway hoch, und sie sah keine Möglichkeit, bis dahin zum Schiff zurückzugelangen. Ein vorbeifahrendes Taxi anzuhalten würde ihr nichts nützen, denn sie hatte kein Geld bei sich. Kein Taxifahrer würde darauf vertrauen, dass sie zurückkam und ihn bezahlte, wenn sie erst einmal den Zoll passiert hatte, um auf das Schiff zurückzukehren.

Was Plan B anging, so hatte sie keinen überzeugenden, aber er würde genügen müssen. Sobald sie wieder ein wenig laufen konnte, würde sie zum Flughafen humpeln und per R-Gespräch ihren Bruder anrufen. Er würde wahrscheinlich maulen, sich aber nach gutem Zureden bereiterklären, ihr das Geld für ein Flugticket nach Miami vorzustrecken. Dort konnte sie im Terminal übernachten und den ersten Anschlussflug nach Rochester nehmen, lange bevor die anderen von Bord gingen. Das hieß zwar, ihre Sachen zurückzulassen, aber sie hatte zumindest ihren Pass bei sich. Falls Natalie ihre Sachen packte und mitnahm, konnte sie sie später von Yvonne abholen.

Irgendwie würde sie der Gruppe eine Nachricht zukommen lassen müssen, dass alles in Ordnung war. Obwohl sie mit keiner von ihnen sprechen mochte, wollte sie nicht, dass sie sich Sorgen um sie machten. Vielleicht würde die Fluggesellschaft eine Nachricht weiterleiten.

Plötzlich kam ein dunkelblaues Taxi auf dem Kies rutschend zum Stehen. Sie spielte kurz mit dem Gedanken, sich auf Gnade oder Ungnade dem Taxifahrer auszuliefern und ihn anzuflehen, sie mit zurück zum Hafen zu nehmen, als auch schon die hintere Tür aufflog und der letzte Mensch, den sie sehen wollte – nein, der vorletzte, denn wenn es Didi gewesen wäre, wäre sie aufgesprungen und davongerannt –, ausstieg und auf sie zukam. Kelly wandte sich ab und starrte aufs Meer hinaus. Die Schritte hielten dicht hinter ihr inne.

»Es tut mir leid, Kelly. Ich weiß nicht, wo ich anfangen soll.«

»Schon gut. Vergessen wir's einfach.«

»Nein, es ist nicht gut, und ich werde es keineswegs auf sich beruhen lassen.« Natalie legte ihr die Hand auf die Schulter. »Ich habe etwas Dummes und Aburteilendes gesagt, als ich dich das erste Mal sah, und dafür schäme ich mich. Aber du hast mir eine Lektion erteilt. Und ob du's glaubst oder nicht, ich habe angefangen, sie zu lernen, seit wir das erste Mal zusammengesessen und geredet haben. Ich weiß jetzt, dass es nicht darum geht, wie jemand aussieht. Es geht darum, wie jemand ist.«

Kelly schnaubte vor Empörung. »Es geht nicht bloß darum. Es mag ein Schock für dich und deine Freundinnen sein, aber mir gefällt, wie ich aussehe. Meine Haare, meine Kleidung ... Ob du es glaubst oder nicht, ich sehe absichtlich aus, wie ich aussehe. Es ist mir egal, ob die Menschen mich akzeptieren, aber von der Frau, die ich liebe, erwarte ich, dass sie das an mir mag und nicht bloß toleriert.«

»Aber ich mag es doch«, sagte Natalie flehentlich, trat um Kelly herum und suchte ihren Blick. »Du machst mich an wie niemand zuvor. Habe ich dir das nicht gezeigt?«

Als Kelly begriff, dass Natalie hartnäckig auf eine Antwort wartete, nickte sie zögernd.

»Was Didi gesagt hat … Bei ihr habe ich das gemacht, und es ist rausgekommen, weil sie mich mal gefragt hat, ob ich es je vorgetäuscht hätte, und ich habe ihr dummerweise die Wahrheit gesagt. Wenn ich jetzt zurückblicke, wünschte ich, ich hätte gelogen und sie in dem Glauben gelassen, sie sei die beste Liebhaberin der Welt. Bei dir habe ich aber nichts vorgetäuscht.«

»Das weiß ich.«

»Kelly, du hast mir Dinge über mich gezeigt, die ich bis dahin nicht wusste. Ich habe mich völlig anders gefühlt als je zuvor, und das hat mir sehr gefallen.« Sie setzte sich neben Kelly auf den Felsen und nötigte sie, ein Stück zu rücken. »Es gefällt mir, mit dir zusammenzusein. Mir gefällt die Frau, die ich bin, wenn wir zusammen sind.«

»Mir gefällt es auch, wie du bist«, gab Kelly zu und spürte die geballte Macht ihrer Gefühle, als sie ihren Zorn und das Gefühl, eine Demütigung erlitten zu haben, allmählich losließ. »Ich würde dir am liebsten die Welt zu Füßen legen, Natalie. Ich würde alles für dich tun – mir die Haare wachsen lassen … was auch immer – wenn es das ist, was du wirklich willst. Du musst mich nur darum bitten.«

Natalie schüttelte den Kopf. »Nein, ich meine, was ich sage. Ich bin dabei, mich in dich zu verlieben, wie du bist.«

Natalies Worte kamen von Herzen, und aller Widerstand in Kelly begann zu schmelzen. Sie erlaubte Natalie, ihre Hand zu ergreifen. »Wenn der Taxifahrer sieht, wie wir Händchen halten, fährt er gleich davon und lässt uns hier sitzen.«

»Es gibt Schlimmeres, als mit dir auf den Bahamas zu stranden.« Natalie stand auf und zog Kelly sanft auf die Füße. »Aber vielleicht sollten wir ein andermal zurückkommen und gezielt hier stranden. Im Moment haben wir noch ungefähr zwanzig Minuten, um es zum Ableger zu schaffen.«

Kelly bewegte vorsichtig ihren Fuß und zog sich die Socke wieder an. Natalie sah ihr besorgt zu. »Ich hatte einen kleinen Unfall. Wahrscheinlich musst du mir helfen, aufs Schiff zurückzukommen.«

Natalie beugte sich vor, um den Fuß zu inspizieren. »Was ist passiert?«

»Ist bloß verstaucht. Ich hatte schon einen Plan entworfen, wie ich nach Hause komme, weil ich das Schiff ohne mich ablegen sah.« Sie legte den Arm um Natalies Taille und ließ sich zum Taxi geleiten. Als Natalie gesagt hatte, dass sie dabei war, sich zu verlieben, war der Stachel ihrer gedankenlosen Worte gezogen. »Gut, dass ich fußlahm bin. Wenn ich auf einem Bein stehen könnte, würde ich Didi vermutlich in den Arsch treten.«

»Überlass Didi mir.«

22

Natalie kippte ihre Toilettenartikel aus und füllte den Waschbeutel mit dem Eis aus der Minibar. Als sie in ihrer Kabine ankamen, war Kelly optimistisch, dass die Verstauchung nicht so schlimm war, wie es den Anschein gehabt hatte, und sie hoffte, dass die Schwellung zurückgehen würde, wenn sie den Fuß ein Stündchen kühlte.

Natalie öffnete die Tür zum Bad und ließ den Blick unverhohlen über Kelly schweifen, die unter der Dusche stand. »Was für ein Körper! Du musst mir zeigen, wie du das anstellst und mir helfen, in Form zu kommen.«

Kelly sah über die Schulter und grinste. »Kommt nicht in

Frage. Du hast Kurven, wo sie hingehören, und weiche Stellen, in die ich mein Gesicht vergraben kann. Lass dich nicht dabei erwischen, wie du Gewichte stemmst.«

Natalie kicherte, und ihr fiel wieder ein, wie Kelly reagiert hatte, als sie scherzhaft gemeint hatte, sie würde sich Boxershorts kaufen. Es war wundervoll, mit einer Frau zusammenzusein, die sie genau so mochte, wie sie war. »Ich habe dir einen Eisbeutel gemacht. Ich glaube, wir sollten den Kabinenservice nutzen, damit du dich ausruhen kannst.«

»Ich glaube nicht, dass eine von uns heute Abend viel Ruhe bekommt, aber was beim Kabinenservice zu bestellen ist auf jeden Fall eine prima Idee.«

»Soll das heißen, du hast andere Dinge im Sinn?«

»Aber sicher. Wir müssen nachholen, was wir letzte Nacht versäumt haben.«

»Wir werden noch viel Zeit dafür haben, weißt du.«

»Das ist gut, denn ich brauche auch viel Zeit mit dir.« Kelly drehte das Wasser ab. »So, fast wie neu.«

Natalie nahm ein Handtuch und frottierte Kellys kurzes Haar. Dann trocknete sie sie sorgsam von oben bis unten ab. »Ich sollte Steph anrufen und ihr sagen, dass wir nicht zum Essen kommen.«

»Hast du mit Didi gesprochen?«

»Sie hat vor ein paar Minuten angerufen und mich gebeten, auf den Balkon zu kommen und mit ihr zu reden, aber ich habe ihr gesagt, dass ich im Moment noch nicht zu einem Gespräch bereit bin.«

»Du solltest es tun, Nat. Du wirst dich besser fühlen, wenn du es hinter dir hast.«

»Ich fürchte mich vor dem, was ich sagen könnte. Ich habe acht Jahre lang ihre ewige Kritik ertragen, aber ich habe sie noch nie so gemein erlebt wie gestern Abend. Und ich kann nicht glauben, was sie zum Schluss in Gegenwart der anderen ausposaunt hat. Es gibt Dinge, die man gern für immer beschwiegen wüsste.«

»Sie war betrunken, und sie hat gemerkt, wie ihr alles entgleitet. Sie hatte nur noch eines im Sinn: uns auseinanderzubringen, und das hätte ich beinahe zugelassen.« Kelly schlüpfte in ihren Bademantel und humpelte zur Couch hinüber. »Zum Glück hast du das verhindert.«

Natalie holte den Eisbeutel und half Kelly, den Fuß auf einen kleinen Turm Kissen zu betten. »Findest du wirklich, dass ich mit ihr reden sollte? Ich fühle mich einer weiteren Auseinandersetzung einfach nicht gewachsen.«

»Wenn es heftig zu werden droht, gehst du einfach. Ich werde hier sitzen und das Bild betrachten.« Kelly verrenkte sich den Hals, um sie zu küssen, während sie gleichzeitig nach dem Foto griff, das sie und Natalie am Abend des Galadinners zeigte. »Klopf einfach an die Scheibe, wenn du mich brauchst, dann komme ich rausgehoppelt und rette dich.«

»Und was würdest du tun?«

»Keine Ahnung. Ihr den Vollmond zeigen?«

Natalie lachte aus vollem Herzen und stellte sich Didis Schock vor, wenn Kelly ihr den nackten Hintern zeigte. Sie wollte ihre gute Laune nicht aufs Spiel setzen, aber Kelly hatte recht. Es wäre besser, die Sache hinter sich zu bringen, auch wenn sie Didi eigentlich gern noch ein bisschen länger hätte schmoren lassen. Doch sie war es Kelly und Pamela schuldig, ein für allemal Klartext mit Didi zu reden.

Plötzlich erklangen Stimmen auf dem Balkon nebenan, und Natalie staunte – nicht weil Didi und Pamela miteinander sprachen, sondern weil sie so freundlich miteinander umgingen. Sie hörte zu, wie Didi munter von ihren Einkaufserlebnissen erzählte und Pamela lachte. Schließlich räusperte Natalie sich und steckte den Kopf um die Trennwand. Das Gespräch verstummte augenblicklich.

Pamela lächelte sie an und stand auf. »Ich glaube, ich fange an zu packen.«

»Ich komme auch gleich«, sagte Didi. »Ich helfe dir mit dem großen Koffer.«

Natalie glaubte sich verhört zu haben. Didi bot ihre Hilfe an?

Didi stand aus dem Liegestuhl auf und schlenderte zur Reling hinüber. »Schätze, morgen hat uns die alte Tretmühle wieder.«

»Und der Schnee.«

»Den hatte ich ganz vergessen. Vielleicht sollten Pamela und ich unsere Gutscheine einlösen und einfach an Bord bleiben. Machst du mit?«

Natalie schüttelte den Kopf. »Ich kann nicht. Ich habe alle Hände voll zu tun, wenn wir wieder daheim sind.«

»Was die Boutique angeht, Nat ... Warum lassen wir vorläufig nicht einfach alles, wie es ist? Vielleicht hast du recht, was New York angeht. Wir können irgendwann immer noch versuchen, eine Niederlassung in Manhattan zu eröffnen, das Hauptgeschäft aber bleibt in Rochester. Du kannst die geschäftlichen Dinge –«

»Ich dachte, du wolltest mich auszahlen.«

»Will ich nicht. Das war ein Hirnfurz. Ich wollte dich nie aus dem Laden raushaben. Ich dachte nur, wenn ich lange genug nerve, bist du irgendwann kirre und machst mit. Ich kann das Geschäft nicht ohne dich führen. Du bist der Grund, warum der Laden so gut läuft. Du hast hart gearbeitet und lauter kluge Entscheidungen getroffen. Manchmal hast du mich vor mir selbst gerettet.«

Das war eine völlig neue Erfahrung: Didi zuzuhören, wie sie Natalies Stärken pries und ihre eigenen Grenzen anerkannte. »Das stimmt nicht. Du bist diejenige, die weiß, wie man verkauft. Und du weißt ganz genau, was in zwei Jahren angesagt sein wird. Phänomenal. Und ich habe dich acht Jahre lang Tag für Tag gesehen und weiß immer noch nicht, wie ich mich anziehen soll.«

»Unsinn, Nat. Du siehst immer toll aus. Es tut mir leid, dass ich dir das nicht oft genug gesagt habe.« Didi faltete die Hände und schaute aufs Meer hinaus. »Mir tun eine ganze Menge Dinge leid, aber ganz besonders der gestrige Abend. Ich war betrunken, aber das ist keine Entschuldigung. Ich habe verdient, was immer du beschließt, aber bitte höre nicht auf, mich zu lieben.«

Es war bittersüß, Didi endlich einige Dinge sagen zu hören, die sie immer schon hatte hören wollen – jetzt, wo sie Kelly hatte, die sie ihr wieder und wieder sagen würde. »Es ist vorbei mit uns, Didi.«

»Ich weiß, dass der Teil vorbei ist, aber ich könnte es nicht ertragen, wenn du nicht mehr zu meinem Leben gehörst. Egal was passiert oder wo wir hingehen – ich werde immer auf deine Liebe angewiesen sein. Und ich werde dich immer lieben, selbst wenn es jemand anders gibt, die dich glücklich macht.«

»Und wenn es jemand ist, die keine Gnade vor deinen Augen findet?«

Didi sah sie kleinlaut an. »Auch dafür möchte ich mich entschuldigen. Ich kann dir nicht verübeln, dass du dich in sie verliebt hast. Ich habe gesehen, wie sie dich praktisch angebetet hat, und da habe ich kapiert, wie blöd ich war. Ich habe dich nie so behandelt, weil ich immer erwartet habe, dass du mich so behandelst.«

»Ich wollte nie angebetet werden, Didi.«

»Nein, aber du hättest es verdient gehabt. Ich war zu selbstsüchtig, um das zu kapieren. Ich wünschte, ich hätte dir gesagt, wie glücklich es mich macht, diejenige zu sein, die du liebst.«

Natalie musste die aufsteigenden Tränen zurückhalten. Nie war sie Didi näher gewesen als in diesem Augenblick. »Das hätte ich mir auch gewünscht. Ich war immer so froh, mit dir zusammenzusein. Aber manchmal hatte ich das Gefühl, dass du alles Licht in deiner Umgebung absorbierst und nichts übrig lässt für alle anderen.«

»Du hattest dein eigenes Licht, Nat. Du warst immer die Schönste, und du musstest längst nicht so viel dafür tun wie ich.« Sie schaute sich kurz um und wies mit dem Kopf in Richtung Balkontür. »Pamela muss echt verrückt sein – sie glaubt, dass ich es wert bin, am Ball zu bleiben. Mein Glück, dass sie auf alte Schachteln steht.«

»Du bist keine alte Schachtel, Didi. Du besitzt eine klassische unvergängliche Schönheit.« Das war ein altes Spiel zwischen ihnen: Didi setzte sich herab und Natalie baute sie wieder auf. »Warte nur nicht zu lange, bevor du Pamela all diese Dinge sagst, denn sie möchte sie auch hören.«

»Ich glaube, ich habe einen guten Anfang gemacht. Ich bin heute Morgen von Bord geschlichen, um ihr ein Paar sehr teure Diamantohrringe zu kaufen. Ich hätte dir auch etwas gekauft, aber dann hatte ich doch keine Lust zuzusehen, wie du mein Geschenk ins Meer wirfst.«

Natalie kicherte und schüttelte den Kopf. »Ich weiß nicht, ob ich je so wütend sein könnte, Diamanten ins Meer zu werfen.« Ihre Anspannung ließ nach, als einige Sekunden in angenehmem Schweigen verstrichen. Dann drehte sie sich um und winkte Kelly beschwichtigend zu.

»Eines muss ich dir sagen, Nat – und bitte werde nicht gleich sauer –, aber du und Kelly … Das war eine ziemliche Überraschung.«

»Für mich anfangs auch, aber genau aus dem Grund wusste ich, dass es etwas ganz Besonderes ist. Sie hat alles über den Haufen geworfen, was ich über mich zu wissen glaubte.«

»Ja, ich denke, das verstehe ich. Sie hat so was an sich.«

Natalie beschloss zu glauben, dass Didi meinte, was sie sagte und nicht bloß die Wogen weiter glätten wollte. »Ich hoffe, du wirst sie besser kennenlernen. Ich möchte, dass wir alle Freundinnen werden.«

»Bist du sicher, dass sie mit mir befreundet sein will?«

»Ich glaube schon. Sie ist ein besserer Mensch als du«, fügte sie neckend hinzu.

»Dazu gehört nicht viel.«

Natalie unterdrückte den Impuls zu widersprechen – vielleicht sollte sie Didi ausnahmsweise einmal schmoren lassen. »Wir werden das Abendessen heute ausfallen lassen. Kelly hat sich den Knöchel verstaucht und hat Probleme mit dem Laufen.«

»Ist es sehr schlimm?«

»Ich denke nicht. Wir sehen uns morgen beim Frühstück.« Sie streckte die Hand aus, und Didi ergriff sie und drückte sie.

»Ich liebe dich, Nat.«

»Ich dich auch.«

Kelly zog den Reißverschluss ihrer Reisetasche zu und stellte sie zusammen mit Natalies Gepäck auf den Gang vor ihrer Kabine. Jetzt hatten sie zusammen nur noch eine kleine Tasche, die sie am folgenden Morgen mit von Bord nehmen mussten – eine willkommene Entlastung für ihren verstauchten Knöchel. »Das war's. Kaum zu glauben, wie schnell die zwölf Tage vergangen sind. Ich hätte Lust, das Ganze gleich noch mal zu machen.«

»Ob du's glaubst oder nicht – das hat Didi auch gesagt.«

»Nach allem, was sie durchgemacht hat? Ich hätte eher gedacht, dass sie Kreuzfahrten für immer abgeschworen hat.« Natalie hatte ihr nicht viel von ihrem Gespräch mit Didi erzählt, war aber seitdem entspannt und gelassen. »Ich nehme an, ihr habt alles zwischen euch geklärt?«

»Mehr oder weniger. Ich denke, sie wird sich über kurz oder lang bei dir entschuldigen.«

»Das ist nicht nötig.«

»Ist es doch, wenn wir eines Tages allesamt Freundinnen sein wollen.« Natalie zog sie auf die Couch. »Wäre dir das möglich? Mit Didi befreundet zu sein, meine ich.«

»Klar. Warum nicht?«

»Ich dachte nur. Sie hat dich nicht sehr gut behandelt.«

»Mir ist wichtig, wie sie dich behandelt.« Kelly nutzte die Nähe, um ihre Fingerspitzen unter den Gummizug von Natalies Pyjamahose zu schieben. »Und wie ich dich behandele.«

»Und wie oft du mich behandelst«, ergänzte Natalie mit einem verführerischen Lächeln. Sie wandte sich um und lehnte sich mit dem Rücken an Kellys Brust.

»Richtig.« Kelly setzte ihre sinnliche Erkundung unter dem Pyjama fort und strich mit den Fingern über die Locke auf Natalies Venushügel. »Ich werde es kaum aushalten, dich nicht jeden Tag zu sehen.«

»Wer sagt, dass wir uns nicht jeden Tag sehen? Wenn du mich fragst, ich finde es albern, jemanden zu lieben und dann zu beschließen, es lieber langsam angehen zu lassen.«

Obwohl sich alles an ihrer Beziehung richtig anfühlte, versuchte Kelly, ihre Erwartungen unter Kontrolle zu halten.

Es gefiel ihr, dass Natalie wie selbstverständlich davon ausging, dass sie beide nun ein Paar waren. »Ich hoffe, wir brauchen Jahre, um uns kennenzulernen, aber das heißt nicht, dass ich nicht jede Nacht mit dir schlafen möchte.«

Natalie ließ den Kopf an Kellys Schulter sinken und seufzte. »Du kannst erst bei mir einziehen, wenn du mir noch einen Kleiderschrank gebaut hast. Früher haben die Menschen anscheinend jeden Tag dasselbe angehabt.«

»Du weißt, wie man Menschen motiviert. Ich werde den Schrank Ende nächster Woche fertig haben.«

Ein zweites Paar Hände schlüpfte unter den Pyjama und legte sich auf Kellys Hände. »Das fühlt sich gut an.«

»Ich könnte das die ganze Nacht tun.« Kelly ließ ihre Finger tiefer gleiten, um die weiche Haut von Natalie Lippen zu streicheln. Sie fragte sich, ob Natalie die Haare wieder wachsen lassen würde. »Wie lange, glaubst du, kannst du das zulassen, ohne kommen zu wollen?«

Natalie schob ihre Hand tiefer und teilte ihre Lippen. »Wie lange kannst du mich so streicheln, ohne mich hier zu berühren?«

»Gute Frage.« Die Falten waren bereits feucht und heiß, und Natalie begann sich im Rhythmus von Kellys langsamem Streicheln zu bewegen. »Das fühlt sich wundervoll an. Bist du sicher, dass du nicht willst, dass ich das die ganze Nacht tue?«

»Ich bin … nur noch ein bisschen …« Ihre Hüften hoben sich, und sie stöhnte auf.

»Warte auf mich.«

Natalie ächzte protestierend, aber Kelly zog ihre Hand fort, glitt von der Couch und hockte sich auf die Knie. Sie zog Natalie die Pyjamahose herunter und besah sich die feuchte Zartheit, die Natalie ihrer Zunge darbot.

»O Himmel …«

Kelly riss sich zusammen, um sich nicht gleich der geschwollenen Klitoris zu widmen, denn sie wusste, dass Natalie sofort kommen würde, und dann wäre dieser himmlische Festschmaus zu Ende. Als sie es nicht länger aushielt, schloss sie ihre Lippen um die Knospe und sog sie sachte zwischen die Zähne.

Natalie kam sofort und versuchte ihren Schrei mit dem Handrücken zu dämpfen.

Kelly liebkoste das heiße Fleisch und bedeckte es mit Küssen. »Ja, ich möchte mir ganz entschieden Zeit lassen, dich kennenzulernen.«

23

Kelly stand neben der Tür und schloss ihr Uhrenarmband, während sie auf Natalie wartete. »Scheußlich, dieses Ding wieder zu tragen.«

»Finde ich auch, aber noch schlimmer finde ich, dass ich mich in diesen dicken Mantel mummeln muss, wenn wir in Rochester aus dem Flugzeug steigen. Das warme Wetter vermisse ich jetzt schon.«

»Ich werde das Doppelbett vermissen. Wenn wir das nächste Mal einschlafen, können wir uns nicht aneinanderschmiegen.«

»O doch, das können wir.« Natalie schlüpfte in ihre Schuhe und verstaute die Sandalen in ihrem Handgepäck. »Und damit du gar nicht erst auf dumme Gedanken kommst: Wenn wir das nächste Mal einschlafen, wird das heute Abend in meinem Bett sein.«

»Yes, Ma'am.«

»Wie geht's deinem Knöchel?«

»Nicht schlecht, wenn einem dick und blau gefällt, aber ich kann einigermaßen gehen. Ich muss mir überlegen, wie ich den Fuß im Flieger hochlegen kann.« Sie machten sich auf den Weg zum Frühstücksbuffet – ihrer letzten Mahlzeit an Bord.

»Du kannst ihn in meinen Schoß legen.«

»Hm – schade, dass ich mir nicht die Hand verstaucht habe.«

»Oder die Zunge«, flüsterte Natalie.

»Du unartiges Mädchen!« Als sie die Terrasse erreichten, tat Kelly der Knöchel weh, und sie nahm sich vor, Treppen für den Rest des Tages zu meiden. Nach zwei Wochen Urlaub konnte sie es sich nicht erlauben, krank zu sein.

»Hey, Kumpel!«

Kelly wirbelte herum und entdeckte Jo, die neben ihrer Schwester saß. »Ich komme gleich nach, Nat.« Sie suchte in ihrer Tasche nach der Korallenkette, die sie am Tag der Fahrradtour gekauft hatte. »Ich hatte gehofft, dich zu sehen.«

»Sieht so aus, als hättet ihr euren Streit beigelegt.«

»Richtig. Ich Glückspilz.«

Julie nickte zu Natalie hinüber. »Das ist ein ziemlicher Fang, den du da gemacht hast. Ich hab mein Bestes gegeben, aber sie hat mich keines Blickes gewürdigt.«

»Wie ich gehört habe, hast du es mit Hilfe einer gewissen Krankenschwester gut verwunden.«

»Einer Krankenschwester, die sich auf den langen Weg nach Brisbane macht, wenn sie ab März sechs Wochen Urlaub hat«, fügte Julie stolz hinzu.

»Hier, Jo. Ich habe etwas für dich.« Kelly gab ihr die Korallenkette. »Schenk sie Sarah und erzähl ihr von deinen

Gefühlen. Wenn die Kette dir nur halb so viel Glück bringt wie mir, dann hast du eine neue Herzensdame.«

»O Mann.« Jo grinste und schüttelte Kelly die Hand. »Vielleicht bin ich verrückt genug, es zu tun. Alles Gute für dich!«

»Und für euch beide.«

Kelly entdeckte Natalie am Buffet und gesellte sich eilends zu ihr. »Hast du schon einen Tisch gefunden?«

»Steph und Yvonne sitzen draußen in der Sonne.«

»Irgendein Anzeichen von Didi und Pamela?«

»Steph hat gesagt, sie wären schon früh von Bord gegangen, um eine Einkaufstour zu machen. Typisch, nicht? Wir treffen sie später am Flughafen.«

Kelly war nicht sonderlich überrascht, dass Didi ihnen aus dem Weg ging. »Ich hole mir bloß noch eine Tasse Kaffee. Wir sehen uns dann am Tisch.«

»Geh nur. Ich bringe dir einen Kaffee mit.«

Steph und Yvonne grinsten wohlgefällig, als Kelly an den Tisch kam.

»Was habt ihr beiden?«

»Yvonne sitzt hier voller Schadenfreude.«

»Warum habe ich das Gefühl, dass das was mit mir zu tun hat?«

»Als du das erste Mal zur Physiotherapie bei ihr in der Klinik aufgetaucht bist, kam sie abends heim und hat gesagt, dass sie die perfekte Frau für Natalie gefunden hat.«

»Stimmt das?«

Yvonne polierte sich die Nägel an ihrem Hemd. »Ich hab sofort gewusst, dass du genau das bist, was Natalie braucht. Es hat nur ein paar Tage gedauert, bis sie das kapiert hat.«

»Nach dem, was du neulich Abend gesagt hast, habe ich keinen sonderlich guten ersten Eindruck gemacht.«

Steph reckte den Hals, um über Kellys Schulter zu spähen. Sie wollte sich vergewissern, dass Natalie noch am Buffet war. »Damals, auf dem College, war Nat so nah dran« – sie hob Daumen und Zeigefinger und ließ nur einen Hauch zwischen ihnen –, »sich mit einer von Yvonnes Softball-Frauen zusammenzutun, und die sah dir sehr ähnlich.«

»KT hat sie wie eine Königin behandelt«, fügte Yvonne hinzu, »und Natalie fuhr völlig darauf ab.«

»Aber dann erschien Theresa auf der Bildfläche, und Natalie setzte sich in den Kopf, dass sie lieber mit einer Femme zusammensein wollte. Also war sie die letzten fünfzehn Jahre mit Frauen zusammen, die unbedingt im Zentrum der Aufmerksamkeit stehen müssen, und hatte keine Chance, selbst in den Genuss zu kommen.«

Kelly nickte und stand auf, als Natalie auf ihren Tisch zukam.

»Ich werde sie für alles entschädigen.«

»Sorg einfach dafür, dass sie immer so lächelt wie heute. Ein schöner Anblick.«

Das war es in der Tat, und noch schöner war es, als Natalie sie auf die Wange küsste, bevor sie sich setzte.

Besorgt ließ Natalie den Blick durch die Abflughalle schweifen. Keine Spur von Didi und Pamela. In wenigen Minuten würde das Boarding beginnen, und die beiden drohten den Flug zu verpassen.

Kelly saß mit Steph und Yvonne auf einer Reihe von Stühlen am Fenster und hatte den geschwollenen Fuß auf ihre Reisetasche gelegt. »Entspann dich, Natalie. Wenn sie diesen Flug verpassen, nehmen sie den nächsten.«

»Da sind sie«, sagte Steph.

Didi und Pamela kamen herbeigeeilt, Arm in Arm und mit

strahlenden Gesichtern. Natalie hastete ihnen entgegen. »Ich habe mir Sorgen um euch gemacht.«

»Du glaubst gar nicht, was für Geschäfte es in Bal Harbour gibt«, sprudelte Pamela hervor. »Wir kommen noch mal wieder, wenn wir mehr Zeit haben.«

Didi ließ ihre übervolle Einkaufstasche zu Boden gleiten. »So ist es. Vielleicht bleiben wir nächstes Jahr einfach hier und ihr macht die verdammte Kreuzfahrt ohne uns.«

Pamela gab ihr einen spielerischen Klaps auf den Arm. »Es war keine verdammte Kreuzfahrt. Ich finde, sie hat sich prima entwickelt.«

So wie Natalie es sah, hatte der Urlaub für Didi und Pamela ein perfektes Ende gefunden – die beiden klebten aneinander wie frischverliebt. »Ihr habt es gerade noch rechtzeitig geschafft. Die erste Klasse wird gleich aufgerufen.«

»Wo ist deine hinkende Freundin?«, fragte Didi.

»Wen nennst du Hinkebein?«, rief Kelly zurück.

Didi ging zu Kelly und den anderen hinüber. »Ich muss dich um Verzeihung bitten, Kelly, und ich denke, das sollte ebenso öffentlich stattfinden wie mein Ausraster.«

Natalie musterte die Gesichter der beiden und lächelte, als sie die Verschmitztheit wahrnahm.

»Diesmal lasse ich dich davonkommen, aber wenn das noch mal passiert, packe ich dich, rasiere dir den Kopf und stecke dich in Cargohosen.«

Didi nickte. »Das nenne ich eine Drohung.«

»Ladies und Gentlemen, wir möchten unsere Passagiere Erster Klasse nach Philadelphia nun bitten einzusteigen.«

»Das seid ihr«, sagte Natalie. »Denkt an uns, wenn sie euch das Tenderloin-Steak zum Lunch bringen. Wir hocken dann in der Holzklasse und streiten uns um eine Tüte Erdnüsse.«

Didi reichte Natalie ihren und Pamelas Boardingpass. »Nehmt die und gebt uns eure. Für Kelly ist es vorne viel bequemer mit der Fußstütze.«

Natalie blieb der Mund offenstehen. Wenn Kelly nicht gewesen wäre, hätte sie diese noble Geste vielleicht zurückgewiesen. »Das ist sehr großzügig von euch. Wir wissen das zu schätzen.«

»Ach, du weißt doch, wie ich bin ... Ich denke immer zuerst an alle anderen.«

Natalie hätte beinahe losgeprustet. Steph und Yvonne hingegen taten sich keinen Zwang an.

Natalie hakte sich bei Kelly unter, als sie die Fluggastbrücke betraten. War es nicht erstaunlich – zwölf Tage zuvor hatte sie an einem Scheideweg ihres Lebens gestanden und es nicht einmal gewusst. Jetzt befand sie sich auf einem Weg, den sie lange Zeit – vielleicht sogar für immer – verfolgen konnte – an der Seite einer Frau, die ihr das Gefühl gab, der Nabel der Welt zu sein.

Die amerikanische Originalausgabe erschien unter dem Titel
Sea Legs bei Bella Books, Inc., P.O. Box 10543, Tallahassee, Florida, 32302

MacGregor, KG: *Liebe in Sicht* / Roman
Aus dem amerikanischen Englisch von Andrea Krug
ISBN 978-3-930041-84-8

1. Auflage 2012
Gestaltung und Satz: Grafikbüro Schadenberg, Berlin
Coverfoto: © Plainpicture/bildhaft
Druck: CPI – Clausen & Bosse, Leck